QUEIME

Copyright © Gabriela Leão, 2024

Título: Queime
Todos os direitos reservados à AVEC Editora

Nenhuma parte desta publicação poderá ser reproduzida, seja por meios mecânicos, eletrônicos ou em cópia reprográfica, sem a autorização prévia da editora.

Publisher: Artur Vecchi
Edição: Claudia Lemes
Revisão: Mikka Capella
Projeto Gráfico: Pedro Cruvinel (Estúdio O11ZE)

2ª edição, 2024
Impresso no Brasil/ Printed in Brazil

Dados Internacionais de catalogação na Publicação (CIP)
(Câmara Brasileira do Livro, SP, Brasil)

L 437
Leão, Gabriela
Queime / Gabriela Leão. – Porto Alegre : Avec, 2024.

ISBN 978-85-5447-234-4

1. Ficção brasileira   I. Título

CDD 869.93

Índice para catálogo sistemático:
1. Ficção: Literatura brasileira 869.93

Caixa Postal 6325
CEP 90035-970
Porto Alegre – RS
contato@aveceditora.com.br
www.aveceditora.com.br
  avec editora

2ª EDIÇÃO

QUEIME

GABRIELA LEÃO

Eu morri uma vez.

Não me lembro direito do que aconteceu, nem antes, nem depois. Ninguém nunca se interessou em me explicar mesmo.

Tudo o que eu sentia era ódio. Rancor. É surpreendente que eu tenha conseguido sobreviver, já que todas as minhas forças estavam focadas em sentir raiva.

Eu estava me lixando se iria abrir os olhos ou me recuperar. Só queria ficar ali, destilando ódio, berrar. Nem isso eu conseguia.

Então eu realmente morri. Ouvi um médico falando que meu coração parou de bater por dois minutos.

Lembro-me de escutar os paramédicos gritando, o motor da ambulância acelerando, instrumentos de metal contra uma bandeja, toda uma movimentação. Depois, os ruídos cessaram.

O sangue que jorrava de mim inundou tudo ao meu redor, preencheu a traseira da ambulância e me engoliu. Fui descendo e descendo, caindo cada vez mais no líquido pastoso que ia me arrastando e me puxando para o fundo.

O mundo ficou quase negro, mas ainda existia uma luz avermelhada, fraca, vinda de todos os cantos, e eu enxergava a minha sombra. Esticava os braços, movimentos lentos e difíceis, empurrando, tentando alcançar qualquer coisa sem encontrar nada.

O barulho voltou e me acertou quase como um choque.

Berros, equipamentos chiando, a sirene, uma buzina. Logo depois veio luz. A ambulância tinha uma claridade absurda, como se o teto fosse aberto diretamente para o Sol. Era noite, mesmo assim a claridade era tão intensa, com um zumbido que não me deixava em paz.

Logo apaguei de novo, mas dessa vez foi só pelo cansaço.

Quando acordei, continuava com raiva.

CAPÍTULO 1

O som de centenas de vozes martelava em sua mente, apesar de já estar longe. Victor revisitou a memória recente, a confusão de pessoas, todas de pé na rua e na calçada, com seus copos de cerveja e drinques variados. Uma música aleatória vinha de algum canto. Grupos de amigos rindo, brindando. *Ela.*

Victor arregalou os olhos, como se isso fosse ajudá-lo a ficar mais sóbrio. Bufou. Estava sentado em um banco no meio do ônibus, que corria desenfreado pelas ruas vazias da madrugada. Eram poucos os passageiros: um casal com latões de cerveja nas mãos revezando sussurros, risadinhas e beijos; um jovem com uma mochila, capuz sobre o rosto, tirando um cochilo; dois policiais militares uniformizados.

A presença dos policiais lhe deixava ainda mais nervoso. Victor não conseguia parar de se mexer, batucava nos próprios joelhos, balançava o pé, olhava para os lados como se procurasse algo na rua, através das janelas.

Agia de forma estranha? A respiração era pesada. Que baita azar ter entrado em um ônibus justamente com os PMs. Era por isso que nunca pegava ônibus, sequer tinha um cartão de transporte público. O motorista parecia querer assassiná-lo com o olhar quando pagou pela passagem com uma nota de cinquenta reais.

Victor foi dominado pela sensação de que os homens uniformizados o encaravam enquanto conversavam baixinho. *Eles sabem,* pensou, mas, não tinha como eles saberem de nada, tinha? Os dois estavam em pé junto à porta do ônibus, apesar de o transporte estar vazio. Victor lançou um olhar furtivo para trás, encontrando os olhos de um dos policiais.

Fodeu, pensou. *Tão mesmo olhando pra mim, puta que me pariu!* Encolheu o corpo junto ao assento, como se pudesse desaparecer. Ouviu uma risada, achou que era um dos PMs e esperou o pior.

Gemendo, cerrou os olhos ao escutar o apito que sinalizava ao motorista para parar no próximo ponto. Victor teve a certeza de que os policiais iriam agarrá-lo e puxá-lo para fora do transporte, quem sabe lhe dar uns tapas, perguntar o que andava fazendo.

Nada disso aconteceu. Ainda rindo, os policiais desceram do ônibus. Victor soltou a respiração aliviado e espiou pela janela. Estava em Copacabana. Não faltava muito para chegar a sua casa.

Tirou o celular do bolso e analisou o próprio rosto pela câmera frontal. Parecia drogado, sem dúvidas. O cabelo estava uma bagunça, os olhos vermelhos, sem contar com a expressão alucinada que não conseguia desfazer. *Devem ter achado que sou só um idiota numa viagem de ácido,* Victor concluiu. *Graças a Deus.*

Um jovem imbecil e drogado era algo melhor do que a descrição que daria para si mesmo, naquele momento. Abriu e fechou a mão direita, as articulações doíam. *Taquipariu, o que foi que eu fiz?*, perguntou-se pela milésima vez desde que tinha subido apressado no primeiro ônibus que viu. O braço também doía. Era provável que ficasse com um hematoma no lugar em que ela o tinha agarrado, cravando suas unhas com força.

Tinha sido idiota, mas muito idiota mesmo. Estava fodido, só podia estar. Não tinha como se livrar de uma dessa.

— Caralho… caralho… — repetia baixinho, balançando o corpo.

Amanhã sua vida iria acabar. Todos ficariam sabendo. Seus pais não o perdoariam por toda a loucura. Seria um escândalo.

Será? Por um breve segundo a esperança lhe tomou. Coisas como aquela aconteciam direto e os caras se safavam. Por que com ele seria diferente? Ninguém o viu, fora ela. Saiu correndo na hora certa. Talvez… talvez pudesse continuar tudo bem. Se não fosse capaz de confiar na própria sorte, podia ao menos confiar em seu pai? É, o pai sempre resolvia os problemas. Sabia para quem ligar, para quem pedir favores. *Trinta anos na cara e precisando do papai. Bom, é melhor do que a alternativa.*

Quando percebeu que o ônibus se aproximava de seu prédio, sentiu-se mais confiante. No mínimo, sabia que a família tinha bons advogados. Fez o sinal e saltou.

Poucos minutos depois, Victor deitou-se em sua cama, com um copo grande cheio de água na cabeceira, além de algumas aspirinas. Não teve dificuldade para dormir. Convencera-se de que nada aconteceria no dia seguinte. A vida iria seguir. Seus atos não teriam consequências.

> *Victor, Victor, Victor.*
>
> *O que você fez essa noite?*
>
> *O que foi tão excitante e tão pavoroso?*
>
> *Passou pela sua cabeça que alguém poderia conhecer seus segredos?*
>
> *Victor, Victor...*
>
> *Você não é tão esperto assim.*
>
> *Pode ter passado despercebido para muitos, mas eu estou prestando atenção. Eu vi.*
>
> *E eu sou suficiente.*

O dia estava quente e abafado; o céu, coberto de nuvens claras, mas Romildo sabia que cairia uma chuva daquelas mais tarde. Sentia o cheiro do pé d'água vindo e, além disso, o cachorro tinha fugido. Malandro tinha horror de temporais e preferia sair correndo para o campo aberto do que ficar na casa, onde tinha teto para protegê-lo da chuva. Tudo bem que o barulho da água batendo nas telhas deveria ser infernal para o vira-lata, mas com certeza era melhor do que se encharcar.

Como Malandro não pensava em nada disso, lá estava Romildo, mais uma vez, caminhando pelo terreno que ficava atrás de sua casa. Morava numa construção não luxuosa, mas que era seu pequeno orgulho, em um pedaço de terra que não tinha exatamente nome, perto da Estrada da Ilha, em Guaratiba.

Aquele campo vazio era extenso, mas plano, com o mato só na altura do joelho, o que facilitava para encontrar o cachorro. Naquela tarde, tinha um bom palpite de onde Malandro poderia estar. Avistou um grupo de pássaros, urubus e outros menores, circundado no céu mais adiante. O que quer que estivesse ali, provavelmente teria chamado a atenção do vira-lata. Romildo só torceu para que seu cachorro não estivesse cometendo nenhum ato de canibalismo e continuou andando naquela direção.

O cheiro forte chegou antes que pudesse ver o que tanto atraía os pássaros — o odor acre e pungente de carne queimada. Romildo deu os últimos passos, já esperando alguma atrocidade, alguma covardia cometida contra um cachorro ou um gato, talvez até um bicho maior, mas, com certeza, não esperava um humano.

Sequer tentou segurar o vômito quando avistou o cadáver. A cena grotesca misturada com o cheiro nauseante não lhe deu muita opção. Tentou olhar novamente para entender o que acontecia.

O corpo estava jogado no chão, deitado de lado em posição fetal e tão queimado que não era possível dizer se se tratava de homem ou mulher. Tinha sobrado apenas algumas tiras do tecido de um terno. A pele, onde ainda existia, estava negra como carvão; músculos, carne e ossos aparentes. O rosto, não muito mais do que um crânio.

Piorando a situação, urubus bicavam e puxavam, arrancando pedaços do que havia restado. Malandro cheirava o corpo, alheio ao horror, mas sem muito interesse na carne queimada. Um mínimo de alívio ao dono.

Romildo, com o corpo tremendo e a respiração falhando, deixou-se cair de joelhos no chão e esticou as mãos em direção ao cachorro, tentando chamá-lo. Malandro, que já tinha investigado o suficiente e esquecido da chuva, voltou para perto do dono, o rabo abanando. Romildo se levantou com certo esforço e foi correndo para casa, ligar para a polícia.

CAPÍTULO 2

Maia Torres quase dormia em cima de sua mesa. Restavam algumas horas de plantão naquele fim de manhã. Tinha, diante de si, um inquérito já há cinco anos parado e tentava descobrir se, em meio àquelas folhas, haveria algo útil. Rabiscava em uma folha de rascunho, desenhando um gato com chapéu de mago. Tamanho era o foco nos traços, como se fosse tirar dali alguma inspiração ou concluir que era hora de desistir, pedir para que arquivassem logo o caso.

As pálpebras pesavam devido à noite em claro e concentrar-se era um desafio cada vez maior. Tinha passado o plantão inteiro dentro da delegacia, uma raridade em se tratando da Divisão de Homicídios do Rio de Janeiro, vulgo DH. Maia fora transferida para aquela delegacia há quatro anos e poucas das suas noites de plantão se passavam sem a descoberta de um cadáver.

Não foi uma surpresa quando a Dra. Ana Luiza chegou a sua mesa, lábios prensados, sobrancelhas arqueadas, a expressão que sempre carregava ao saber de um novo caso.

— Encontraram um corpo queimado perto da Avenida das Américas.

Maia ergueu os olhos cansados, bocejando.

— Que altura, muito longe?

— Guaratiba.

A investigadora assentiu, com um suspiro. Fechou o inquérito que lutava para ler e pegou suas coisas — carteira e celular no bolso da calça jeans, algemas, arma no coldre. A Taurus TH .40 pesava em sua cintura. Não gostava de carregar a pistola, porém reconhecia a necessidade. Alongando o corpo cansado de ficar sentado, seguiu a delegada.

Saíram em duas viaturas. Maia adormeceu durante a maior parte do trajeto, no banco de trás. Acordou quando um de seus fones de ouvido, tocando a música que lhe ninava, foi retirado de sua orelha. O carro já estava estacionado na beira da avenida.

— Credo.

Maia riu e pegou de volta o fone da mão de Otávio, perito da Polícia Científica, que tinha horror ao gosto musical de amiga. "Quem dorme escutando bateria pesada e vocalista berrando deve ser estudado", ele dizia.

Desceram por uma colina tomada pelo capim e caminharam por um campo aberto. O vento forte afastou um pouco o sono. O dia continuava quente, mas nuvens negras se aproximavam, embaçando o horizonte.

Ao chegar mais perto, o cheiro a atingiu e Maia torceu o nariz. Não importava quanto tempo trabalhasse com a polícia, não conseguia se acostumar ao fedor da morte, ainda mais quando acompanhada por fogo.

Curiosos se aglomeravam ao redor da área, que fora demarcada pelos policiais militares com três cones de cor laranja. Dois oficiais conversavam com os civis, pedindo repetidas vezes que se afastassem e não tirassem fotos. Era uma tarefa árdua. Smartphones não paravam de surgir, câmeras buscando um ângulo bom para filmagem. Por sorte, naquele local um pouco mais isolado não havia tanta gente.

Um terceiro policial estava sentado na grama, ao lado de um senhor já de alguma idade segurando um cachorro pela coleira. Ambos faziam carinho no vira-lata, tentando acalmá-lo por ter testemunhado aquela cena, que ele não tinha como entender e, na realidade, só incomodava aos homens.

Quando Maia chegou junto ao corpo, a delegada e o perito já o analisavam. Baixou o olhar para a figura encolhida, tingida pelo fogo, a pele arrebentada, os pedaços do que parecia um terno falhando em cobrir qualquer coisa.

— A não ser que tenha uma carteira pouco chamuscada debaixo dele, vai dar um trabalhão para identificar esse pobre coitado… ou coitada — a delegada comentou.

Ana Luiza apoiava as mãos na cintura e balançava a cabeça devagar. Era uma mulher elegante, com os longos cabelos negros sempre amarrados em um coque alto e maquiagem leve no rosto. Tinha pele clara e olhos escuros, corpo esguio e postura perfeita. Seu terninho cinza-claro destoava do ambiente ao redor e das havaianas brancas impossivelmente limpas que usava.

Maia já estava acostumada com aquela combinação. Significava que um lindo par de saltos agulha, nada adequado para a grama, esperava por sua dona dentro da viatura.

— Acredito que seja coitado mesmo, dado a estrutura óssea — disse Otávio, agachado, apontando para o quadril do morto. Usando luvas descartáveis, movimentou os dedos do cadáver para enxergar melhor. — Digitais serão difíceis de recuperar, mas pelo menos a arcada dentária parece intacta. — Ele se levantou e, copiando a delegada sem perceber, colocou as mãos na cintura. Palmas da mão voltadas para fora, evitando sujar a camisa.

Maia, em vez de tentar descobrir algo pelo corpo, resolveu conversar com os policiais militares. Sentou-se na grama junto a um dos PMs e o homem com o cachorro. Disse ser a investigadora responsável pelo caso e perguntou se tinham alguma informação que pudesse ajudar.

— Esse aqui é o seu Romildo, ele que encontrou o corpo — falou o policial. Mesmo sentado ali, de pernas cruzadas e brincando com um cachorro, sua postura mostrava algo da disciplina militar. O rosto era outra história; abria um sorriso carinhoso para o animal e seu dono, ao mesmo tempo em que tentava esconder um resquício de temor que aparecia nos olhos.

Estava claro para Maia que ele tinha sido afetado pela cena, mas fazia de tudo para não transparecer.

— Já conversamos um pouco. Ele está abatido, mas consegue repetir o que me disse para você, não é, meu caro? — o oficial continuou, dando um tapinha leve nas costas de Romildo.

O homem assentiu sem dizer nada de imediato. Maia esperou que ele estivesse pronto.

— Na verdade, eu não disse muita coisa, não. O Malandro, é ele aqui, tem medo de chuva, sabe? Aí ele fugiu de casa e veio pra esses cantos.

Ele faz isso, às vezes... Eu vim atrás e... quando cheguei perto, vi isso aí. Depois corri pra chamar a polícia.

O PM, que tinha o sobrenome Mota costurado em sua farda, completou:

— Seu Romildo me disse que o que chamou a atenção dele foi a quantidade de urubus bem aqui. Achou provável que o Malandro estivesse perto se tivesse algum bicho morto e ele estava mesmo, mas Seu Romildo acha que ele não comeu nada. Tava só cheirando. Não quis comer carne queimada.

Maia levantou o olhar para o céu, procurando uma resposta que já tinha. Não havia qualquer ave por ali. Afastaram-se com a chegada de tantas pessoas.

— O senhor, por acaso, mexeu em alguma coisa? — ela perguntou, voltando sua atenção para Romildo.

O homem arregalou os olhos e fez o sinal da cruz.

— Deus me livre! Não, não, fiquei longe! — Ele se calou por um momento, olhando para o cachorro. — Malandro, aqui, eu já não sei.

Maia assentiu. Tentou obter mais alguma informação com aqueles dois, sem sucesso. Fez carinho em Malandro e voltou para junto do corpo.

Algumas coisas eram óbvias e ela teve certeza de que seus colegas chegariam às mesmas conclusões. Nada ao redor tinha queimado. Aquele era apenas o local de desova do corpo. Ela também não viu marcas indicando a passagem de um carro ou carroça, qualquer coisa usada para levar o corpo, mas, com aquele vento agitando o capim, as viaturas da polícia também não haviam deixado rastro. Era impossível adivinhar se o crime tinha sido cometido ali perto ou a quilômetros de distância.

Pelo menos por enquanto.

O que estava claro era que aquele homem não tinha sido vítima apenas do fogo, uma vez que restos de corda meio queimados envolviam seus pulsos e calcanhares, e era provável que tivesse sofrido alguma outra violência. A autópsia traria essa informação em breve.

Otávio estava abaixado junto ao corpo. A delegada o observava trabalhar, esperando por novas informações.

13

— Nada muito importante com a testemunha. — Maia contou à superior o que Romildo dissera.

Ana Luiza assentiu, fez uma anotação no celular, mas não respondeu.

— Vai chover já, já — Maia continuou, olhando para a mancha escura no horizonte, agora mais próxima. — Ou tiramos o corpo daí, ou a gente arma uma tenda.

A delegada ergueu as sobrancelhas.

— Nossa tenda tá furada tem uns três meses. Não tá mais se aguentando de tanto remendo.

Eram uma equipe da Divisão de Homicídios da capital do Rio de Janeiro; mesmo assim, não tinham estrutura para lidar com uma simples chuva. Maia se perguntava como alguém no interior do país conseguia desvendar qualquer crime que fosse, se nem mesmo cidades grandes estavam bem equipadas.

Cruzando os braços e franzindo o cenho, a delegada prosseguiu:

— Mas acho que não tem muito jeito. Otávio, chances de você terminar antes da chuva?

O perito olhou para o céu, fez uma careta e deu de ombros.

— Não tenho certeza. Tirar o corpo sim, mas pode ter alguma coisa embaixo.

Com uma ordem de Ana Luiza, dois assistentes surgiram de uma viatura e, aos poucos, foram montando a tenda. Não demorou muito, o vento aumentou e a chuva começou a cair. Veio em gotas grossas, forte, torrencial.

Maia tentou permanecer seca, mas o vento carregava muita água para debaixo da barraca remendada. Ainda assim, não entrou em uma das viaturas, preferindo observar seu colega trabalhando. Ana Luiza também ficou, apesar de reclamar da lama que enfrentaria para voltar para um dos carros. Casos como aquele, um corpo na beira da estrada sem identidade, só se resolviam prestando atenção no mais microscópico dos detalhes. Sem nada para indicar qual direção tomar nas investigações, seria difícil ter esperanças.

— Parece um desenho feito em carvão, todo rabiscado. — Maia observava o corpo.

Otávio ergueu o olhar para a amiga, sem responder. Um trovão soou ao longe. Maia cruzou os braços, molhada e com frio. Ana Luiza digitava algo em seu celular. Otávio continuava a analisar o corpo.

Bom, essa história também é minha, então vou fazer alguns comentários.

Eu poderia te contar muitas coisas sobre esse "pobre coitado" que encontraram tostado na mata. Se quer saber, acho que ele não sofreu o suficiente. Pelo contrário, garanto que mereceu cada segundo da dor que sofreu.

Foi necessário.

Claro que talvez, um dia, ele fosse condenado pelo que fez e posto na prisão, o que, por si só, já é algo horrível, aqui no Rio de Janeiro; mas, de novo, não sei se seria o suficiente. Além do mais, caras como ele tendem a escapar desse tipo de coisa.

Meu pai me ensinou que nem sempre conseguimos o resultado ideal seguindo as normas. Ele até tentou, por muito tempo, melhorar esse mundo seguindo as leis, mas viu que não dava certo. Acabou mudando de profissão, até, seguindo uma linha mais... efetiva. Não chamaria de fazer justiça com as próprias mãos, mas também não chega a ser vingança. "Retribuição", quem sabe? Um equilíbrio. Porque posso não ter agido corretamente a todo o tempo, mas uma coisa eu garanto: esse "pobre coitado" mereceu toda a dor que sentiu.

Espero que seu corpo continue ardendo nas chamas do Inferno.

Respira fundo. Respira. Não, não dá. Merda.

Nicole tentou encher os pulmões de ar, mas uma pontada aguda de dor no lado direito do corpo a impediu. A cabeça latejou, a mente rodopiava. Todas as vozes ao seu redor pareciam abafadas.

A rua era escura. Várias pessoas se inclinavam por cima dela, fazendo ainda mais sombra, cobrindo a iluminação dos poucos postes daquela calçada. Não conseguia enxergar nada direito. Era uma sirene se aproximando?

Percebeu que ele já não estava por perto. Tinha saído correndo?

Ela achou que sim. O borrão de um rosto surgiu a sua frente, a boca se movimentando, fazendo uma pergunta. Ela estava bem? Nicole fez que sim com a cabeça, mas doeu, então soltou um gemido, tentando dizer que não. Não estava bem. Ficou de pé, alguém lhe ajudou, porque não conseguiria se levantar sozinha.

— Cê tá ok? — perguntou um homem, com as mãos esticadas na direção de Nicole, como se temesse que ela voltasse a cair no chão. Uma mulher a segurava, o braço ao redor de sua cintura, sustentando-a com cuidado.

— Não… Ah! — Nicole conseguiu dizer. — Tá doendo. Costela.

Nicole concentrou-se no seu redor. Um círculo de desconhecidos a observava, quase todos mantendo distância. Os olhares preocupados contrastavam com os copos de bebidas que seguravam e a conversação alegre ao fundo, distante.

O barulho da sirene estava cada vez mais alto. Por entre os desconhecidos, surgiu uma nova figura, um homem alto e grande, de olhar carrancudo e vestindo uniforme.

— É essa a moça? — ele perguntou para todos. Com a resposta positiva, continuou, dessa vez falando diretamente com ela: — Moça, vou encostar em você para fazer uns exames iniciais, ok? Não se mexa. Está ferida?

Nicole assentiu e fez um movimento com a mão, tentando indicar onde doía.

Estavam em um cruzamento de duas ruas no bairro de Botafogo, onde todas as esquinas eram ocupadas por bares e restaurantes. Como o carioca adorava beber em pé, o resultado era uma confusão de pessoas que ocupava a rua toda, mesas postas nas calçadas, baldes de cerveja apoiados no chão.

Todo fim de semana os estabelecimentos criavam um movimento similar a uma festa de rua. Era uma bagunça, mas, por sorte, também era bastante próximo de um hospital com emergência; o que explicava a ambulância chegar tão rápido.

Outro paramédico se aproximou, fazendo os desconhecidos abrirem espaço. O homem que começou a tratá-la tinha uma expressão confusa, como se esperasse outro tipo de ferimento. Talvez algo mais relacionado ao consumo excessivo de álcool. Sua paciente, além de tudo, estava sóbria.

— Quer que eu ligue para alguém, moça? — O paramédico examinava suas pupilas com uma lanterna. — Pelo que entendemos, já entraram em contato com a polícia.

— Polícia? — Nicole perguntou. Arregalou os olhos, tentando enxergar para além da luz forte. Não queria falar com a polícia. Era a última coisa que desejava. O que queria mesmo era sua cama.

— Ela tá com uma costela quebrada. Um baita hematoma no rosto também. Vai ficar roxo. Pega a maca — um paramédico falou, dirigindo-se ao outro. — O que aconteceu?

Nicole gemeu, como se isso pudesse ser uma resposta adequada.

— Um cara bateu nela — uma mulher respondeu. Tinha surgido do nada, com um copo de plástico cheio de cerveja na mão, e voluntariou a informação. — Eles tavam meio afastados na rua, conversando. Eu percebi, só que não tinha nada de errado. Daí, do nada, a gente escutou um grito. Eu e meus amigos percebemos o cara fugindo e ela caída no chão. Fui eu que liguei pra emergência.

— Bateu nela? — O paramédico voltou o olhar para Nicole. — Precisa de muita força pra quebrar a costela de uma pessoa jovem, não é fácil fazer isso.

Nicole não disse nada, apenas fechou os olhos, na tentativa de ignorar a dor.

— Meu amigo tentou agarrar o cara, mas ele já tava longe — a mulher continuou a explicar.

— Foi você que avisou a polícia também? — o paramédico perguntou.

Nicole ouviu a mulher respondendo que sim. *Mas que merda!* Queria descansar, não lidar com a polícia.

O segundo paramédico voltou. Com bastante cuidado, Nicole foi erguida e posta na maca, passou por várias pessoas e seus olhares assustados, foi levada para o veículo. As luzes fortes da ambulância ajudavam a mantê-la acordada. Tentou tirar o celular da bolsa.

— Ei, ei! Calma, fica parada. — Um dos paramédicos a impediu. — O que você quer?

— Meu celular... — Nicole murmurou. — Tomás.

— Tomás? É o homem que agrediu você?

— Não... — Ela se interrompeu com um gemido de dor. — Meu primo. Quero que chamem meu primo.

O paramédico assentiu e buscou o celular de Nicole da bolsa. Ela destravou o aparelho, procurou o telefone do primo e deu o celular ao paramédico, que fez, ele mesmo, a ligação.

Nicole fechou os olhos. Os dois homens continuaram debatendo a situação. Fizeram perguntas ao seu primo no telefone. Nicole escutou, mas não deu atenção. Manteve os olhos fechados e escolheu se concentrar apenas em sua respiração. Não queria explicar para ninguém o que tinha acontecido. Não queria ter que pensar em Victor... e falar com a polícia? Parecia um pesadelo.

Um pesadelo ao qual, infelizmente, teria que sobreviver.

É mesmo necessária muita força para quebrar a costela de uma pessoa jovem e saudável. Eu sei. Quando quebrei uma costela daquele filho da puta percebi a quantidade de força que precisei colocar no golpe e eu tinha um martelo, ele não.

Nada, só as próprias mãos, a cabeça cheia de cerveja e o ambiente. Pelo que entendi, a violência com a qual ele empurrou Nicole contra o muro baixo de um prédio foi tão extrema que se tornou suficiente.

Nicole é jovem e saudável; pratica exercícios, se alimenta bem, sequer abusa do álcool como a maioria dos amigos da sua idade; e o cara conseguiu quebrar sua costela jogando-a contra uma mureta. Você imagina a força? O ódio?

Eu não preciso imaginar. Fui testemunha dessa violência mais vezes do que deveria ser aceitável. Eu era só uma criança, mas tinha olhos e mais tarde pude entender tudo o que vi.

Quando aconteceu com Nicole, tomei minha decisão. Eu não aceito mais. Não mais.

CAPÍTULO 3

Com fones de ouvido e música eletrônica tocando em alto volume, Victor corria. Ultrapassava pessoas no calçadão da praia sem notá-las. Não conseguia parar de pensar em Nicole, na noite no bar, em seus delírios no ônibus. A ressaca nem tinha sido tão ruim, a dor de cabeça não viera.

Uma nova música começou a tocar no celular e Victor abriu um sorriso. Lembrou-se de uma noite de festa, eles dançando juntinhos, promessas para um futuro... interrompido. Culpa dela.

Nicole o tinha bloqueado, mas isso já era esperado. Ela fazia isso de vez em quando. Não atendia às ligações e bloqueava todas as redes sociais. Victor não podia ligar para as amigas dela porque, bem, quase ninguém sabia sobre o relacionamento. Idiota. Tinha sido decisão sua manter o segredo. Achava que manteria mais de sua liberdade. Enfim, era drama. Não demorava muito e Nicole mandava alguma coisa. Estava tomando seu tempo dessa vez, no entanto.

Cinco dias se passaram desde o incidente. Na quinta-feira, o celular vibrou com uma notificação atrás da outra.

"Cara, tu viu isso?"

"Mano, você não tava lá?"

"Cê viu quando aconteceu?"

Além disso, um link.

Um vídeo viralizado, mostrando uma ambulância, paramédicos e curiosos ao redor. A mulher que gravava contando que notou um casal afastado na rua e achou estranha a forma como conversavam. De repente, o homem enfiou a porrada na garota, depois saiu correndo. Não deu tempo de gravar, pois ela foi socorrer a coitada.

Victor passou a mão na testa para tirar o suor e tentou se concentrar no exercício, mas logo torceu o lábio, irritado. *Merda.* Não ia passar em branco. *Podia ser bem pior,* pensou, tentando se animar. Sua foto, fugindo que nem um idiota, podia estar estampada em todas as redes sociais. Por sorte, ninguém tinha conseguido filmá-lo, o que era uma raridade no século XXI; mas, afinal, tinha acontecido muito rápido. A foto dela, céus, e se a foto dela estivesse nos jornais? Com o rosto ferido? Aí, sim, Nicole nunca mais responderia suas mensagens.

Nicole.

Nicole levara o assunto para a polícia.

Na manhã anterior, um oficial de justiça tinha aparecido em seu apartamento, com um mandado de intimação para que prestasse depoimento na 10ª Delegacia Policial sobre eventos ocorridos na semana anterior, envolvendo uma agressão em Botafogo, na região de bares entre as ruas Visconde de Caravelas e Capitão Salomão. Fora uma surpresa desagradável.

Para piorar, Nicole continuava sem respondê-lo. *Merda.* E agora precisava ir até uma delegacia. Era um exagero, ir até a polícia! Eles podiam muito bem resolver o problema juntos, sem interferência externa. A briga tinha ficado violenta, mas era coisa de casal. Uma conversa e o assunto estaria encerrado.

Victor parou de correr, desceu até a areia, deixou o corpo exausto cair sentado e tirou o celular do bolso. Precisava fazer uma ligação. O exercício era só procrastinação.

Olhou na direção do mar. Verão, sábado, duas horas de uma tarde de sol, a praia de Ipanema estava cheia. Victor preferia assim do que areias vazias. Era mais interessante, tinha mais gente para ver, uma oportunidade melhor de ser visto, mostrar o corpo que conquistara com horas e horas de musculação, o bronzeado de muito tempo naquela praia, os óculos escuros caros, o short de marca, o corte de cabelo caríssimo.

Naquele momento, porém, era melhor não ter ninguém por perto escutando. Por isso mesmo, sentara-se na areia, ainda bem longe da água. Alguns metros o separavam das pessoas mais próximas.

Ligou.

Miguel atendeu, já questionando se estava tudo bem. Era provável que fosse a primeira vez que recebia um telefonema de Victor.

— Nada não, cara. Quis ligar porque queria perguntar um monte de coisa.

— *Porra, e que tal mandar áudio...? Que monte de coisa?*

— Você já teve que ir lá na delegacia?

— *Ah...*

Deu para ouvir a mudança de ânimo na voz de Miguel.

Era um chute. Victor apenas imaginava que Miguel tivesse recebido uma intimação também. Parecia razoável que todos que tivessem ido ao bar com Nicole, naquela noite, fossem chamados para depor.

— Daquela merda toda em Botafogo, semana passada. Eu fui intimado pra depor. Achei que você teria sido também.

Miguel tossiu.

— *Fui mesmo. Chato à vera. Eles ficam te enchendo de perguntas repetitivas, como se quisessem te pegar desprevenido, saca? Tipo, eu conheço a Nicole e tava lá, então sou um suspeito viável. Daí perguntam de novo e de novo, como se eu fosse admitir do nada que fui eu quem bateu nela? Doidera.*

— Eles não sabem quem foi?! — Victor tentou disfarçar o alívio.

O choque em sua voz era real, mas por motivos um pouco diferentes do que seria interpretado por Miguel. Os policiais não estavam divulgando quem era o suspeito, caso contrário seus amigos não estariam agindo normalmente ao seu lado. No entanto, Victor achava que estavam apenas escondendo o jogo.

— *Não, pô. Por isso tão chamando geral na delegacia... Saber se alguém viu o cara.*

— Mas a Nicole não disse?

— *Não. Ela não quer falar. Eu perguntei pra Bia, a Nic não queria nem que tivesse inquérito.*

Victor sentiu o coração acelerar. Então não tinha sido Nicole. Ela não tinha ido até a polícia, não por querer. Deixou escapar um sorriso, ainda havia esperança. O gelo, ignorá-lo, era mesmo só o drama normal de casal. Ela devia estar tentando passar uma mensagem com aquela atitude de bloqueá-lo, dizer que não seria sempre fácil. Victor teve novamente certeza de que, cedo ou tarde, Nicole iria procurá-lo.

Prensou os lábios, estranhando um pouco aquilo.

— Mas, vem cá, eles investigam mesmo que ela não queira?

— *Quê?*

— Cê sabe, essas coisas de briga... Já aconteceu com um amigo meu, sabe o Dado? Enfim, ele brigou com um cara, uma vez, no Carnaval, só que, como nem ele, nem o cara quiseram, não teve investigação nem processo. Coisa boba, né, ninguém quer polícia envolvida em um olho roxo. Daí, se ninguém quiser, a polícia não se envolve.

— *Olho roxo? Victor, o cara quebrou a costela dela. Acho que é só um pouco diferente dessa briga do Dado, no Carnaval.*

Victor arregalou os olhos, quase deixou o celular cair. Sentiu um vazio no peito, o ácido do estômago subiu pela garganta. *Quebrou a costela? Mas... nem tinha sido tão forte assim. Tinha?* Tentou lembrar-se da tal noite. Era tudo nebuloso. Estava bêbado e não gostava de recordar. Sabia que tinha atingido Nicole no rosto, mas a costela? Quebrada? Tentou balbuciar uma pergunta, mas não conseguiu.

— *Ainda mais, duvido que o pai dela deixasse não ter investigação. Mesmo que a Nic quisesse* — Miguel continuou.

Victor balançou a cabeça e tentou de novo:

— Quebrou? A costela? Como?

Miguel soltou um xingamento de surpresa, como se não acreditasse que o amigo desconhecia os detalhes.

— *O cara empurrou ela contra uma mureta, antes de jogar ela no chão e dar chutes. Eu não sei como quebrou, cara, mas quebrou.*

Victor cobriu a boca com a mão, um tanto confuso. As imagens voltavam à sua memória, bem como o ódio que sentira no momento. Conversavam na frente de um prédio cercado por um muro de tijolos. Será que fora ali? Os chutes... Tinham sido, sim, chutes. No plural. A vadia tinha merecido. Como que tinha esquecido esse gigantesco detalhe? Nem tinha parado para pensar em por que tinha batido em Nicole naquela noite, mas agora se lembrava. *Nicole merece a porra da costela quebrada!* A puta tinha tentado terminar com ele. Ali, no bar! Do lado de todos os amigos de quem estavam escondendo o relacionamento. Esperava o quê?

Outro detalhe passou por sua mente e ele tentou controlar a voz ao perguntar:

— E você viu? O cara?

— *Eu não tava perto.* — Miguel fez uma pausa. — *E você?*

Victor negou.

Puta sorte que ninguém que eu conheço me viu, pensou. Havia um número até bem grande de conhecidos naquela região cheia de bares, mas já era tarde quando aconteceu. Boa parte já tinha ido embora.

— Mas, na delegacia, é só pergunta? Você responde as paradas, depois vai embora? — Victor tomou coragem de perguntar. Não queria aparentar uma curiosidade exagerada no assunto, mas imaginou que qualquer um ficaria ansioso com a ideia de prestar depoimento em uma delegacia.

— *Uhum.*

— Perdeu muito tempo nisso?

— *Acho que tipo uma hora. Tive que esperar um pouco pra ser atendido. Deve ser o normal do lugar.*

— E onde é mesmo a delegacia?

— *Atrás do Escada Shopping.*

Victor soltou um gemidinho de desagrado imaginando como seria prestar declarações na investigação que procurava por ele. Precisaria contar uma historinha sobre como pouco falara com Nicole e como nem eram tão próximos assim.

Achando que seria estranho continuar no assunto, estava prestes a se despedir. Ajeitou o corpo na areia e fechou os olhos, concentrando-se no Sol. Antes que encerrasse a ligação, porém, Miguel falou:

— *Ainda não consigo acreditar, sabia?*

Victor não soube o que responder. Miguel prosseguiu:

— *A Nic é uma pessoa tão forte. Sempre foi segura de si, confiante. Não é o tipo de pessoa que você acha que vai estar em um relacionamento abusivo. Ou que vai continuar com um cara que bate nela.*

— A gente nunca sabe com quem vai acontecer. — Victor soltou a frase batida de um jeito automático.

Miguel não insistiu. Victor se despediu e guardou o celular no bolso.

Relacionamento abusivo. Até parece. Miguel nunca tinha visto os arranhões que Nicole deixava na pele de Victor, como resultado das brigas. Não tinha visto ela jogando um prato em sua direção, empurrando-o para longe. Ninguém abusava de ninguém ali. Podiam ficar um pouco violentos, às vezes, mas não era abuso, eram brigas. Casais brigam. É muito fácil julgar os outros de fora. *Se sua namorada jogasse café quente no seu peito, quero ver se você não ia reagir,* Victor pensou.

> *Como se uma queimadinha de café fosse desculpa para segurar uma mulher pelos braços e arremessar contra a parede. Esse é o tipo de resposta que Victor achava válida. Ele não é o único que pensa assim, infelizmente. Eu vi muito disso em casa. Um copo jogado no chão, que tinha como resposta um soco na cara. Um empurrão leve de uma mulher já sem forças de tanto beber, revidado com um puxão pelo cabelo que a leva ao chão.*
>
> *Eu vi muito disso, mas nunca foi o meu pai. Meu pai era bom. Quem agredia minha mãe eram os namorados horríveis que ela escolhia, talvez porque vendessem a droga que ela tanto amava.*
>
> *Meu pai não era assim. Era carinhoso. Quando eu era bem criança, sempre arranjava tempo para brincar comigo. Lembro-me de churrascos no fim de semana. Nunca era ele quem cuidava da carne, não era bom nisso. Meu pai*

arranjava alguma máscara, de Frankenstein ou de lobo — devia ter uma caixa cheia delas escondida em algum lugar — e ficava correndo atrás de mim e dos filhos de seus amigos, assustando-nos até que nos juntávamos e conseguíamos derrubá-lo no chão... ou ele nos deixava vencer, mais provável. Inventava jogos com bola, competições de quem comia mais linguiça, ele nos fazia rir.

Perguntaram da minha mãe outro dia.

Tentei responder, mas ela não existe direito para mim.

Não me lembro bem dela com meu pai, mas sei que, em algum momento, houve carinho. Acolhimento, amor. As brigas nunca passaram de gritos enfurecidos, no máximo uma porta batendo.

Cibele não é nada mais que uma lembrança antiga, um fragmento de memória. Lembro mais de cuidar dela do que de qualquer outra coisa. Eu, um pingo de gente. Chegava da escola — quando ela não aparecia para me buscar, alguma mãe ou avó de outra criança me deixava em casa — e encontrava aquela mulher deitada no sofá, por vezes com um sorriso bobo estampado no rosto, outras com o cenho franzido, lábios tremendo. Alguém tinha me ensinado que, quando essas coisas aconteciam, ela precisava de bastante água e comida. Não foi meu pai que me ensinou, disso tenho certeza. Ele não tinha paciência para essas coisas.

Eu ia para a cozinha, enchia um copo de plástico grande com água — só tínhamos copos de plástico — e fazia um sanduíche de requeijão e queijo. Usava uma colher para passar o requeijão na torrada. Nunca soube onde guardavam as facas. Deixava a comida na mesa, em frente ao sofá. Levava o copo até a boca de Cibele e tentava fazê-la tomar um pouco. Depois que ela se engasgou uma vez e ficou tossindo por uns cinco minutos, para, então, voltar a se deitar com o mesmo cenho franzido, desisti de insistir com a água, com medo de piorar a situação.

Uma hora ela acordava e eu estava no meu quarto, brincando com a locomotiva de madeira com uma tampa de garrafa substituindo uma das rodas, ou um bicho de pelúcia todo furado e remendado. Em alguns dias eu já tinha feito um sanduíche para mim; em outros, ela ia preparar comida. Nada do que ela fazia tinha muito sabor, mas matava a fome melhor do que torrada com queijo.

Não me lembro de ser feliz naquele lugar. Preferia a escola, mesmo não tendo quase nada lá para brincar. Pelo menos as outras crianças estavam lá e a tia que cuidava da gente era carinhosa, mas, na verdade mesmo, o melhor era quando meu pai me buscava.

Ele não podia morar perto. Cibele morava na parte do morro em que o chefe tinha mais que só olhos, tinha ouvidos, boca e braços muito fortes. Era fácil disfarçar por tempo o suficiente para me buscar, mas, se ele morasse por ali, todos saberiam e poucos iriam gostar. Terminaria rápido e nada bem. Cibele, de sua parte, não tinha como morar perto de meu pai nem queria.

O casal perfeito. Foi daí que eu saí.

Acho que, no final, foi meu pai mesmo quem fez com que Cibele fosse presa. Disse para algum colega que ela tinha droga em casa ou quando e onde estaria vendendo. Tudo o que sei é que, um dia, Cibele não estava mais lá quando cheguei da escola. Meu pai veio à noite e me levou embora de vez.

Cibele não deve ter sido condenada a muito tempo de prisão. Ela ficava tanto naquele sofá que acredito que traficava apenas o suficiente para não ficar na dívida. Ainda assim, nunca voltei a morar com ela. Sequer voltei a vê-la. Nunca a procurei e, pelo visto, ela também não me procurou.

Uma vez escutei meu pai conversando no telefone, dizendo que não ouvira falar dela desde a prisão. Nenhum sinal. Nada.

> *Deve estar morta. Não imagino que tenha durado muito com o vício que tinha. É estranho não saber. Gostaria de poder imaginá-la bem, mas não consigo. Sou incapaz de tamanha esperança; e, de um jeito egoísta, gosto de pensar que, se ela tivesse melhorado, teria me procurado, mas ela não o fez.*
>
> *Não sei como reagiria se alguém me confirmasse que ela está morta.*

O fim do plantão na Delegacia de Homicídios foi misericordioso com Délcio Araújo dos Santos. Sua equipe fora designada para a investigação de um corpo encontrado no Centro da cidade, logo no início da noite. Era um senhor já quase idoso e Délcio não sabia se achava bom que ele tivesse vivido tanto ou triste que tivesse sofrido uma velhice dormindo na calçada.

Ao que tudo indicava, o pobre coitado tinha sido morto pela miséria e a vida na rua. Não havia muito o que fazer, fora a retirada do corpo e o preenchimento de alguma papelada bastante simples, já que o homem carregava carteira com um documento de identidade já quase se desintegrando, mas ainda legível.

Délcio deixou a delegacia no exato minuto em que o plantão terminava.

Era um dos policiais mais antigos da Divisão. Apesar disso, a cabeça careca não era de estresse. Délcio raspava todo o cabelo fazia anos. Não tinha paciência para o cuidado demandado e ficava bem sem cabelo. Inclusive, detestava quando um fiapo branco surgia, insistente e inconveniente. Fora estar grisalho, não aparentava muito a idade. Tinha sempre um sorriso no rosto, que lhe dava um ar jovem. Era um homem negro, alto, mas não forte como alguns de seus colegas — relaxara-se com a idade. Os olhos escuros também sempre demonstravam alegria.

Cantarolando animado pelo fim do plantão, entrou no carro e pegou a Avenida das Américas sentindo que, assim que largasse o volante, seria acometido pela exaustão. Trabalhava há vinte e oito anos na polícia civil, dezessete dos quais como investigador de homicídios. Gostava do trabalho. Era penoso e muitas vezes não conseguia resultados, mas era bom no que fazia e sentia que o Rio de Janeiro precisava de qualquer ajuda que fosse possível.

Além disso, Délcio tinha seu refúgio: a deliciosa casa que dividia com a esposa e o filho, em um condomínio no Recreio. Ao longo dos anos, tinha adquirido o excelente costume de não levar trabalho para casa. Lá, ficava apenas com a família, suas séries de comédia e livros de ficção, sem dedicar um segundo sequer de sua mente ao universo mais sombrio, que era a Divisão de Homicídios. O maldito WhatsApp atrapalhava um pouco, mas Délcio estava ficando melhor em filtrar quais mensagens precisava ou não ler.

Não tinha trânsito. Em poucos minutos, estacionou o carro e entrou na casa, vazia naquele horário de fim da manhã. Mariane, advogada, estava no escritório. Tóta, ainda no colégio. Délcio planejava descansar a cabeça com um pouco de Netflix, tirar um cochilo. Só que, o hábito vencendo a disciplina, acabou por checar o celular.

Uma mensagem, no grupo de WhatsApp que reunia todas as equipes da DH, chamou sua atenção e afastou o sono. Contava de um corpo ainda não identificado, encontrado carbonizado em um campo aberto, em Guaratiba. Pelo que diziam, o inquérito tinha caído nas mãos da Maia. *Tadinha,* Délcio pensou, porque sabia que a colega detestava vítimas de fogo.

Ligou para o Dr. Ricardo, delegado responsável de sua equipe.

— *Quê? Que foi Délcio?* — atendeu o delegado, sempre irritado com interrupções antes de descobrir a importância do assunto.

— Sabe o corpo queimado, que acharam lá pra Guaratiba? — Dr. Ricardo já estava ciente, então Délcio compartilhou seu recém-formado plano: ignorar os afazeres de seu próximo plantão para se aventurar no universo dos inquéritos antigos e ignorados; uma visita à outra delegacia, um cartório de investigações abertas mais de quinze anos antes. — Eu acho que tem coisa lá pra ajudar a Maia.

O delegado fez questão de deixar claro que não acreditava na utilidade daquilo, no entanto, depois de conferir a agenda, liberou Délcio para a empreitada.

Depois de ignorar alguns outros comentários feitos pelo chefe anos mais moço, Délcio desligou.

*

O corpo foi posto dentro de uma ambulância que iria direto para o Instituto Médico Legal e os agentes deixaram o campo. Os curiosos abandonaram a cena, que não tinha mais nada de interessante, e Maia foi para casa. Marcaram uma reunião para dois dias depois e foram todos descansar. Afinal, o cadáver tinha sido descoberto no final do plantão, após vinte horas de espera na DH, e todos mereciam um tempo em suas respectivas residências.

Maia demorou quase duas horas para chegar ao seu apartamento, no Catete. O caminho era longo, o transporte público, demorado e já se aproximava do final da manhã. As ruas tinham ganhado movimento.

Suspirou de alívio quando trancou a porta de seu cantinho de mundo e jogou-se no sofá. Retirou o coldre, apoiando sua pistola em cima da mesa de centro. Sentiu-se mais leve, não só porque a Taurus pesava quase um quilo, mas porque a arma dava muito mais a sensação de uma bomba sempre atrelada ao seu corpo, que poderia explodir a qualquer momento, do que algo para, de fato, protegê-la. A faca que escondia no cano de sua bota lhe fazia se sentir bem mais segura.

Estava tão cansada que tinha preguiça de deitar-se na cama — significava escovar os dentes, tirar as lentes de contato, lavar o rosto e trocar de roupa para dormir que nem gente.

Não, preferia um cochilo no sofá mesmo, com as roupas ainda úmidas da chuva. Depois se preocuparia em fazer o que quer que fosse. Mal percebeu quando a gata pulou em sua barriga e se aninhou logo abaixo do seu peito. Fez um carinho no animal, sem pensar nos próprios movimentos.

Levantou o olhar ao teto. Havia uma mancha na tinta branca. Estava lá desde que ela e Arthur tinham comprado o apartamento. *Quem é você?*, perguntou-se, como se pudesse ouvir a resposta sussurrada do homem encontrado incendiado em Guaratiba. *Como você foi parar lá?*

Maia fechou os olhos e a silhueta de um jovem apareceu em sua mente. Vestia-se de forma elegante, terno de boa qualidade, sapatos novos, cinto de couro, o tecido da camisa era macio. Ele ria enquanto conversava com alguém. Estava na rua.

Como te levaram?

O homem estava em boa forma física, não era fácil de dominar. Maia visualizou-o andando por uma rua escura do Centro, espaços ermos durante a noite. Viu alguém chegando por trás, tentando pegá-lo de surpresa. Os dois lutaram, mas o homem de terno era forte e, embora levasse um golpe ou outro, conseguia se desvencilhar.

A imagem borrada se diluiu em uma nuvem de fumaça e Maia passou a enxergar o homem caminhando ao lado de outra pessoa. Não estava confortável. Seu corpo, tenso, rígido. Quem o acompanhava tinha uma arma prensada contra suas costas. Sussurros deixando claro que qualquer movimento em falso e haveria tiros.

Você ficaria quieto?

Ou era outra coisa? A arma foi encoberta pela névoa e retornou como uma seringa. Maia viu o homem de terno cair ao chão, desacordado. Ainda seria necessária força para carregá-lo, mas a tarefa se tornava muito mais simples.

Por que você?

Maia viu o rosto do homem mais de perto, ainda embaçado, sem detalhes delineados, sem identidade. Havia ali um sorriso, mas havia algo de errado naquela expressão encoberta pela névoa; uma ameaça por trás da fachada de gentileza.

O homem tirou o celular do bolso, falava com alguém, dava ordens.

Você era importante?

Era um celular novo, última geração, top de linha.

Queriam seu dinheiro?

O homem digitava uma mensagem.

Ou foi uma mulher? Um homem? Um interesse romântico?

Sonhos com a figura de terno se estenderam. O dia foi avançando e o cômodo foi escurecendo ao seu redor. Era uma sala de estar pequena, com estantes apinhadas dos livros de Arthur e paredes preenchidas por gravuras das pinturas favoritas de Maia. "Quatro Árvores", de Schiele,

"Paisagem de Santo Amaro", de Anita Malfatti, além de muitos outros. O ambiente tinha cheiro de lápis recém-apontado. Maia esticou os braços para buscar um caderninho em cima da mesa de centro e esbarrou em um porta-retrato, derrubando-o. Sorriu olhando para a foto. Mal se reconhecia nela. A pele clara bronzeada dos dias na praia; o cabelo escuro e comprido selvagem da água salgada, solto, mas cujo estado natural era um rabo de cavalo malfeito; o rosto feliz, covinhas se formando nas bochechas, a ponta do nariz arredondado vermelha de sol, os olhos escuros quase fechados do sorriso por estar abraçando Arthur em um lugar tão bonito como aquele. Ele, com sua pele vermelha demais após insistentes recusas de reaplicar o protetor solar, a luz do Sol de fim de tarde iluminando seu rosto. Maia tinha saudades daquele rosto. Sorria menos sem ele por perto.

A foto marcava aquele pedacinho de Maia no Rio de Janeiro. Seu e de Selina, a gata vira-lata que fingia ser siamesa e ronronava em seu colo; e de Arthur...

De repente, Arthur estava ali, sentado em sua poltrona de sempre, lendo um de seus livros favoritos. O escolhido para aquela noite tinha sido "O Idiota", de Dostoievsky. Maia havia tentado ler uma vez, para conversar com Arthur sobre a obra, mas tinha se entediado com algumas páginas e esquecido de continuar. Os culpados foram os nomes russos. Ela não tinha conseguido decorar quem era quem.

— Boa noite, amor. — Maia sentou-se, ignorando o miado ofendido de Selina.

Olhou na direção da poltrona, para seu marido, que não estava realmente lá. A gata pulou para a estante da sala e ficou observando a dona.

"Boa noite, Maia", disse Arthur, levantando os olhos do livro e dando um de seus maravilhosos sorrisos. Maia sentiu-se mais calma.

"Acho que não preciso perguntar como foi seu dia. Ruim, corpo novo, sem indícios do que pode ser acontecido. Dá pra ler em seu rosto."

Maia sorriu. *Ler em meu rosto, essa é boa,* ela pensou.

Hoje em dia, Arthur sempre sabia de tudo mesmo.

— Queimado. Largado no mato. Nem a identidade sabemos ainda.

"E o corpo foi encontrado em um local diferente de onde se deu o assassinato."

Não era uma pergunta, mas Maia respondeu mesmo assim, fazendo que sim com a cabeça.

— Ainda precisamos achar a cena do crime. O campo foi só para a desova do corpo.

Arthur assentiu, continuando a leitura.

— Você não sabe onde é a cena do crime, sabe? — Maia soltou uma risada fraca.

"Nunca sei muito mais do que você, amor."

Nem tinha como.

Arthur costumava chamá-la assim antes? Amor? Maia não se lembrava. *Fofinha*. Ele tinha mania de chamá-la de fofinha, só que Maia não gostava muito. Talvez por isso ele nunca usasse agora.

— Então não sabemos de nada. — Maia suspirou. Pegou o caderninho, procurou por uma página em branco e começou a desenhar. Colinas, árvores, uma estrada vazia.

— Nada, nada, nada.

Cobriu o rosto com as mãos, manchando a bochecha com grafite. O cansaço estava voltando.

"Parecia profissional?", Arthur perguntou, sem pausar sua leitura.

— O quê?

Maia abaixou o caderno, olhando para o marido.

"Perguntei se parecia profissional. Porque, se o corpo foi queimado em um canto e levado pra outro, é meio difícil pensar que foi um crime passional, né? Se bem que pode até ser e a pessoa pensou depois em queimar o corpo, pra se desfazer das provas, sei lá."

Maia riu. Arthur sempre surgia com as perguntas que ela havia esquecido de fazer. Era por isso que precisava conversar com ele. Mesmo depois de tudo.

— Não sei. Podem ser os dois casos, mas você está certo. Esse crime tomou mais tempo do que um homicídio passional puro normal.

Arthur deu de ombros e voltou para seu livro.

Maia recostou a cabeça no sofá, observou o teto pintado de branco, a mancha esquisita e refletiu sobre o pouco que sabia. Imaginou o assassino, ainda sem rosto, levando uma vítima também com a face embaçada para algum lugar abandonado, torturando-a. Por que motivo? Queimando o corpo... Só para sumir com evidências? Arrastando-o para a mala de um carro, dirigindo para mais um espaço isolado... Só para atrapalhar a polícia? Será?

Visualizou o carro, sem nada especial, nem tão velho e nem tão novo, com uma cor discreta, percorrendo toda a Avenida das Américas, passando por grandes terrenos que não eram mais do que campo aberto. Então lembrou-se de outro carro, uma picape azul-marinho, uma loucura de Arthur. Era uma memória feliz, dissolvendo por um momento o vácuo que Maia sentia no peito.

— Você se lembra de quando fomos de carro até a Praia do Rosa? — ela perguntou.

Arthur levantou os olhos para a esposa, sorrindo.

"Claro. Logo depois que nos casamos. Foi uma desgraça, todos os hotéis de beira de estrada que escolhemos eram horríveis." Ele riu. "Mas foi maravilhoso."

Tinham tão poucas preocupações na época. Dirigiam sem muitos planos, devagar, tendo apenas que chegar ao hotel na Praia do Rosa no dia planejado. Acordavam, tomavam um café da manhã reforçado e seguiam viagem. Procuravam alguma praia, depois se sentavam por horas em algum restaurante, bebendo cerveja, conversando até o Sol se pôr.

— Eu nem me lembro das partes ruins — Maia falou. Na estrada que cortava a paisagem desenhada no caderno, começou a rascunhar uma picape. — Eu amei aquela viagem. Passamos tanto tempo no carro, batendo papo, cantando, rindo. Se tinha algo que eu ainda não sabia sobre você, descobri naqueles dias.

"Gostaria de poder fazer essa viagem toda de novo", Arthur falou.

Maia ofereceu um sorriso triste, sem coragem de responder. Ficou em silêncio, pensativa, rabiscando, relembrando. Uma nova página, um rascunho que virou o rosto dele.

Segurando uma lágrima, viu o marido partir.

Selina deixou seu posto de vigia na estante e pulou para a poltrona, tomando o lugar antes ocupado por Arthur.

Ambas sentiam saudades.

Também tive viagens de carro que nunca vou esquecer. As noites na estrada com o meu pai. Eram as melhores.

Lembro do carro velho, com a lataria enferrujada e a pintura vermelha descascando; e da caminhonete bege com uma dentada na porta e um dos faróis quebrados. Tiveram outros, sempre aos cacos e prestes a partirem ao meio.

Íamos com as janelas abertas, já que nunca tinha ar-condicionado, o vento fresco nos envolvendo, maresia. Lembro das noites estreladas, passando por estradas e terrenos descampados, a única luz vinda dos faróis. A sensação era de que podíamos enxergar a Via Láctea inteira. Às vezes, na volta, meu pai até encostava no meio-fio, desligava o carro, deitávamo-nos no capô e ficávamos olhando para o céu. Ele conhecia as constelações — ou pelo menos inventava — e apontava, dizendo qual era qual.

Nas noites chuvosas, eu gostava de botar a mão para fora, sentir o vento e a água empurrarem-na para trás. Gotas entravam pela janela que insistíamos em deixar aberta. Ficávamos ensopados, rindo. O caminho era mais fácil enquanto chovia.

A música estava sempre alta. Meu pai cantava aos berros e eu acompanhava. Ele tinha uma voz péssima, mas precisava fazer isso. Queria evitar ao máximo que eu escutasse o barulho vindo do porta-malas.

É claro que eu sempre conseguia escutar, embora fingisse não ouvir.

Eram incansáveis, as batidas, os grunhidos, gritos abafados por uma faixa amarrada na boca. Não lembro de um que não lutasse.

A música estava sempre lá, tentando disfarçar.

Meu pai berrava da Brasília Amarela junto com Mamonas Assassinas e eu ria, esquecendo por um momento do homem na mala.

Quando eu era bem criança, ele contava que tinha um fantasma no carro que não gostava de música e ficava reclamando até que nós desligássemos o rádio. Como não desistíamos da música, o fantasma continuava reclamando. Descobri depois de um tempo que não era nada disso, mas, por algum motivo, não tive medo.

Costumavam ser homens — uma vez ouvi ele falar que nunca machucaria uma mulher. Nunca entendi isso direito. Sabia que as pessoas na mala tinham feito algo de errado, então, se alguma mulher tivesse feito uma coisa do tipo, para mim deveria ser tratada da mesma forma. Achava que lhe faltava coragem, mas eu entendo. Parece pior quando é uma mulher.

Fosse quem fosse, papai passava o caminho inteiro tentando me fazer esquecer da mala e, em algum momento, nós chegávamos.

Nunca era o mesmo lugar, embora sempre algo do tipo. Uma parte abandonada da estrada, com alguma construção velha e desabitada, ou um declive, um pequeno bosque; algum lugar em que desse para se esconder de curiosos.

Papai encostava o carro, dava um beijo em minha testa e me encarava nos olhos.

— Eu te amo, pipoca.

Então saía.

Trancava o carro, deixava o rádio ligado aos berros, não queria que eu visse nem escutasse nada. Ele precisava me levar, porque não tinha quem ficasse comigo em casa.

Buscava a pessoa na mala e carregava, toda amarrada, para um canto em que eu não pudesse ver. Levava uma mochila pesada nas costas. Eu ouvia o som metálico dos equipamentos se chocando uns com os outros enquanto ele se afastava.

Eu sempre dava um jeito de sair do carro.

Não era difícil com aquelas latas velhas. Alguns eram fáceis de destrancar, outros eu conseguia mexer no vidro da janela e saía por ali. Uma vez, consegui abaixar o banco de trás e saí pela mala, que tinha ficado aberta.

Fui assistir. Como eu sempre ia assistir.

Os homens estavam vivos, porque meu pai era especialista em tirar informação deles antes de matá-los. Era alguém que tinha traído o patrão, feito merda, mas burro demais para ter feito sozinho. Acabava por revelar quem tinha dado uma dica ou comandado alguma coisa. Sempre falavam. Papai era persuasivo. Ele e a coleção de objetos que carregava na mochila.

Eu assistia a todos aqueles homens quebrando, por maior ou mais fortes que fossem. Sempre acontecia.

Em seguida, papai terminava o trabalho e eu saía correndo de volta para o carro.

Eu costumava achar que enganava meu pai. Hoje em dia, acho que ele só me trancava no carro para dizer para si mesmo que tinha feito sua parte. Sabia que eu assistia.

Só nunca soube direito o que ele pensava disso.

Nicole estava deitada de barriga para cima, agarrada a um dos travesseiros e segurando um tablet, tentando preencher a mente com as besteiras que lia no Twitter. O quarto estava escuro, apesar do brilho intenso do Sol no lado de fora. A pouca luz que ultrapassava as cortinas fechadas adquiria o tom rosado do tecido pesado, deixando o ambiente submerso em uma penumbra um tanto mágica em sua coloração. Na prateleira logo acima da cama, uma caixa de som tocava melodias calmas, tranquilas.

Os últimos dias tinham sido todos semelhantes; os bons, pelo menos. Nos ruins, o máximo que conseguia fazer era sentir dor, tentando se concentrar no que quer que estivesse passando na televisão e falhando. O rosto *dele* enfurecido a assombrava.

Uma semana disso.

Havia parado de trabalhar na agência de publicidade para que a costela quebrada sarasse — precisava evitar qualquer movimentação brusca. Talvez pudesse trabalhar um pouco de casa, deitada com um notebook no colo. Começava a pensar no assunto, mas sua vontade era pouca. Não se sentia preparada. A mente insistia em voltar para Victor.

Então Nicole continuava tentando ocupar o tempo com bobagens na internet enquanto esperava se curar. Era estranho assistir a vida pela tela do tablet; ver fotos de uma festa e pensar que, não fosse tudo o que tinha acontecido, era provável que estivesse lá, junto de pessoas que tanto gostava, divertindo-se, sem maus pensamentos, em vez de estar confinada na cama, sentindo dor ao respirar por causa do osso da costela que ele quebrou.

De certa forma, ver todas as fotos e vídeos era um alívio, uma confirmação de que sua vida normal continuava lá. Bastava que tivesse coragem de se levantar e voltar para ela. Recebia mensagens, convites para festas no mês seguinte, promessas de visitas. Amigos querendo sua presença, entendendo sua ausência. Eram compreensivos e Nicole agradecia por isso. Tinha certeza de que muitas mulheres haviam passado por situações semelhantes ou ainda piores, sem ter um décimo da base de apoio que ela tinha.

Ainda assim, era horrível. O rosto dele, com todo aquele ódio...

Preferia continuar com as redes sociais; um vídeo de um filhote minúsculo de pastor alemão treinando para ser um policial canino; outro de gatinhos se aventurando pelos móveis mais altos de uma casa, coisas assim. As redes sociais pareciam filtrar todo tipo de negatividade e lhe mostrar apenas o conteúdo que lhe alegrava.

Enquanto fazia um teste para descobrir qual tipo de pizza seria, em um universo alternativo onde todos são pizzas, um ronco a sobressaltou. Passado o breve susto, Nicole suprimiu um riso e a vontade de chutar a amiga, acordando-a.

Tália deitava-se ao seu lado de bruços, o rosto enfiado em um travesseiro, a boca entreaberta, mergulhada em sonhos. Uma fiel escudeira, mas talvez não tão eficiente assim. Desde a maldita noite, Nicole detestava ficar sozinha, como se Victor pudesse abrir a porta e entrar no seu quarto do nada. O pai tinha insistido que ela voltasse para o apartamento dele por uns dias. Nicole não tinha se importado, gostava de tê-lo por perto. Fora isso, Tália cumpria o papel de amigável guarda-costas vez ou outra, quando o trabalho permitia.

Voltou a atenção para o Instagram, já se cansando daquilo, já imaginando qual filme poderia assistir para continuar em sua missão de ocupar a mente, quando passou por uma notícia que prendeu sua atenção.

Ergueu o corpo na cama, quase em um salto. Arrependeu-se na hora, sentindo a pontada de dor na costela. Desta vez, não hesitou em acordar Tália, dando tapinhas no ombro da amiga, chamando-a repetidas vezes, até que despertasse.

— O quê...? — Tália murmurou, a voz ainda embargada pelo sono.

— Olha isso. — Nicole entregou o tablet para a amiga.

Era uma notícia curta, intitulada: "Caso de violência contra mulher ocorrido em região de bares, em Botafogo, é investigado pela Polícia Civil". Pouco mais era dito. A investigação seguia adiante, apesar da dificuldade em determinar suspeitos.

— Você esperava diferente? — Tália largou o corpo na cama.

Nicole não respondeu em voz alta, mas pensou que sim, esperava. Tinha dito para a investigadora que não queria o envolvimento da polícia, afinal o problema era seu. Seria diferente se Victor fosse uma pessoa perigosa, que andasse por aí agredindo mulheres, mas não era o caso. Acontecia só entre os dois, quando ele se irritava com algo que Nicole tinha dito... ou feito; ou um olhar que considerasse "estranho". A única pessoa prejudicada pela falta de uma investigação era Nicole e ela tinha pedido para a investigação parar. Já bastava a lembrança, a dor no corpo, a vergonha, o medo. Não suportava a ideia de ainda ter de passar por um processo, um julgamento.

Lembrou-se da longa madrugada, as horas na delegacia, tendo de responder de novo e de novo às perguntas da investigadora Rocha. Depois, ainda visitar o Instituto Médico Legal, os exames... Teria sido insuportável sem o primo, Tomás, ao seu lado. A investigadora era uma mulher agradável que tentava ao máximo deixar Nicole tranquila, só que insistia em fazer suas perguntas. Nicole não queria. A última coisa de que precisava era tornar aquele término de namoro ainda mais complexo com um inquérito policial.

Estava livre agora, para quê complicar? Tinha dito para Victor no bar que eles não poderiam mais ficar juntos. As consequências tinham sido muito mais graves do que o esperado, mas ela tinha dito. Ele não era mais seu namorado. Estava bloqueado em todas as redes sociais e em seu telefone. Não conversavam desde aquela noite. Nicole estava livre e isso era o que importava. Victor ser preso ou condenado pela briga era exagero. Escandaloso demais. Desnecessário.

Nicole releu a breve reportagem. Seu nome não aparecia, a informação era tão escassa que dificilmente alguém sem envolvimento pessoal com o caso prestaria atenção. *Talvez seja um aviso,* ela pensou, *para ele.* Afinal, a investigadora Rocha lhe parecera uma mulher determinada; e Melissa, a mãe de Nicole, exigia que a investigação continuasse a todo vapor. O pai, Ulisses, também — um raro momento em que os divorciados concordavam em alguma coisa. Essa notícia bem podia ser ideia de seu pai.

De qualquer forma, era difícil que a investigadora Rocha ou seus pais conseguissem alguma informação sem sua ajuda. A mãe já até tinha visto Victor uma vez, mas Nicole tinha desconversado, sem apresentá-los da forma correta. Lembrou-se do exame feito no IML, um médico mal-humorado analisando e catalogando todos os seus ferimentos. Lesão corporal, ele tinha declarado. Nicole não sabia o que isso queria dizer em termos de crime, fora o óbvio: estava bastante machucada. A polícia podia ter todas as informações, todas as suas dores classificadas, relatos exatos de testemunhas de como tinha acontecido, porém, sem ela, não iriam a lugar nenhum.

Sua mãe lhe perguntava todo dia por que a insistência em atrapalhar a investigação. Tomás também. O pai já tinha desistido. Do jeito que era, estava imaginando alguma forma de lidar ele mesmo com o filho da puta que tinha abusado de sua filha. Era assim que Ulisses colocava. Nicole não se sentia abusada. Outras coisas, talvez, mas não abusada.

Largou o tablet no colchão e baixou o olhar para Tália, que voltara a cochilar. Tália não tinha feito perguntas, insistido com nada. Apenas ficara ao seu lado. Graças a Deus tinha alguém assim por perto.

CAPÍTULO 4

Era uma casa antiga, de paredes brancas, as portas e janelas de madeira pintadas de azul. Bonitinha. Não fosse a placa acima da porta, ninguém acertaria o que funcionava lá dentro.

Victor chegou cedo, como o advogado havia recomendado. Ao invés de entrar na delegacia, ficou parado do lado de fora da porta, encarando-a com uma expressão estranha. Tinha a boca meio aberta, os olhos arregalados, sobrancelhas arqueadas. Parecia um peixe morto.

A verdade era que estava nervoso. Muito. Achava que, se deixasse de se concentrar por um segundo, seu corpo simplesmente desmoronaria no chão, sem controle do intestino, da bexiga, de nada. Não era o melhor estado para entrar em qualquer lugar, menos ainda em uma delegacia para prestar depoimento. *Você é só uma testemunha,* Victor disse a si mesmo, é só uma testemunha e vai chegar lá, contar *de uma noite no bar e só.*

Respirou fundo e empurrou a porta.

Algumas pessoas esperavam no saguão de entrada, de pé ou sentadas em cadeiras surradas. Havia um policial atrás do balcão pintado de azul-escuro. Vestia uma camisa polo e calças jeans, mas o distintivo pendurado no pescoço o identificava. Ele bufava e remexia em alguns papéis, ignorando as poucas pessoas de pé aguardando atendimento, e não deu a menor atenção quando Victor entrou.

Atrás do policial, a delegacia se estendia em uma sala pequena com uma fileira de mesas separadas por divisórias de vidro e seus respectivos computadores. Dois investigadores trabalhavam ali, digitando enquanto escutavam os relatos das pessoas sentadas à sua frente. No fundo da sala, uma escada subia para um segundo andar.

Victor pigarreou e o policial, sem tirar os olhos dos papéis que analisava, disse:

— Escreve o nome na lista aí em cima e aguarda.

Victor franziu o cenho. A "lista" era uma folha de papel A4 com diversos nomes escritos em caneta; alguns riscados, outros não. Imaginou que fossem as pessoas que aguardavam atendimento. Não parecia ser o seu caso, já que tinha hora marcada. Tirou do bolso a intimação que havia recebido e chamou o policial outra vez:

— Com licença?

O homem finalmente levantou os olhos, mas estes lhe xingavam.

— Eu… ahn, eu fui chamado pra, é, prestar declarações? Está marcado para agora, à uma e meia.

— Quem é o investigador responsável?

Victor não tinha ideia. Ficou ainda mais confuso e começou a reler a carta, mas o policial tirou-a de sua mão, olhou por dois segundos e falou:

— Rocha. É a investigadora de cabelo escuro e liso. Ela está lá em cima. Sobe as escadas e vai lá, falar com ela.

Logo uma mulher, Victor pensou. Por algum motivo, isso lhe deixava mais apreensivo.

O homem retirou a corrente de plástico amarelo que ficava ao lado do balcão, permitindo que Victor entrasse na área onde os investigadores trabalhavam. Ele subiu as escadas com passos lentos, tentando adiar ao máximo o momento em que precisaria falar com uma investigadora. Se algum dos policiais estivesse prestando atenção, talvez achasse estranho, mas os três estavam absortos no que faziam.

Chegou ao segundo andar para encontrar uma sala bastante parecida. As paredes eram tomadas por armários de metal; alguns deles, abertos, revelavam pilhas de inquéritos. Caixas de papelão se amontoavam em cima dos armários, etiquetas revelando que guardavam investigações arquivadas. Metade das mesas estavam ocupadas, três homens e duas mulheres. Todos manuseando os arquivos de capa cinza — os inquéritos pelos quais eram responsáveis.

Percorrendo a sala com os olhos, Victor encontrou a investigadora de cabelos escuros, que deveria ser Rocha. Deu seus últimos e dolorosos passos, parando próximo à investigadora, do lado oposto da mesa que ela ocupava.

— Oi, boa tarde. Acho que está me esperando.

Ela ergueu o olhar. Era jovem, cabelos cortados na altura do ombro, os olhos cor de caramelo tinham um brilho difícil de identificar. Determinação? Victor esperou que não fosse isso. Ela vestia uma blusa de alças, deixando os ombros e braços fortes à mostra. Os músculos contrastavam com a suavidade dos traços de seu rosto, os lábios bem delineados com um batom escuro. Victor teve medo dela.

— Senhor Magalhães? — a investigadora perguntou.

Victor assentiu.

— Meu nome é Adriana Rocha, muito prazer. Pode se sentar. — Ela indicou uma cadeira. — Deixe só eu terminar uma coisinha aqui, rapidinho, e já pegamos seu depoimento — ela continuou, enquanto olhava do inquérito para o computador e digitava. Parou por um momento, olhando para Victor, analisando-o de cima a baixo, e disse: — Você é o primeiro de seus colegas que vem sem advogado.

Victor riu, sem graça. Era bem verdade que adoraria estar na companhia de um advogado, mas tinha pensado que seria quase assumir culpa. Nunca havia imaginado que alguém inocente iria depor na delegacia levando assistência jurídica. Pelo visto, todos os seus amigos estavam fazendo justamente isso. Sentiu-se um idiota por não ter feito essa pergunta a Miguel.

— Acho que sou um pouco mais desacostumado com esse negócio de investigação — ele falou, tentando que seu sorriso parecesse encantador.

Adriana Rocha, sem desviar a atenção da tela do computador, deu uma risadinha em resposta. Victor sentiu que havia se safado. Ingenuidade era um bom disfarce. Convenceu-se de que era um comportamento normal... ou seria mais normal ter perguntado aos pais, que certamente recomendariam o advogado? *Droga,* Victor xingou em sua mente, mudando de ideia a cada segundo.

— Pronto, podemos começar — Rocha disse, virando-se para Victor, que ficou ao mesmo tempo aliviado e tenso com o fim da espera.

— Como é que funciona? — ele olhou ao redor. — Eu nunca nem estive em uma delegacia antes.

— Sorte sua — Rocha respondeu, com um sorriso. — É bem simples. Eu vou fazendo perguntas, você vai respondendo e eu vou anotando aqui, no computador. No final, você lê e, se concordar com o que está escrito, assina.

Victor assentiu, um pouco aliviado. Com a pouca conversa, começou a gostar da investigadora. Ela, pelo menos, deixava-lhe tranquilo, não agia como se ele fosse culpado só por ser homem. Ficou feliz que fosse a responsável pelo caso. Imaginou que tivesse sido bastante gentil com Nicole. Já ouvira falar que, volta e meia, mulheres eram maltratadas quando iam delatar algum abuso.

Rocha fez algumas perguntas simples, como nome completo, identidade, profissão, endereço. Victor respondeu de forma mecânica, até que ela perguntou:

— Você conhecia a vítima antes da noite em questão?

A vítima. Victor conhecia Nicole desde a quinta série. Tinham estudado juntos na escola, com alguns amigos em comum. Ela sempre estivera por perto, mas nunca haviam sido exatamente amigos. Sempre linda e inalcançável. Isto é, até o começo do ano.

— Sim, desde a escola.

— Eram próximos?

Você nem imagina.

— Não muito. Alguns amigos em comum, por isso a gente se via de vez em quando.

— Chegaram a conversar na noite da agressão?

Victor fez uma careta, como se tentasse lembrar, mas, em verdade, considerava qual seria a melhor resposta. Lembrava-se muito bem de cada momento com Nicole naquela noite. Podia vê-la de pé, próxima à mesa onde ele estava sentado, com uma taça de gin tônica na mão, conversando com alguma amiga. Sua saia preta de cintura alta, a blusa de seda, um rosa-bebê. Usava saltos pretos não muito altos. Tinha os cabelos casta-nho-claros presos de forma desleixada em um coque. Encantadora. Os brincos que usava ficavam em evidência. Eram bonitas peças, compridas, com pedras verdes. Victor tinha demorado para acreditar que Nicole usava bijuterias de artesanato, não combinava com seu estilo elegante — lembra-va-se de ter se divertido com isso. Lembrava-se do sorriso dela para ele, enquanto falava com a amiga: *já estou voltando para você, meu amor...* e a vadia tinha dito que não queria continuar namorando.

Tentando não transparecer o ódio que voltava a dominar seu peito e com um gosto amargo na boca, Victor falou:

— Pouco. Sabe como é, aquelas cordialidades. Disse "oi", perguntei como andava a vida, só isso.

— Você notou se ela estava com alguém em específico, um homem?

— Não que eu tenha reparado... Vi ela falando com a galera que a gente conhece da escola, só.

— Sabe se ela tá em um relacionamento?

Victor torceu o lábio, fingindo exercitar a memória.

— Não, não sei de nenhum namoro nem nada, mas não conheço ela tão bem assim. Quer dizer, ela não ia me contar. Se eu soubesse, seria pelo *Instagram,* sei lá.

Ele precisou conter um sorriso. *Posso até ser ator, convenço qualquer um!*

— E quanto ao *incidente,* sabe que horas aconteceu?

Victor balançou a cabeça em negativa.

— Disseram que foi lá pra uma da manhã, mas não sei com certeza.

— Você viu o ocorrido? — ela insistiu.

— Não. Estava mais pra perto dos outros bares.

— Com alguém?

Victor coçou a cabeça. Não tinha pensado nisso. Será que precisava de uma espécie de álibi?

— Olha, eu não tenho certeza. Quer dizer, com alguém eu estava, mas acho que, nessa hora, eu tava rodando meio sozinho... tentando, cê sabe, arranjar uma mina pra dar uns beijos e sair dali.

— Não tem o nome de alguma mulher?

Ele forçou uma risadinha.

— Não. O máximo que consegui foi um fora, quando tentei transformar um beijo em uma festinha particular. Não decorei o nome da gata. Depois disso, fui pra casa.

Rocha assentiu, mas deixou escapar um revirar de olhos. Victor não se importou em ser julgado, sequer era verdade.

— Que horas saiu de lá?

— Pô, não tenho ideia. O máximo que eu posso te dizer é que, quando fui deitar, vi que eram umas duas da manhã.

— Ótimo. — A investigadora continuou digitando.

Victor logo se arrependeu de ter respondido à pergunta com sinceridade. Se Rocha fizesse um cálculo por alto, poderia chegar à conclusão de que ele teria saído do bar muito perto do momento em que o homem que ela procurava fugia de lá. Bom, talvez não. Em dias comuns, teria pegado um Uber e chegado em casa bem mais cedo.

— Consegue pensar em algo que possa contribuir para a gente identificar o autor do crime?

Ele fez que não com a cabeça, após hesitar um tempo calculado.

— Certo... — A investigadora soou desapontada. Ela pegou um papel e mostrou para Victor. — Esses são os nomes dos conhecidos de Nicole que estavam lá no dia. Lembra de alguém que não esteja na lista?

Victor pegou o papel e leu com cuidado. Teve dúvidas se deveria contribuir com aquela lista; e se falasse o nome de alguém que tivesse visto alguma coisa? Ou que sabia que ele e Nicole estavam namorando? Leu os nomes duas vezes e tomou sua decisão. Sabia de duas outras pessoas que deveriam estar naquela lista, uma era amiga de infância de Nicole. Não lembrava direito o nome, mas não o revelaria, de qualquer forma. Era muito provável que ela soubesse de tudo o que tinha acontecido naquela noite, melhor que nunca descobrisse que havia um inquérito. Aquela mulher o detestava. A segunda pessoa, no entanto, ele podia nomear. Raul Menezes, um colega da escola que tinha encontrado lá. Com certeza, não sabia nada do namoro, senão teria enchido seu saco com mil perguntas sobre as partes íntimas de Nicole. Fora isso, a melhor parte, Raul tinha ido embora cedo; Victor se lembrava, por volta das onze. Não saberia de nada.

Informou os detalhes de Raul para a investigadora, satisfeito consigo mesmo. Uma testemunha tão prestativa certamente não seria considerada suspeita.

— Bom, para terminar — Rocha falou —, você não tem ideia mesmo de quem possa ser o responsável por agredir a Nicole?

Victor ergueu as sobrancelhas e respirou fundo. Forçou-se a ignorar a injustiça naquela pergunta. *Agredir.* Não tinha sido nada disso. Copiando o que Miguel tinha lhe dito, respondeu, em uma atitude ensaiada:

— Não consigo pensar em quem seria capaz de fazer isso. É muito bizarro. A Nicole é uma pessoa tão forte… Independente. Nunca achei que aceitaria algo assim.

Que imagem errada todos têm dela. Não sabem o que ela faz entre quatro paredes, ele pensou. Nicole podia fingir, mas precisava de um homem forte. Ela queria isso. E a violência? Volta e meia ela que começava. Ninguém entendia mesmo aquele relacionamento. Se entendessem, veriam a loucura dessa coisa toda, de envolver polícia no assunto.

Victor se concentrou no próprio rosto. Não podia pensar muito em Nicole sem sentir raiva. Será que sua expressão estava crível o suficiente?

A encenação pareceu funcionar, porque a investigadora lhe ofereceu um sorriso de compaixão.

— Muitas vezes o abusador é quem a gente menos espera; alguém em quem a mulher confia, um cara legal que não parece nada violento.

Victor estremeceu ao ser chamado de abusador. Devia estar passando uma boa impressão, mas foi involuntário.

— Não consigo imaginar. — A voz saiu fraca. Era isso ou sairia com ódio.

Rocha recostou o corpo em sua cadeira e bufou.

— Bem, acho que é só. Obrigada por ter vindo. Temos que falar com todo mundo que a Nicole conhecia e estava lá, mas acho que você não deve ter mesmo muito a adicionar. Aqui.

A investigadora girou o monitor para que Victor enxergasse a tela.

— Lê e me diz se concorda. Assim eu posso imprimir e você assina.

Victor se aproximou da mesa para ler melhor. Seu depoimento tinha sido escrito em um programa de computador da Polícia Civil e só metade da tela estava destinada ao testemunho, com letras pequenas. Era difícil de enxergar.

"Aos 23 dias do mês de setembro do ano de 2019, às 13 horas e 30 minutos, compareceu Victor Monard de Magalhães, a fim de prestar depoimento sobre os atos e fatos relacionados com o referido inquérito…"

Victor bocejou.

"…disse que já conhece a vítima, apesar de pouco, que conversou com ela durante a noite, que não percebeu se estava acompanhada…"

Era uma versão bem resumida do que tinha falado. Bastante vago. *Perfeito.*

Victor terminou de ler e assentiu. Recostou-se na cadeira.

— Concorda com tudo?

— Aham. Posso assinar.

O termo de declaração foi impresso, Victor assinou e deixou a delegacia.

Ficou parado alguns minutos na calçada da rua Bambina, vendo os muitos ônibus e carros passando. Não queria voltar a trabalhar nem precisava. Tinha avisado ao chefe, o amigo de infância de seu pai, a quem chamava de tio, que precisava da tarde para resolver um assunto na delegacia. Não o esperavam no escritório.

Sentindo que merecia uma recompensa por ter agido tão bem no depoimento, chamou um Uber. Tinha em mente uma excelente churrascaria onde poderia comer um almoço tardio e relaxar; de preferência, com uma cerveja bem gelada para acompanhar. Foda-se a dieta ou que era segunda-feira. Ele merecia.

É óbvio que a polícia sabia que o agressor era Victor.

Nicole foi questionada naquela noite cheia de dor e sofrimento. Óbvio que ela disse o nome, e o sobrenome.

O que aconteceu foi que, depois, ela se recusou a assinar o depoimento. Isso significa que a investigadora não podia usá-lo como prova, não para um juiz; mas ela sabia muito bem quem era Victor.

Se ele tivesse ido com um advogado, se tivesse folheado o inquérito, teria visto isso, mas o imbecil estava tão confiante que foi sozinho e mentiu na cara dura.

Eu acho graça, porque duvido que Victor tenha se preocupado com algo pior do que o escândalo. Digo, preocupação de verdade, o medo das consequências de cometer um ato criminoso. Acho mais provável que só tenha pensado no que os outros achariam dele, caso fosse revelado como o tal agressor.

Será que em algum momento passou pela sua cabeça a compreensão de que tinha cometido um crime? De que o crime aconteceu e era ele o culpado? Assim, tão claramente. Uma lógica que não escapa a uma criança de cinco anos. Tenho para mim que Victor dissociou as coisas.

Resolvi pesquisar. De acordo com o Código Penal brasileiro, uma lesão corporal gera pena de detenção de três meses a um ano. Pena máxima de um ano, porque uma costela quebrada não é considerada uma lesão grave. Vai entender. Isso também quer dizer que Victor nunca seria preso, mesmo se considerado culpado por um juiz. Pelo visto, com penas baixas, como de um ano, existem mil outras possibilidades na lei e o culpado desses crimes não vai para a cadeia. Faz outras coisas como punição, mas nada demais; ir todo mês ao tribunal assinar um papel, coisa assim.

Sendo violência contra a mulher, porém, daí a pena é de três meses a três anos. Isso se considerarem que as previsões de violência doméstica valem para namoro. Essa parte também é confusa, porque a lei não inclui namoro, mas li um artigo na internet de alguém dizendo que tudo com vítima mulher acabava caindo na violência contra mulher. Faz sentido, eu acho. Essas coisas jurídicas são difíceis de entender.

De qualquer forma, mesmo Victor sendo culpado de uma lesão do tipo que é violência doméstica, o juiz daria a menor pena possível e ele nunca passaria perto de um presídio. Por isso que meu pai desistiu da polícia. Que punição é essa?

Seria divertido se isso atrapalhasse a vida profissional dele, mas imagino que não. Pessoas como Victor ficam inalcançáveis em seus castelos de cristal. Se a vítima fosse uma mulher com menos prestígio, duvidaria até mesmo que Victor fosse acusado de qualquer coisa, mas a vítima era Nicole e o pai dela jamais aceitaria que o filho da puta que espancou sua filha ficasse impune. Talvez se resumisse a uma briga de influência entre as famílias de Victor e Nicole. O mínimo seria o escândalo e, de volta para isso, é só o que esse povo teme — o escândalo.

Estão muito fora da realidade.

— Repete para mim: por que, que no meio da minha preciosíssima folga, eu fui sequestrado, em meu próprio carro, para cruzar a cidade? Me dá uma justificativa decente!

Otávio massageava a têmpora enquanto reclamava. Maia, ao volante, segurou o riso e fingiu total seriedade ao repetir:

— Já disse, o Breno não tem tempo de sobra.

— E eu lá tenho? Maia, às vezes eu juro que criar intimidade com você foi um dos piores erros que eu já cometi.

— Isso quer dizer que a rainha do gelo admite ter intimidade com alguém?

Otávio enfiou a cabeça nas mãos em um gesto de desistência. Murmurou que pelo menos em seu carro tinha controle da playlist.

O destino era a Cidade da Polícia, um complexo de delegacias especializadas que ficava em um bairro um tanto afastado do Centro da cidade. Depois de receber o laudo da autópsia do corpo encontrado em Guaratiba — que pouco ajudou no caso —, Maia resolvera fazer uma visita a Breno, colega com quem tinha trabalhado antes de ir para a Homicídios.

O exame de corpo de delito atestara o que Maia já imaginava: o cadáver fora queimado após a morte, apresentava muitas outras lesões e ferimentos, inclusive ossos quebrados. Não impressionava. Aquele corpo já contava que tinha sido torturado, e muito. A causa da morte provavelmente era traumatismo cranioencefálico, causado por um objeto contundente pequeno em área e pesado. O punho de uma arma, um martelo, uma bola de sinuca... Esperava que o exame toxicológico trouxesse mais respostas, mas este ainda não estava pronto. Esperava por drogas.

Podia escutar a voz de Arthur em sua mente, perguntando "parece profissional?"

Precisava descobrir a identidade da vítima, por isso requisitara uma radiografia da arcada dentária, que levava consigo; e arrastava Otávio junto para agilizar o trabalho, porque nem ela, nem Breno tinham ideia de como comparar arcadas dentárias.

Maia abriu um sorriso zombeteiro e olhou para o amigo.

— Te devo uma garrafa de vinho?

— Um bom vinho! — Otávio exigiu, fazendo careta.

Chegando ao destino, Maia embicou o carro no portão, mostrou o distintivo e passou pela guarita pensando que ela e Otávio tinham definições muito diferentes do que significava "um bom vinho".

Logo, estavam passeando pelo interior refrigerado do complexo, que reunia diversas delegacias especializadas, com uma lanchonete superfaturada no centro. Todas as divisões foram construídas nos mesmos moldes — janelas de vidro revelando o interior de cada divisão, com paredes de cor creme idênticas; o chão de ladrilhos de plástico barulhentos e as muitas baias dos vários investigadores. Monocromático. Um labirinto que parecia sempre levar de volta ao mesmo lugar, caso não se prestasse atenção. O que diferenciava, de forma ainda confusa, uma delegacia da outra eram apenas as enormes letras coladas aos vidros: DRF, DDEF, DCOD. Furtos, fraudes, drogas.

Maia seguiu as indicações que diziam: DDPA — Delegacia de Descoberta de Paradeiros. Passou pela porta de vidro observando os fundos da sala, sem encontrar seu colega.

Os policiais das divisões especializadas não costumavam ter muita paciência para atender pessoas aleatórias e estagiários dos escritórios de advocacia cheios de perguntas, por isso ela usava o distintivo pendurado no pescoço.

— O Breno tá aí? — Maia debruçou-se sob o balcão do cartório.

O policial sentado detrás de uma tela de computador e uma enorme pilha de papéis ergueu o olhar, viu a identificação e suavizou a expressão irritada.

— Breno?

Maia havia mandado uma mensagem para o colega e sabia que ele estaria na delegacia, então apenas completou:

— Soares.

O policial se limitou a assentir, reconhecendo o sobrenome. Apontou na direção de um corredor que terminava em mais uma saleta repleta de baias. Dando de ombros, Maia caminhou pela direção apontada. Otávio a seguiu.

Maia trabalhara com Breno Soares na 7ª DP de Santa Teresa, no começo de sua carreira na Polícia Civil. Nutria certa desconfiança do investigador quanto à sua ética e moralidade, mas fizera questão de não perder o contato, justamente por Breno ter sido transferido para a divisão de paradeiros — ou seja, de desaparecidos. Era uma boa amizade profissional e de fácil manutenção, graças aos grupos de WhatsApp. Mas era um babaca.

— Olha só, se não é a investigadora mais gata da DH! — Breno disse, um pouco alto demais, assim que avistou Maia.

Ele se levantou de sua mesa, foi até Maia e a abraçou de uma forma desconfortável, tascando um beijo demorado em sua bochecha enquanto segurava seu rosto.

Isso porque ele nem deve saber sobre o Arthur, Maia pensou. Para Breno, maridos não eram impedimentos.

— Fala, cara. — Ela abriu o melhor de seus sorrisos falsos.

Era uma medida muito precisa, ser simpática e evitar que Breno acreditasse que estava flertando. Não costumava se importar com interpretações exageradas da parte dos homens; era um mal ao qual a maioria das mulheres estava acostumada e não passava de uma irritação corriqueira, mas induzir Breno ao erro seria um inferno. Ele tinha uma tendência de achar que todas as mulheres o queriam, a maior parte dos homens também, e suas incessantes investidas seriam insuportáveis.

— Esse aqui é o Otávio — Maia continuou —, da Científica.

— Opa, então já tá acompanhada? Decepção... — Breno falou, enquanto apertava a mão de Otávio.

Maia quase soltou uma risada ao ver a microexpressão de desgosto no rosto do perito por detrás do sorriso amarelo. Breno nada notou e comentou apenas que era bom receber visitas. Voltando a se sentar, abriu o programa da Polícia Civil no computador e prontificou-se:

— E aí, do que você precisa?

Maia arrastou a cadeira que ficava do lado oposto da mesa para junto de Breno, para ver a tela do computador. Explicou sobre sua investigação e qual a esperança que restava para identificar o corpo. Torcia que os parentes da vítima tivessem aberto um boletim de ocorrência quanto ao seu desaparecimento, fornecendo radiografias da arcada dentária para facilitar uma identificação.

— Pesquiso a partir de qual data, então? — Breno perguntou.

A postura do investigador estava mudada, concentrou-se na tela — profissional, prestativo. Maia se perguntou se o colega, enfim, teria mudado um pouco o jeito. *Será que estou sendo injusta achando que ele ainda é um babaca?*

Elogios e abraços poderiam ser simples afeto mal medido, confundido com flerte exagerado e indesejado. Sem pensar muito no assunto, respondeu:

— Olha a partir de segunda-feira da semana passada.

Otávio concordou.

— Pelo pouco que conseguimos compreender do corpo, parece impossível o sequestro ter ocorrido antes disso, mas nosso melhor chute é quinta-feira — ele adicionou. Acreditavam que a captura, tortura e homicídio tivessem acontecido em sequência, na noite anterior à descoberta do corpo. Era o que lhes parecia mais provável.

Breno começou a preencher os dados no mecanismo de busca. A pesquisa retornou com trinta e dois resultados.

— Temos como saber quais desses registros têm imagens da arcada dentária? — Otávio sugeriu, os braços cruzados, observando a tela.

— Preciso entrar na ocorrência, mas dá pra ver sim. Vamos fazendo um a um. — Breno clicou na primeira sequência numerada, que indicava uma investigação.

Maia tinha em mãos um envelope pardo com as radiografias da vítima. Abriu e retirou as imagens, passando para Otávio. Trocou de lugar com o perito, ele sentado, ela de pé atrás dos dois colegas, observando a tela do computador.

Uma a uma, Breno abria as ocorrências, verificava rapidamente se os familiares haviam fornecido radiografias e, em caso positivo, clicava na imagem digitalizada para que Otávio pudesse comparar com as que tinha em mãos. Demonstrou bastante paciência para com o pedido feito por Maia, o qual não tinha a menor obrigação de cumprir. Ela quase decidiu que estava sendo injusta com Breno enquanto o assistia trabalhar com Otávio, mas resolveu por apenas dar pontos positivos ao investigador e deixar mudanças conclusivas de opinião para um próximo encontro. Lembrava-se de muitas piadinhas de mau gosto e um ou outro incidente estranho durante operações.

— Esse daqui. As imagens batem — Otávio anunciou, retirando Maia das lembranças da 7ª DP. Tinha a radiografia da vítima erguida ao lado do monitor, para a comparação.

— Quem é essa pessoa? — Maia se inclinou em direção à tela.

— Victor Monard de Magalhães — Breno falou. — Merda!

Maia surpreendeu-se com o comentário.

— O que tem ele?

— Não ele. O pai é ricaço — Breno explicou e olhou para Maia. — A mídia vai te encher o saco.

A investigadora fez uma careta, retorcendo o lábio.

— Bom, obrigada mesmo assim. — Ela deu dois soquinhos amigáveis no ombro de Breno. — Você já me ajudou à vera aqui. Não tinha ideia do que fazer com esse inquérito.

Breno girou na cadeira e abriu um sorriso.

— Ao seu dispor.

Com uma requisição da transferência do boletim de ocorrência do desaparecimento de Victor para a Divisão de Homicídios feita ao delegado responsável, Maia e Otávio deixaram a Cidade da Polícia, agradecendo mais algumas vezes a Breno pela cooperação. Maia deu vários pontos positivos para o colega em sua mente.

No lugar em que eu nasci e morei durante os primeiros anos da minha vida, pessoas desaparecem.

Elas somem. Os corpos são encontrados algum tempo depois. Às vezes, as famílias ficam sabendo. Muitas vezes não. Hoje eu descobri que existe um programa dentro do Ministério Público que trabalha para tentar identificar o maior número possível de corpos e informar às famílias. Fácil de ver que, se existe esse programa, ainda mais como algo externo à polícia, é porque são muitos corpos.

Quando eu era criança, não tinha isso. Pessoas sumiam e, nas vezes em que eram encontradas, seguia-se um enterro sem alarde. Eram os casos bons.

Eu não entendia muito bem, já que saí daquele lugar ainda com uns cinco ou seis anos, mas via o vazio estra-

nho nos olhos das mães. Por mais que não compreendesse, me assustava. Meu pai dizia que era a falta de esperança, um dos piores sentimentos que existem. Encontrar alguém vivo era uma raridade enorme. Não me lembro de ter visto acontecer, então as mães não esperavam por isso.

Ainda bem que não morei lá por muito tempo. Depois que meu pai me levou para a casa dele, só o que conheci foi uma vida agradável de classe média carioca. Então, não. O assassinato que eu cometi não foi produto da violência desgraçada dessa cidade. Não tem a ver com o lugar onde nasci.

Esse corpo é outra coisa por completo. Vem de uma realidade diametralmente oposta, poderíamos dizer. Sua família não sofreu a ponto de desistir da esperança. A polícia terá todas as informações necessárias para identificá-lo. Sei disso. Nunca considerei a possibilidade de que essa morte se perdesse em meio a tantas outras.

Eu queimei o cadáver como uma espécie de capricho. Tenho meus motivos, apesar de saber que não adiantaria muita coisa. Talvez só alguns dias de paz antes do morto ser identificado, no máximo... porque vai acontecer. Esse cadáver tem nome, um nome importante, não é o tipo de gente cujo desaparecimento as autoridades conseguem ignorar.

Délcio mal notou o longo trajeto de carro. Enquanto as mãos e os pés trabalhavam de forma quase automática para guiar o veículo, sua mente deslizou para anos antes, para um dia no início de sua carreira como investigador de homicídios.

Ele não dirigira na ocasião. O delegado responsável havia guiado o carro; um homem muito diferente do Dr. Ricardo. Chamava-se Jorge Augusto. Era barbudo e gordo, o cenho sempre franzido, cara de sábio. Délcio aprendera muito com ele, até o dia de sua aposentadoria.

Havia menos prédios no caminho. A avenida estava menos conservada, sem a faixa nem as estações do BRT — um ônibus de via exclusiva que fora instaurado para melhorar o transporte público em função das Olimpíadas de 2016 e que agora acompanhava toda a extensão da Avenida das Américas, seguindo para a Avenida Dom João VI.

Era um dia nublado e a grama estava molhada; a barra da calça ficara úmida. Délcio havia deixado a viatura ao lado de seu chefe e caminhado até o local de desova do corpo, bastante afastado da rua.

— É seu primeiro? — Jorge Augusto perguntara.

Délcio não entendera a pergunta. Primeiro o quê? Corpo? Já trabalhava com o delegado fazia mais de um ano. Ao perceber a confusão, Jorge Augusto acrescentou:

— Primeiro desses. Queimado e largado por aqui.

— Ah, é sim. — Délcio respondera. — É comum?

Jorge Augusto balançara a cabeça.

— Não tanto, mas é o quinto ou sexto que eu pego, já.

Um perito examinava o corpo, com todo o cuidado.

— Ele não vai achar nada de útil — o delegado dissera, com um suspiro. — Nunca acham.

Délcio lembrava-se de observar Jorge Augusto se afastando para fumar um cigarro com uma estranha sensação de que havia esbarrado em um crime diferente. Cinco ou seis corpos desses. *O que isso significa, então?*

Ainda hoje Délcio não sabia a resposta por completo. Fora sortudo o suficiente para obter a identidade de um dos mortos: Jefferson de Andrade. Falsificador de documentos, ganhava uma bolada com isso, mas a profissão fez com que seu homicídio fosse considerado uma investigação desimportante. Ninguém queria perder tempo com assassinato de bandido. Délcio tinha tentado, mas era difícil seguir adiante sem qualquer auxílio e, no fim das contas, largou de mão.

Mal podia acreditar que atravessava a cidade em busca daquele inquérito, há tanto abandonado. Após mais de uma hora no carro, cruzou a linha de trem, subiu por uma rua próxima à estação de Nova Iguaçu, passou por uma praça com uma igreja e, enfim, parou junto a um prédio baixo, com a parede externa metade de pedras, metade pintada de branco, com janelas azuis.

Não havia sinal de movimentação no interior do edifício. A porta gradeada estava fechada, mas duas viaturas da Polícia Civil, estacionadas junto ao prédio, indicavam que ele estava no local certo.

Era a 11ª Delegacia de Acervo Cartorário, divisão criada no início dos anos 2000, quando um projeto do governo, denominado Delegacia Legal, havia reorganizado as delegacias do estado do Rio de Janeiro. As DEAC foram, então, estabelecidas, ficando responsáveis pela conclusão de investigações antigas, instauradas antes do projeto.

Tantos anos depois, as DEAC serviam quase que como um arquivo dos inquéritos que o Ministério Público se recusava a deixar arquivar, por considerar a investigação — em geral parada há uma década — importante demais para ser interrompida. Era tudo antigo, caindo aos pedaços e, por diversas vezes, desorganizado. Algumas dessas divisões de acervo sequer tinham acesso ao sistema online da Polícia Civil, portanto faziam o acompanhamento da movimentação dos inquéritos por planilhas no Excel. Délcio não via diferença entre este esquema e manter um caderno em que se anota a entrada e saída das investigações da delegacia com lápis e borracha.

Caminhou sob o Sol forte até a porta e continuou sem ver ninguém — exceto por um cachorro que aproveitava o frescor da sombra e do chão de pedra no interior do prédio. Puxou a grade, testando, observando que a porta estava aberta.

O cachorro levantou a cabeça dois centímetros do chão para examiná-lo, mas decidiu que não havia ameaça e voltou a se deitar. Era escuro ali. Pouca iluminação solar entrava e não havia lâmpadas acesas. Olhando ao redor, Délcio encontrou um papel grudado na parede, com uma seta informando que a 11ª DEAC estaria no segundo andar. Fez um carinho rápido atrás da orelha do cão e subiu as escadas.

O segundo andar revelou um corredor também na penumbra, com várias portas pintadas de azul entreabertas, silêncio reinando. Délcio escolheu bater na porta da qual saía um vento fresco de ar-condicionado.

— Pois não? — uma voz feminina chamou. — Pode entrar.

Com um sorriso no rosto, Délcio entrou na sala. Era mais ou menos o que esperava; duas mesas, caixas com pastas e inquéritos para todos os lados, armários lotados das investigações. Atrás da escrivaninha mais próxima da janela, onde também havia um computador, sentava-se uma mulher jovem, com cabelos loiros compridos e estilizado em cachos perfeitos. Ela levantou o olhar do papel em que anotava algo e lhe cumprimentou.

— Boa tarde. Eu sou Délcio, investigador da DH. Acho que vim tomar um pouco do seu tempo.

A mulher repetiu o movimento da cabeça, desviando a atenção do papel e mirando Délcio. Desta vez, ergueu as sobrancelhas, interessada.

— Uh, DH, é? — Ela se levantou e estendeu a mão para o investigador. — Eu sou a Nora. Como posso ajudar?

Délcio apertou a mão de Nora, depois coçou a cabeça.

— Peço perdão, minha cara, mas venho lhe dar trabalho. Explico: tô procurando um inquérito que eu sei que tá aqui e sei de qual delegacia ele veio, mas não tenho ideia do número.

Nora fez uma careta, parecendo mais divertida do que irritada.

— Nenhum outro detalhe?

— Todos os que você quiser! Homicídio antigo, corpo todo queimado. No mesmo inquérito falava de umas dez mortes parecidas, na verdade. Quando saiu da minha mão, já tinha uns seis volumes grossos.

— Veio da 43ª DP? — Nora perguntou.

Délcio arregalou os olhos, em surpresa.

— Esse mesmo!

Com um sorriso, Nora se dirigiu a um armário no canto da sala, explicando:

— Chama atenção. Não tem tanto inquérito grande assim aqui, muito menos de vários homicídios. Eu só não sei o número também, vamos ter que procurar. Não tenho ideia se está aqui comigo ou no Ministério Público.

A pilha de pastas quase explodia para fora do armário, em torres de papel velho, desgastado, remendado com fita adesiva. O cheiro de guardado fez Délcio espirrar. Jamais poderia trabalhar em uma DEAC. Passaria o dia inteiro alérgico, espirrando ininterruptamente, com os olhos coçando e lacrimejando. *Deus me livre,* pensou, fungando.

Nora começou a procurar por entre as várias pastas. Délcio se ofereceu para ajudar e ela indicou duas torres de inquéritos em cima de uma mesa. *Essa sala tem cheiro de esquecimento,* Délcio pensou consigo mesmo enquanto lia os detalhes nas capas das investigações.

— Vê se é esse. — Nora pôs um tijolo de papéis sobre uma das mesas.

Délcio abriu o inquérito, começando por trás. Agora eram sete volumes, mas pouco havia sido adicionado à investigação. Voltando umas cem páginas até o sexto volume, encontrou sua própria assinatura em um dos documentos. Burocracia interna. Falava sobre a remessa para a DEAC, a data era 14 de fevereiro de 2002. *Naquela época eu nem precisava de óculos para ler,* Délcio pensou enquanto semicerrava os olhos para enxergar melhor.

— É esse mesmo. — O investigador endireitou as costas na cadeira, respirou fundo e continuou: — Ficou poucos anos na minha mão e travou logo de cara, mas todo ano eu parava pelo menos uma semana pra ficar nessa investigação. Nunca deu em nada.

Nora deu de ombros, com um meio sorriso.

— Bem normal por aqui. O que você quer com ele agora?

Délcio soltou uma risadinha. Faltava-lhe certeza quanto a resposta, no entanto, se estivesse certo…

— Surgiu outro corpo.

Do topo da escada circular de metal, Maia escutava a voz de Ana Luiza conversando com os pais da vítima.

A delegada era boa com essa parte, dar as péssimas notícias, relatar o que havia acontecido. Mantinha-se fria, à distância, e, ainda assim, conseguia consolar o casal. Maia era incapaz. Toda vez que precisava relatar aos parentes de uma vítima o que havia acontecido, sentia vontade de chorar. O sentimento de perda tomava-lhe por inteiro. Então não estava participando da conversa. Em vez disso, subira até o segundo andar do apartamento, onde ficavam os aposentos de Victor. Ali, as paredes pareciam brancas demais. Nada além de uma enorme televisão as cobria. Sequer um pôster aleatório ou uma foto com amigos. *Como consegue, paredes tão vazias?*

Sofá de couro preto, mesa de vidro com pés de metal. Um balcão de mármore separava a cozinha e, sobre ele, havia uma coleção de garrafas de bebidas alcoólicas, todo o tipo de destilado imaginável, umas cheias, outras pela metade. Os eletrodomésticos pareciam intocados, exceto pela geladeira.

Maia soube, antes de abrir, que estava muito bem abastecida de cervejas artesanais de todos os tipos, afinal estavam na moda. Ela não lembrava exatamente como era o apartamento do protagonista no filme Psicopata Americano, mas teve a sensação de que era muito parecido. Sensação similar, só faltavam os CDs.

Fora a sala, havia um escritório transformado em pequena academia, com uma linda vista da praia, um banheiro de catálogo de revista e o quarto. Maia resolveu focar sua atenção no quarto, o aposento que trazia pelo menos um pouco de quem era Victor. A mobília era branca. Os objetos sobre as prateleiras contavam partes de uma história; algumas fotografias de Victor quando criança, da época em que ainda se imprimiam as fotos; uma caneca de metal com uma ilustração da mascote da faculdade, um personagem de desenho animado do qual Maia não se lembrava. *Talvez seja depois do meu tempo,* pensou, observando a inscrição logo abaixo, com o ano de uma chopada específica. "Faculdade de Economia, calouros do segundo semestre de 2006." Ao lado, duas medalhas dos jogos universitários, time de handball. *Pelo visto, você curtiu a faculdade...*

Maia abriu um pequeno sorriso, observando alguns brinquedos guardados até a vida adulta, quase escondidos no alto da estante. Alguns carros em miniatura, dois bonecos de super-heróis, uma pelúcia do Patolino. *Eu poderia gostar de você vendo essas coisas,* a investigadora pensou, é mais fácil.

Alguns livros, ficção e não ficção, lidos, de acordo com as marcas nas lombadas. Nenhum com as ranhuras de repetidas releituras; nenhum que saltasse aos olhos como o favorito. A posição de destaque na escrivaninha indicava que o da vez era "A Sutil Arte de Ligar o F*da-se", de Mark Manson. Muitos best-sellers. Nada indicava um gosto específico.

Você é um homem de aventura ou mistério? Romance?, Maia se perguntou, sem ter uma resposta. *Você é uma pintura cubista, um retrato todo recortado, mais de uma face se mostrando na tela, outra ainda oculta.*

Entrou no banheiro. Viu a coleção da produtos de beleza, que não lhe dizia nada, algumas vitaminas e remédios que pareciam indicar consultas em nutricionista. Preocupação com o peso e alimentação. Era difícil enxergar mais de Victor do que sua fachada, do que já estava nas redes sociais.

Seu quarto é parecido com tantos outros, Maia pensou. *Quem é você de verdade?*

Queria que ele fosse o homem que guarda um boneco do Patolino, mas continuava vendo-o como alguém que insistia em usar calças arrumadas para sair para um barzinho com mesas de rua no calor carioca. Imagem antes de conforto. Antes de tudo. *Por que alguém te odiou a ponto de te matar daquela forma?*

Com um suspiro, deixou o quarto.

Lá embaixo, o som de soluços e lágrimas reprimidas. O casal alegava não ter ideia de quem poderia querer machucar o filho. Maia ficou um tempo no topo da escada, esperando uma deixa para voltar à sala; esperando um sinal de que a conversa se aproximava do fim.

Quando a porta do apartamento de Vanessa e Mauro se fechou, isolando tanto investigadora quanto delegada do sofrimento do casal, Maia sentiu o peito descomprimir com alívio. A tensão, que sequer percebera que dominava seu corpo, deixou-a, os ombros relaxaram, uma respiração profunda a acalmou.

— Eu odeio essa parte — a investigadora murmurou enquanto entravam no elevador.

— Eu também. — Ana Luiza recostou-se na parede e fechou os olhos.

— Você é tão boa nisso — Maia falou, como já tinha feito antes.

Ana Luiza soltou o ar pela boca e balançou a cabeça.

— Não começa, Maia. Você sabe exatamente por que me prontifiquei para falar com eles hoje. Só que não dá para continuar assim. Já faz muito tempo.

Fez-se silêncio.

Maia cruzou os braços, descruzou, enfiou as mãos nos bolsos. Dois anos haviam passado rápido demais. Alguém considerava isso período suficiente para cura? Para afastar a dor?

Alcançaram o térreo e Maia mudou um pouco o assunto:

— Os pais disseram algo que possa ajudar?

— Não — a delegada falou. — Agora, ele é o filho perfeito.

— Drogas? O inquérito de desaparecimento mencionava que ele era usuário de várias.

— Insistem que era recreacional. "Pra festa", "com os amigos" e só. Não devia pra ninguém nem revendia.

— Hum...

Foram cruzando o saguão de entrada do prédio.

— Ninguém poderia ter motivos pra matá-lo — completou Ana Luiza, repetindo as palavras dos pais de Victor. — Um absurdo. Único defeito era ser um garoto um pouco irresponsável, mas estava se ajeitando, amadurecendo.

Maia fez uma careta.

— Ele tinha trinta e dois anos.

Ana Luiza deu de ombros, concordando com o que Maia não tinha chegado a pôr em palavras.

Eu devia ter mais empatia por você, Victor, Maia pensou, olhando para o céu e o Sol. *Você é a minha vítima. O que fizeram com você foi horrível, injusto, e eu estou aqui, te julgando.*

— Ainda não sei direito o que é, mas esse caso me incomoda — Ana Luiza comentou quando entraram no carro.

Não foi um comentário estranho para Maia. Depois de quatro anos na equipe da delegada, tinha certa noção das investigações que chamavam sua atenção.

Murmurou uma concordância.

Ana Luiza remexeu o corpo detrás do volante.

— Sei lá, sinto que vai dar merda com esse.

A delegada tinha um faro para esse tipo de coisa. Costumava estar certa.

Um dia, antes da investigação ser iniciada, quando não tinha ideia de quem era Maia Torres, eu me peguei rindo, imaginando algum policial descobrindo a identidade de Victor e sentindo pena dele.

Um cara de família rica, de bem, branco, empresário, sem histórico de se meter em confusão. Podia ver o investigador que pegaria o caso balançando a cabeça, as mãos na cintura, pensando que desperdício teria sido essa morte.

Na minha mente, esse investigador era um homem mais velho, também branco, meio gordo, barba por fazer e entradas na testa de uma careca já bastante avançada. Um quase miliciano, mas que não chegava a tanto. Aceitava uma graça ou outra, mas não se envolvia com nada pesado. Apenas ignorava toda a falcatrua da Polícia Civil e se achava um herói por causa disso. Um policial à moda antiga, que se considerava um excelente cidadão, fazendo seu serviço à comunidade.

Eu ria imaginando o ridículo, o mal lavado investigando a morte do sujo, acreditando dever justiça ao pobre garoto — que nada tinha de pobre e não era mais um garoto.

Ele ficaria se perguntando o que um jovem rapaz de boa família, como aquele, teria feito, como teria se metido com gente errada? Quem o teria levado para o mal caminho? O que Victor poderia ter feito para ser morto assim, com tanta crueldade? Certamente um exagero. Uma bobagem de menino que terminou muito errado.

Eu conseguia ver tudo isso. O homem refletia tudo o que eu imaginava que a sociedade diria sobre a morte de Victor. Esse cara, esse policial que eu imaginava, jamais compreenderia que Victor não merecia sua pena.

Então me informaram sobre a equipe que pegou o caso e descobri quem era Maia Torres.

Não fiquei seguindo ela, observando sua vida, acompanhando a investigação com obsessão, como a ficção tem mania de mostrar. Não estava brincando de gato e rato com Maia Torres. Não lhe enviei cartas com pistas sobre quem sou e onde poderia estar ou qual seria minha próxima vítima, nada do gênero.

Só gostei de descobrir quem era ela. Pesquisei seu nome no Google e li reportagens, só isso. Pensei que talvez ela fosse entender.

Até mesmo fantasiei que, quando descobrisse o que sua vítima nada merecedora do nome tinha feito, ela perderia a vontade de realmente investigar o assassinato de Victor Monard de Magalhães.

Porque Maia Torres me pareceu uma boa pessoa.

Se não fosse uma total e completa estupidez de minha parte, iria atrás de sua amizade. Tem pouca gente de que eu realmente gosto por aí. Acho que gostaria dela; mas, pelo menos por enquanto, minha prioridade é evitar a cadeia e tomar um chope com a investigadora responsável pelo caso não me parece a melhor forma de fazer isso.

O burburinho não lhe interessava. O assunto na mesa era alguma série norte-americana de super-heróis que ele não assistia. Os amigos tinham gostado do vilão da temporada, ou detestado; as emoções eram fortes para ambos os lados.

Victor não prestava atenção. Tomava goles de sua cerveja devagar enquanto mexia no celular. Tinha criado contas com um e-mail novo em várias redes sociais e tentava descobrir alguma notícia de Nicole.

Um mês e continuava bloqueado em tudo. Estava quase enviando uma carta. Pelo menos chegaria à destinatária, apesar de que ele continuaria sem respostas.

Antes de começarem a namorar, todas as redes sociais de Nicole eram abertas. Ou seja, qualquer pessoa com acesso à internet conseguia ver as fotos que ela postava, os comentários que fazia, tudo o que publicava.

Após a maldita noite do incidente, ela tinha fechado tudo. Só o que Victor conseguia ver era sua foto de perfil no Instagram, a mesma imagem de antes, pequena demais. Não queria sair perguntando, também. Não tinha um motivo específico para falar de Nicole. Aos olhos do resto do mundo, eles mal se conheciam. Podia contar nos dedos as pessoas que sabiam sobre o namoro e nenhuma delas lhe respondia. Bem, a tal de Natália tinha respondido, uma vez. Mandou-lhe tomar no cu de uma forma bastante criativa, depois o ignorou.

Bufou e guardou o celular no bolso. Esticou o corpo sobre a mesa para pegar a garrafa de cerveja e encher seu copo, prestando atenção ao que os amigos falavam. Ainda discutiam super-heróis, mas tinham passado para o último filme que saíra no cinema. Este Victor tinha assistido e concentrou-se para participar da conversa, distrair a cabeça, esquecer a namorada. Foi então que o inesperado aconteceu.

Nicole, simplesmente, surgiu como assunto; e da pior maneira possível.

— Vem cá, o Danilo não vinha com você? — Erick perguntou para Gustavo, interrompendo o assunto de viagens no tempo e lutas intergalácticas.

Gustavo, que terminava de mastigar as cinco batatas-fritas que tinha posto na boca ao mesmo tempo, balançou a cabeça em negativa.

— Não. Tá na casa da Nicole de novo — respondeu, de boca cheia.

— Mas a costela já não sarou? — Erick perguntou.

Victor prendeu toda a sua atenção naquela conversa despreocupada, do outro lado da mesa. Mal podia acreditar na sorte, apesar de não ser algo tão impossível de acontecer. Afinal estava no bar com seus colegas de escola, todos a conheciam. Erick até estava no bar, naquela noite. Torceu para que continuassem falando dela. Qualquer notícia era boa. Infelizmente, com a menção de Nicole, viera o babaca do Danilo. Tinha esquecido do cara. O ex que adorava dar uma de amiguinho quando Nicole estava vulnerável. *Cara escroto*. E estava na casa dela?! Victor desejou que a puta ainda sentisse dor nas costelas.

— Sarou, mas ela ainda tá meio cabreira de ficar saindo de casa — Gustavo explicou. — Danilo tá com pena. Passa umas tardes lá, pra fazer companhia.

Pena, até parece!, Victor pensou. O que o babaca queria era se aproveitar de Nicole, tinha certeza disso. Nunca surgia quando ela estava bem. Mal se falavam. Era só ela precisar de um ombro amigo que ele aparecia, torcendo para conseguir algo mais do que uns abraços. *Escroto*.

— Que merda... mas deve ser foda pra ela mesmo — Erick concluiu.

Foda pra ela?! Foda pra mim! Victor precisou conter a irritação. Continuou tomando a cerveja, concentrando-se no copo como se nunca mais fosse ter acesso à bebida.

Não falaram muito mais. Repetiram como estavam chocados, como era loucura que algo do gênero tivesse acontecido. Não entendiam o que tinha, de verdade, acontecido. Pensaram que Nicole pudesse ter medo. Ridículo.

Victor escutou, entediado. Esperou a noite toda que contassem algo útil; como ela estava, se o babaca do Danilo estava tentando alguma coisa, se ela tinha saído com algum cara, mas não falaram nada assim. Logo estavam de volta à discussão sobre super-heróis ou qualquer outra coisa sem importância.

CAPÍTULO 5

Uma trovoada ressoou alto no momento em que saíram do elevador. A chuva estava vindo, era melhor correr logo para o mercado. Nicole e Tália andaram apressadas pela portaria grande demais do prédio antigo onde o pai de Nicole morava. Danilo vinha logo atrás, o passo mais lento. Quando alcançaram o jardim que separava a portaria das grades de ferro que protegiam o edifício, Nicole olhou para o céu, considerando se não era uma melhor ideia pegar o carro.

Ela sequer notou o barulhinho de estalo, indicando que o porteiro havia liberado a saída. Escutou um xingamento e, quando baixou o rosto, viu a mochila de Tália largada no chão e a amiga jogando-se contra o portão para fechá-lo. Mais para a frente, na rua, estava Victor, andando em sua direção, ainda do lado de fora do prédio. Nicole largou a bolsa e cobriu a boca com a mão. Teve de se esforçar para conter as lágrimas. Por que o choro insistia em vir? Estava livre. Não era mais dele. Não tinha mais com o que se preocupar... ou tinha? Afinal, ele estava ali. Atrás dela.

Sentiu dor no abdômen. Danilo chegou ao seu lado e apertou de leve seu braço; parecia dizer "estou contigo".

— Cara, vai embora — Danilo falou com a voz dura, autoritária.

— Eu só quero falar com a Nicole — Victor respondeu, a expressão de bom moço, o injustiçado. Um desavisado teria certeza de que fora Nicole quem havia partido seu coração e não o contrário.

— Você não tem direito nenhum de falar com a Nic. Se fosse por mim, seria até proibido de pronunciar o nome dela — Danilo continuou, soltando Nicole e caminhando para perto das grades do prédio.

Victor o ignorou, levou o olhar até Nicole e dirigiu-se a ela:

— Nicole, por favor. Não podemos conversar? Só nós dois, juntos, a gente consegue resolver isso.

Nicole sentiu o corpo todo tremer. Achou que as pernas perderiam a força e despencaria no chão. O jeito como Victor a observava doía; o pedido por trás, a promessa de melhores tempos, de um relacionamento normal. Ele sempre ficava melhor, depois de uma briga. Mais carinhoso, atencioso. Mesmo assim, queria resolver o quê? Iria indenizá-la pelas horas no hospital? Pelos remédios que tivera de comprar, pelas semanas em casa, sem trabalhar? Nicole tentou concentrar-se naquela noite, na violência que podia surgir no rosto de Victor e ser traduzida em abuso físico.

Só o que conseguia, no entanto, olhando-o ali, na sua frente, era se lembrar dos dois deitados no sofá, abraçados, assistindo a filmes bobos de comédia romântica e planejando viajar juntos para a Europa. Deu um passo na direção dele.

Seu movimento fez com que Tália virasse o rosto para lhe observar. Ela esticou uma mão em sua direção, quase uma ordem para que ficasse no lugar.

— Nic, você não deve nada a ele. Quem quer essa conversa é ele, você não precisa dela — Danilo falou, também buscando seus olhos.

Nicole o evitou. Deu mais dois passos em direção ao portão. Ainda estava longe de Victor, mas podia enxergar melhor seu rosto. Havia dor naquele olhar, saudades, uma carência de tê-la ao seu lado.

— Eu só quero me explicar, amor — Victor continuou. — Só quero a oportunidade de me explicar.

— E que tal pedir desculpas? — Danilo cuspiu. Tentou colocar o corpo entre os dois, impedir que Victor continuasse encarando Nicole, mas não conseguiu. Nicole deu alguns passos para o lado, permaneceu com os olhos fixos no ex-namorado.

A expressão no rosto de Danilo implorava, mas ela não concordava com o pedido. Nicole falou:

— O que você quer, Victor?

Ela sentiu algo mudar na postura de Danilo e Tália, mas não se importou.

— Vamos sair pra jantar, que tal? Naquele restaurante francês que você gosta. Aí a gente tem tempo pra conversar direito. Melhor do que assim — Victor ofereceu. Agarrava as barras de ferro da grade do prédio tentando ficar o mais próximo possível de Nicole. Danilo não existia naquela conversa, muito menos Tália.

Nicole deu mais um passo. Ficou a um metro de distância do portão. Sentiu lágrimas quentes descerem pela bochecha enquanto a mente rodopiava, indecisa. Sua memória pulava de um beijo carinhoso e uma manhã preguiçosa na cama para noites alcoolizadas cheias de ciúmes, brigas, a mão forte dele agarrando seu braço, seu pescoço.

— Você promete não beber? — ela perguntou.

Victor abriu um sorriso encantador, como se aquele pedido chegasse a ser bobo.

— Prometo, claro — ele falou, a pose heroica por estar fazendo o gigantesco sacrifício de abster-se do álcool durante algumas horas. *Olha o que eu faço por você, querida. Olha o que faço pelo nosso amor,* sua expressão dizia.

Pelo canto do olho, Nicole viu Danilo cerrar o punho. Não mudaria sua resposta.

— Ok. — A voz saiu baixa.

Ela manteve o foco nas pedras portuguesas do chão aos seus pés.

— Sério? — A animação de Victor era digna de uma criança de oito anos ganhando um brinquedo novo.

— Só um jantar. Sem álcool. — Nicole confirmou. — Eu te encontro lá e vou embora sozinha.

Sentiu que devia a Victor essa chance. A oportunidade de, pelo menos, terminarem bem. Que mal poderia fazer? Em um restaurante, um lugar público e cheio, sem bebida?

— Obrigado, meu amor — disse Victor, a voz melodiosa atingindo os ouvidos de Nicole como mel. Ela sentiu o corpo derreter. Saudades. — Amanhã? Oito e meia?

Nicole fez que sim com a cabeça. Ofereceu um singelo sorriso.

Victor voltou saltitando para o seu carro e os deixou. Quando o veículo desapareceu ao longo da rua, Nicole procurou o olhar de Danilo, mas ele recusava-se a encará-la. Tália, no entanto, observava-a com olhos atentos, ilegíveis.

Mais uma trovoada e a chuva começou a cair. Andaram em silêncio até o mercado, encharcando a si mesmos e as compras, na volta. Passaram o resto da tarde sem muita troca de palavras. Danilo estava furioso, não fez qualquer comentário. Nicole não o culpava pelo mau humor, mas também não achava que estava fazendo nada de errado ao aceitar sair com Victor. O amigo não entendia seu relacionamento. Não era só dor, brigas e sofrimento.

Era como dirigir um carro em alta velocidade por uma estrada vazia: as janelas abertas, o vento forte e a adrenalina; a sensação incrível de liberdade, completude. Só que qualquer movimento errado, uma curva mal dada, vem o impacto. Você bate o carro e a alegria se torna desespero.

É particularmente cruel um relacionamento tóxico no qual a vítima não consegue escapar nem ser salva.

Por mais que ame Nicole e queira seu bem, seria impossível para qualquer amigo seu afastá-la por completo de Victor. De insistir e garantir o fim do relacionamento.

Da mesma forma, Nicole jamais teria forças para, sozinha, deixá-lo; mesmo que dissesse as palavras, mesmo que informasse ao babaca que tudo estava acabado. Era inevitável que uma hora ele ressurgisse e ela aceitasse vê-lo.

Amor é estranho.

Se é que pode se chamar de amor o que quer que tenha acontecido ali.

É particularmente cruel, mas não é um horror sem solução. Os amigos não conseguem. Nicole, sozinha, também não, mas, quando ela aceitasse ajuda, talvez funcionasse.

> Quando Victor pediu por um jantar, Nicole não tentou recusar. Caso o fizesse, teria apoio, encontraria sua voz para dizer não. Tenho certeza disso. Infelizmente, naquele momento, acho que ela não queria ser ajudada. Ela cedeu, como costuma acontecer com relacionamentos do tipo.
>
> Já disse, vi minha mãe passar pelo mesmo algumas vezes, embora não entendesse direito naquela idade. Marca, ainda assim. Por que ela está pedindo desculpas se foi o moço mau que fez errado? Por que ela está chorando, mas deixa ele entrar na casa? Por quê?
>
> Cruel. Cruel que ela não encontrasse a voz para dizer não porque precisava da droga que eles lhe ofereciam; porque carecia de atenção, assim como todo mundo; porque não tinha ninguém para segurar sua mão e dizer não com ela. Cruel que isso tenha feito com que eu me ressentisse de Cibele, apenas por não entender.
>
> Ela nunca me procurou, então também nunca a procurei. Acho que, em algum momento, quando meu inconsciente compreendeu o que se passava naquela casa, eu a perdoei. Sem perceber. O que ela viveu foi cruel. O que eu vivi, como consequência, também e ainda agradeço por ter saído de lá. Não a culpo mais, não como fazia antes.
>
> Quis tanto que Nicole desejasse escapar, para que eu pudesse salvá-la. Com quatro anos, eu era incapaz de ajudar minha mãe, que queria ser salva.
>
> Não tenho mais quatro anos.

— Eu conheço essa cara.

Maia abriu um sorriso triste e levantou o olhar para o garçom. Sempre companheiro, era um homem gordo, barbudo, que não parava de mascar chiclete. Sua mania fez com que ficasse conhecido como *Babalu*, graças à marca de chicletes com nome similar. Era um amor de pessoa. Maia esticou a mão e ele apertou.

O bar era um típico estabelecimento carioca, não chegava à classificação de *pé-sujo* por muito pouco. Faltava só substituir as mesas de madeira pelas de plástico com logo de cerveja. Já tinha até o balcão vendendo salgados de qualidade duvidosa. Ao entrar, Maia ocupou uma mesa no fundo do boteco e cumprimentou todos os funcionários, que já estavam cansados de vê-la ali.

— O clássico para os dias ruins? — Babalu ofereceu.

Maia assentiu. "O de sempre", em noites como aquela, era uma cumbuca enorme de açaí; era tudo o que Maia conseguia botar para dentro sem passar mal. Não suportava mastigar. Pelo menos alimentava bastante e ela sobreviveria por mais algumas horas.

Respirou fundo e enterrou o rosto nas mãos. Tentou se distrair com a música, que tocava baixinho das caixas de som velhas do boteco, mas não era seu estilo. Leve demais. Alegre demais.

Maia fechou os olhos e lembrou-se do quadro "Chorinho", de Portinari. Gostava desse. Musicistas pintados em tons melancólicos de azul. Sombras. Era essa a banda que gostaria de escutar naquele momento, apesar de que provavelmente também não estariam tocando o rock pesado de sua preferência. Ainda assim, tinha certeza de que seria uma melodia mais apropriada aos seus sentimentos que o pop energético das caixas de som. Talvez ajudasse a não pensar.

Deixou algumas lágrimas escaparem. Tinha acabado de tomar o depoimento de um amigo de Victor, ainda buscando entender melhor quem ele era e como era sua rotina; daí, quem sabe, vislumbrar algum motivo para sua morte. No entanto, a vida de Victor mostrava-se excessivamente comum, para a Zona Sul carioca. O amigo não tinha nada de interessante a dizer e a conversa logo seria arremessada para cantos remotos da mente de Maia, não fossem os olhos da testemunha… o choro que ele tentou segurar sem sucesso. O entrave na garganta.

Ela era íntima daquelas sensações e vê-las tão nuas e puras trazia à tona o nó doloroso dentro de si mesma. Trabalhar com morte tornava ignorar a existência do luto uma tarefa fadada ao fracasso. Maia tentou engolir seu próprio luto. Não conseguiu. Ficou apenas enjoada.

Ainda estava cedo, o boteco tinha pouco movimento, então Babalu sentou-se à mesa quando trouxe o açaí, uma garrafa de cerveja de 600ml e uma dose de cachaça. Contraintuitivo beber quando não se sente bem do estômago, com certeza, mas aquele era o tipo de mal que pedia álcool como remédio. Também fazia parte do "de sempre".

— Posso interpretar que, pelo menos, o trabalho anda produtivo?

— Porra, e pelo menos fosse isso... — Maia virou a cachaça. — Infelizmente, nem todos os momentos difíceis do trampo geram resultados.

A delegada insistira para que Maia conversasse com os amigos. Eram só os amigos, ela conseguiria; Ana Luiza tinha certeza. Não houve escapatória e lá fora Maia, falar de morte com aqueles sofrendo a perda. Lábios tremendo de choro contido. Se ao menos tivesse sido um dia produtivo. Muitas respostas saíam desses testemunhos, porém... *Não descobri nada. Victor ainda é uma pessoa vazia.*

Arthur soltou uma exclamação irritada. Sentava-se no lado oposto da mesa, sem comer nada, sem segurar um copo de cerveja. O boteco era em frente ao prédio em que Maia morava e o único lugar em que via o marido fora do apartamento; provavelmente pelo tanto que tinham ido juntos lá. Comida faltando na casa, mesmo tendo dois para passar no mercado e adquirir um pacote de macarrão. Nos últimos anos, Arthur dava aula em três faculdades diferentes. Tinha pouco tempo livre.

Maia levou aos lábios a cerveja, que, em mente, dividia com ele. Vê-lo compensava um pouco. Matar as saudades era sempre bom.

"Vamos, você sabe mais sobre ele. Pense", Arthur encorajou.

— As vítimas ainda não tão falando com você? — Babalu brincou.

Maia teve vontade de dizer que não falava com mortos, mas escutou uma risada de Arthur e desistiu.

— Tem um caso que ainda não consigo ver, sabe? É uma silhueta sem rosto, mesmo depois de eu ter visto mil fotos. Sabe aquele quadro do Magritte, de um homem com o rosto tampado por uma maçã? Se eu fosse pintar, daria nisso.

Babalu retirou uma caneta do avental que lhe servia de uniforme e ofereceu para Maia.

— Tenta.

Uma figura sem forma.

"Só que você já não gosta dele, não é, Maia? Alguma coisa faz com que você não goste do Victor", Arthur falou.

Maia concordou com um gesto da cabeça. Fez uma careta, porque não sabia explicar a si mesma o motivo de ter implicado com a vítima. Tinha pensado sobre Victor Magalhães todo o caminho até o boteco e a cada conclusão que chegava sobre o homem menos gostava dele. Começou a desenhar na toalha de papel que cobria a mesa.

— Já saiu alguma coisa na mídia? — Babalu perguntou.

— Hum… Só besteira em redes sociais, acho. — Maia estava distraída.

— Morto famosinho no Instagram?

Era uma boa pergunta. Maia tirou o celular do bolso como resposta e procurou o perfil de Victor pelo nome enquanto engolia uma boa colherada do açaí.

— É, acho que sim. Merda. — Isso, além da família com grana e status, não era uma boa combinação. A mídia tradicional viria, em algum momento.

Virou a tela do celular para o amigo.

Babalu deixou escapar um assovio ao examinar as fotos que Victor Magalhães postava. O perfil era público, não precisavam segui-lo para ter acesso a muitos dos detalhes de sua vida; hábitos alimentares, a academia que frequentava várias vezes por semana, quais eram os amigos, a casa de praia onde passava fins de semana ocasionalmente. Tinha um número considerável de seguidores e muitas fotos sem camisa.

Arthur esticou o pescoço e observou o celular enquanto Babalu passava as fotos.

"Já tô entendendo um pouco mais seu desgosto. É o tipo de pessoa de quem você costuma passar longe", ele riu. "Você é preconceituosa com quem gosta de se expor nas redes sociais."

Maia torceu o nariz. Era verdade. Ela até usava as redes, mas sempre com perfis trancados e acessíveis apenas para seus amigos, com poucas fotos postadas. Não era uma pessoa "digital" e tinha dificuldade de entender quem sentia a necessidade de mostrar a vida aos outros. Arthur dizia que era pela carreira como policial, uma aversão a prover informações fáceis para quem quer que quisesse. Ele mesmo era muito mais ativo na internet, principalmente no Twitter.

— É, pelo menos um tipo de mídia vai encher o saco — Babalu concluiu, devolvendo o celular. — A tradicional também, eu acho. Jovem branco, de família de bem, é brutalmente assassinado — entonou a voz como um apresentador de telejornal. — Nessas horas, todo mundo cobra da polícia.

Maia soltou um grunhido. O sequestro, a tortura, o corpo queimado para apagar evidências, jogado no mato como lixo, vendia muito mais jornal pelo tipo de pessoa que ele era.

— Pior é que foi brutal mesmo.

"Parece coisa de filme, como se estivessem tentando tirar informações do cara. Como foram os ferimentos? Porque, se pegarmos certos períodos históricos, principalmente de guerra, é curioso analisar as formas de…", Arthur começou e poderia dar uma aula sobre métodos de tortura em diferentes regimes autoritários, países e séculos variados, se Maia não o interrompesse:

— O que alguém faz pra ser morto com tanta raiva?

— Você vai descobrir. — Babalu piscou para Maia e se levantou, voltando para o trabalho.

"Aposto no abrir o bico."

Maia ficou pensativa por um momento. *Que caralhas de segredo Victor estaria guardando?* O desenho no papel da mesa, em tinta azul, mostrava uma figura de terno. Ele ajeitava o cabelo com uma das mãos e o rosto estava coberto pelo celular. Uma foto de espelho.

Largou a caneta e pegou seu próprio aparelho. Entre colheradas no açaí, passeava pelas postagens de Victor, quando surgiu a notificação de um e-mail de Otávio:

"Pronto. Agora, por obséquio, pare de me encher o saco. Vou te bloquear por uns três dias."

E o laudo do exame toxicológico em anexo. Maia respondeu com um "s2".

Abriu o documento. Logo viu o resultado positivo para substâncias suspeitas no organismo da vítima. *Certo.* Presença de ansiolíticos, benzodiazepínicos, quetamina e GHB. Era a receita de um "Boa noite, Cinderela". *Curioso. Esperava algo mais… diferentoso.* Não sabia dizer o porquê, já que o "Boa noite, Cinderela" era algo de bem mais fácil acesso.

"E então?"

Olhou para Arthur, do outro lado da mesa. A pergunta que ele havia feito.

Parece profissional?

Não exatamente. Ainda assim, por ser tão fácil de adquirir, vendido por traficantes na cidade inteira, a droga era impossível de rastrear. Uma jogada esperta. Fácil de colocar em qualquer bebida. Simples.

Voltou para o documento. O exame detalhava que o coquetel havia sido consumido de seis a oito horas antes da morte, e com café, já que era a única coisa que havia no estômago.

— Ele saiu do trabalho em uma quinta à noite e foi tomar café… — murmurou, para si mesma e para Arthur.

Não soava característico. Não combinava com o pouco que ela tinha visto, com a caneca de chopada, as garrafas de bebida, a geladeira lotada de cerveja, as fotos com drinks no Instagram.

"Quinta-feira à noite é hora de bar, não de cafeteria", Arthur concordou.

Tomou café no trabalho? Saiu com alguém depois? Precisava desses detalhes. O prédio do escritório devia ter câmeras.

Com quem você tomou esse café, Victor?

Quem quis te dopar?

É justamente esse o ponto, não?

Por que eu fui atrás do Victor? O que ele escondia, o que ele fez, Maia? Qual o segredo obscuro que ele guardava? Você está tentando entendê-lo e essa resposta te dirá um pouco sobre nós dois. Quem morreu e quem matou.

A ideia de você me conhecer traz sentimentos conflitantes. Gostaria que me visse, o que eu sou e por que fiz o que fiz. No entanto, não quero que se aproxime. Ainda não.

Quem sabe em um futuro distante, quando Victor estiver esquecido debaixo da montanha de trabalho que a Delegacia de Homicídios lhe traz. Sim, ele é uma figura conhecida em certos meios sociais e sua morte chama atenção, mas Victor não marcou ninguém tanto assim, não de forma positiva.

Pessoas amadas ficam na memória e suas mortes jamais são perdoadas, mas... Pessoas a quem aturamos apenas pelas vantagens que elas oferecem, elos feitos unicamente por interesse, esses nos escapam à memória rápido.

A morte de Victor será lamentada, gritos indignados chegarão aos seus ouvidos, as cordialidades necessárias serão feitas. Vai passar. Talvez não para os pais, mas meu trabalho sempre atinge alguém de forma colateral, não há nada que eu possa fazer.

Uma hora Victor Magalhães será esquecido por aqueles que o chamarão de santo ao saberem de sua morte — um amigo incrível, o melhor de todos.

Quem sabe, aí não poderemos nos conhecer?

Método.

Délcio olhou para o caderno cheio das anotações que tinha feito depois de reler suas investigações antigas. O estudo fora acompanhado de muitos espirros. Enxergava, então, uma fórmula, uma repetição, o método em cada uma das mortes. Variações pequenas existiam, mas eram insignificantes.

Era cedo. Estava sentado à mesa redonda da copa da DH esperando por Maia. Tentava organizar as últimas pontas soltas de seu raciocínio. Tomou um gole do café, pensativo. Ele mesmo tinha feito o café, então era do jeito que gostava — seus colegas faziam muito forte, parecia tinta.

Apreciando a bebida cheia de açúcar, deixou a mente ser levada para outros tempos, para grandes campos abertos e um corpo desovado no meio do mato.

Um outro dia, no fim de uma tarde fria, nuvens pesadas dominando o céu. O cadáver um pouco mais disfarçado, encoberto por um emaranhado de folhas secas. Queimado, do mesmo jeito, o corpo dobrado como se a força do calor intenso o tivesse deixado assim, como plástico que se amolda na proximidade das chamas. Fogo ditando a forma. Já não restava quase nada da roupa, da pele, do cabelo. Jovem, o mais moço de todos os encontrados. Dezenove ou vinte anos. O banco de dados dos desaparecidos tinha tantos garotos semelhantes, impossível dizer qual era aquele.

— Precisa de muito sangue frio, né? — Tinha sido a pergunta do delegado Jorge Augusto.

Délcio lembrava-se de estar de pé ao lado de seu chefe, olhando para aquele corpo sem ter ideia de como prosseguir. A investigação anterior já havia estagnado.

— Você diz por causa da idade? — Délcio havia perguntado, sentindo o frio percorrer a espinha. Seu irmão mais novo tinha dezenove anos na época.

— Talvez. Imagina olhar nos olhos de um garoto que mal deixou a adolescência e torturá-lo. E pra quê?

— Informação, que nem os outros. Pode ser jovem, mas devia estar metido com crime. Que nem o resto — Délcio havia falado, como se justificasse, como se mudasse algo na afirmação de Jorge Augusto.

— Olhar nos olhos de um homem, levá-lo até o limite para que quebre por dentro. Não o corpo, mas a mente. Daí ele desiste dos princípios e conta tudo.

Um trabalho. Os homens que faziam esse tipo de coisa encaravam como um trabalho, o delegado tinha dito. Era o mais assustador, que alguém pudesse levar tamanha violência para a normalidade de sua vida. Acontecia o tempo todo, era algo imbuído no mundo do crime, atrelado ao Estado em tempos de regimes autoritários — e até mesmo fora deles. Tão fácil para o homem se acostumar àquele tipo de comportamento, racionalizar e justificar. Então, continua sendo feito, de novo e de novo, episódios cada vez mais apavorantes. A linha do limite que não cessa em se tornar cada vez mais baixa. O atroz se tornando lugar-comum para trazer algo ainda mais atordoante; porque era o que tinha acontecido, de certa forma, com aqueles corpos carbonizados. Tornaram-se uma espécie de lugar-comum, investigadores deixando-os de lado, muito por saberem que seria difícil achar um culpado, muito porque havia se tornado normal.

— Não é humano — Délcio tinha dito, ainda jovem, ainda ingênuo, ainda começando a trabalhar com homicídios; ainda abalado ao olhar para aquele cadáver meio escondido debaixo das folhas secas. O vento que soprara naquele dia havia sido violento, carregando muito mais do que ar.

— É humano sim. — Foram as palavras do delegado. — Demasiadamente humano.

O rangido da porta fez Délcio voltar ao presente. Maia entrava na copa, os olhos inchados de quem tinha dormido mal. Ela sempre dormia mal.

A investigadora foi logo na direção da cafeteira, murmurando um bom-dia quase incompreensível para o colega.

— Er… Cê não vai gostar do café que tem aí, não — Délcio avisou, quando Maia foi abrir os armários, atrás da caneca que sempre usava; sua caneca, roxa com "hahaha" escrito em verde por toda a circunferência, em uma fonte característica de histórias em quadrinho. Tinha sido presente de Arthur, Délcio sabia. Talvez por isso ela fosse tão apegada ao objeto.

Maia era do time que bebia a tinta. Virou o rosto para encará-lo, semicerrando os olhos de forma acusadora.

— Você fez sua porcaria de *chafé* de novo, né?

Délcio riu e ergueu sua caneca como se em um brinde. Maia lhe serviu o pouco que restava da bebida, depois começou a fazer sua própria. Bocejou.

— Devo esperar para começar? — Délcio perguntou.

Maia fez um movimento com a mão, de difícil interpretação. Como ainda parecia um zumbi meio adormecido, Délcio resolveu esperar. Quando ela provou o café e sorriu, ele se levantou, buscou pelo que queria no balcão do canto e, com um baque sonoro, deixou cair na mesa um inquérito de nada menos do que sete volumes. Maia sobressaltou-se e quase deixou cair a caneca.

— Cansei de esperar! — Délcio anunciou, com ar de triunfo, como se aqueles blocos de papel fossem de ouro.

— Porra, Délcio — Maia reclamou, braços abertos. — Tá muito cedo pra baderna.

— Que mané baderna! — Délcio pôs a mão sobre o inquérito. — Isso aqui é importante.

Délcio, após ser encarado por um olhar fulminante, assistiu à Maia abrir o documento, procurando logo um registro de ocorrência contendo o resumo do caso. O que ela encontrou era sucinto: "motorista reporta corpo em campo aberto, próximo à Avenida das Américas". Fechou o inquérito, parou para ler as informações da capa já caindo aos pedaços. Parte do que tinha sido escrito ali fora coberto com fita crepe, na tentativa de remendar o papel.

— Quantos mil anos tem isso aqui? — ela perguntou.

O boletim de ocorrência chegava a ser escrito à mão.

— O primeiro, vinte e dois. — Délcio folheava as páginas. — Desses outros, uns são mais recentes, outros, mais antigos.

Ele chegou a um conjunto de fotos e cópias de fotos. Eram semelhantes, todas mostravam cadáveres queimados encontrados em terrenos baldios grandes.

Maia observou com atenção. Era um número considerável de mortos.

— Você está me mostrando isso por causa da minha vítima, acha que tem a ver?

Délcio abriu um sorrisinho, divertindo-se.

— O que eu acho, minha querida Maia, é que seu caso se trata de uma execução.

Maia fez uma careta, questionamento em seus olhos. Délcio sentou-se e pôs outra vez a mão sobre os volumes do inquérito.

— Na época, a gente não conseguiu identificar muitos dos corpos. Isso aqui teria vinte volumes, se fosse o caso — ele disse. — O importante é: os que a gente descobriu a identidade eram todos criminosos.

Maia debruçou-se outra vez sobre o inquérito antigo, passando pelas folhas. Havia muita coisa técnica, metade de burocracia, poucos testemunhos, quase nada de fato relevante.

— Quantos?

— Encontrados exatamente dessa forma? Acho que uns doze — Délcio respondeu.

— Caralho, doze?! E nenhum deu em nada?

— Esses sete volumes de papel já quase decompostos são tudo o que resultou das investigações. Um trabalho extraordinário.

— Incrível — Maia murmurou e puxou o inquérito para perto de si.

— Não perde muito tempo nisso daí, não. É muito do mesmo, mas achei que seria importante você ver. É o método, Maia.

— Método? — Ela levantou os olhos confusos para encarar o colega.

— Isso. Não sei se tem alguma coisa a ver com essas mortes antigas quanto aos autores do crime, mas é o mesmo método para o homicídio. Acho que é relevante. Muitos detalhes iguais pra ser coincidência.

Maia torceu o lábio, pensativa. O clichê de seriado americano, de que policiais não acreditam em coincidências, era bem verdade.

— Só de existir um método já é interessante — ela falou.

Délcio concordou com a cabeça e, empolgado, levantou-se outra vez, fazendo um movimento teatral com as mãos.

— Vou contar uma historinha. Imagine que você seja uma pessoa poderosa, com grana...

— Queria — Maia interrompeu. Ela respirou fundo e apoiou a cabeça na mão direita, uma criança sem saco para assistir à aula de história.

Délcio ignorou.

— Você cuida de muitos negócios. Alguns são legítimos, outros não. O que fazer quando algum empregado da parte ilegítima faz merda?

Maia apenas ergueu as sobrancelhas em resposta, tomando mais um longo gole de café.

— Depende do que você quer — Délcio continuou —, mas, vamos lá, tem alguém te atrapalhando. Você quer ele fora do caminho e quer entender como se deu a merda. Lembra que você é uma pessoa poderosa e rica, ou seja, não vai sujar suas mãos.

— *Nope* — Maia contribuiu.

— Então você precisa de alguém pra esse trabalho — Délcio concluiu. — Vamos supor que o *merdeiro* seja um falsificador de documentos, que tava dando uma de agente duplo. Esse foi um dos meus casos lá atrás. Cê quer se livrar desse cara e tirar toda a informação possível dele...

— Eu contrato alguém pra isso.

— Exato! É esse alguém com quem esbarrei tantas vezes antes. Esse alguém que segue sempre o mesmo método pra tirar informação e se livrar dos caras inconvenientes.

Délcio se levantou antes de continuar a falar, gesticulando:

— Eu não sei quem é mais relevante aqui, no seu caso, mas, a meu ver, são sempre dois, um mandante e um executor. — Ele olhou para o teto, juntou as mãos e continuou: — Você não tem cena de crime, não tem motivo, não tem suspeitos...

— Nossa, obrigada! — Maia fez uma careta e Délcio achou graça.

— Deixa eu continuar, quem sabe não te resgato? — ele falou, com um sorriso zombeteiro.

O rosto de Maia expressava suas dúvidas quanto àquilo, mas uma pequena curva dos lábios mostrava ser só provocação. Já começava sua segunda xícara de café.

— Temos esse executor. Ele faz sempre tudo da mesma forma, mudando, no máximo, alguns detalhes. Aí vem a parte mais divertida da historinha.

Délcio continuou sua narrativa. O executor buscava o *merdeiro*, talvez combinando algum encontro, talvez o perseguindo, não importava. Ele dominava a vítima, fosse com uma porrada na cabeça ou a dopando com alguma droga; em seguida, jogava o *merdeiro* no porta-malas de um carro descartável. De noite, dirigia para algum local isolado, uma construção abandonada ou momentaneamente vazia. Era lá que se dava a parte de extração de informações e a tortura acontecia.

Todas as informações obtidas, faltava só se livrar do corpo. Isso não podia ser feito de qualquer forma. Precisava mandar uma mensagem, o executor precisava deixar claro que aquela era a consequência de desrespeitar, enganar ou trair o mandante... daí o fogo, o melodrama do negócio, botar o cara tostado no porta-malas de novo, dirigir até um segundo lugar e largar o cadáver no meio de um campo, onde seria encontrado cedo ou tarde. O executor desovava também o carro e desaparecia.

Maia observou com atenção enquanto Délcio explicava os detalhes. Ficou em silêncio por um momento.

— Você tem certeza de que foi assim? — ela, enfim, perguntou.

Délcio deixou os ombros caírem com um suspiro e largou o corpo na cadeira.

— Não. Não tenho certeza de nada, mas os antigos foram todos por aí.

Maia assentiu.

— Quinta-feira, provavelmente, Victor foi sequestrado, levado até um lugar ermo, torturado, depois incendiado e, então, transportado até o campo. Há um executor e um mandante, e o Victor fez uma merda das grandes pra ser morto assim — ela concluiu.

— Basicamente isso. — Délcio, ainda irrequieto, ergueu-se e alongou o corpo. Algo nos seus movimentos dizia "trabalho bem-feito" como se ele tivesse, de fato, resgatado a investigação de Maia.

— Eu já tinha noção de muito disso, você sabe, né? — Maia questionou, sua vez de trazer um sorriso zombeteiro ao rosto.

— Mas agora eu te dei um quadro completo pra trabalhar em perspectiva. — Délcio agitou um dedo em direção à colega. — Cê trabalha com ele até algum fato não encaixar, *maaas...* — ele fez uma pausa dramática — pode muito bem ser o caminho das pedras pra você só traçar e preencher com os detalhes; daí, pá! Temos um culpado.

— Preencher muitos detalhes, né? Todos os importantes — Maia apontou.

— Aí já não é meu departamento. O filho é teu. — Délcio deu de ombros, sorrindo. — O que me parece, Maia, é que isso foi morte mandada. Execução mesmo. Nesses casos, quando você sabe quem é o morto, rápido descobre o motivo — ele acrescentou e saiu da copa, cantarolando baixinho.

Execução me parece forte, ou, talvez, fraco demais. Depende do ponto de vista, de como encarar o que fiz.

Execução soa como algo a sangue frio, calculado, o simples cumprimento de ordens. Há um peso maior em assassinar sem motivação pessoal; é desconsiderar, descartar ainda mais a vida humana. O assassino se torna um mero exterminador de insetos.

Para mim não foi exatamente isso. Por mais que o objetivo tenha sido livrar o mundo de mais uma praga, meu sangue não estava nem um pouco frio.

Tive ódio.

Sentimento.

Então talvez a palavra execução seja até fraca. Uma punição capital para um erro feito, um mal cometido. Soa tão... jurídico; mas eu não queria justiça. Era muito pouco. O tribunal nunca o condenaria à forca, ou à prisão perpétua, ou até mesmo trinta anos de pena.

Nesse sentido, esse último corpo é muito diferente daqueles encontrados anos atrás. Foi uma morte muito menos...

corporativa. A identidade do morto levará os investigadores ao motivo, mais cedo ou mais tarde. Tenho certeza disso. Nem a polícia brasileira é tão burra.

Só que há uma diferença entre descobrir a razão pela qual alguém foi assassinado e o porquê de o assassino tê-lo feito; uma diz por que ele merecia ser morto e o outro, por que eu matei.

Com ordens ou sem ordens, matei porque quis, porque precisava.

Não, essa morte não foi uma execução. Já as outras, bem, aí é outra história.

Toda essa premissa está errada, mas é interessante ver que, de fato, serve como um caminho a ser trilhado. Todos os fatores estavam mesmo ali, de uma forma ou de outra; um, meio que mandante, outro, meio que executor, a vontade de passar uma mensagem. Alguns desses aspectos foram mais importantes, outros menos. Que Victor era um merdeiro, disso não resta dúvidas, ao menos aí a polícia estava cem por cento certa, mas todo esse papo de método não parece encaixar.

Em vez de método, talvez tradição, porque existem várias formas de se matar alguém e mandar uma mensagem; e imagino que, tendo esse propósito em mente, talvez a variação fosse ainda mais impactante. Melhor do que o método regular, repetido e previsível. Uma hora é um corpo torturado e carbonizado; outra, um decapitado ou jogado ainda vivo ao mar, amarrado em um saco cheio de pedras... Talvez alguém assassinado por cortes feitos de forma tão bem calculada que demorasse horas até que sangue suficiente deixasse o corpo para que, enfim, morresse.

Há muitas formas horríveis de matar e que assustariam subordinados dos ramos ilegítimos dos negócios. Criatividade só os deixaria mais amedrontados, não? Se todos soubessem que a consequência de traição era exatamente

> *ser sequestrado, levado no porta-malas de um carro para ser torturado em algum lugar... Bem, talvez se preparassem para isso.*
>
> *Não sei, não sou parte de uma organização criminosa profissional. Não sei o quanto os capangas são capazes e inteligentes. De qualquer forma, previsibilidade não me parece uma boa e, de fato, não é isso.*
>
> *Toda essa insistência em matar de uma mesma forma, seguindo certos passos, não é metodologia. É tradição. É me lembrar daquelas noites especiais, de quando eu era criança, e querer trazê-las um pouco de volta. É me aproximar do meu pai, mostrar o orgulho que sinto dele.*
>
> *Cada família com suas manias, certo? Talvez as nossas sejam só levemente mais excêntricas.*

Maia balançou a cabeça, assistindo a Délcio praticamente dançar enquanto voltava para sua mesa. *Rápido descobre o motivo, sei.* O problema estava no conhecer a vítima. Precisava de uma descrição de Victor que não soasse como uma foto repostada, uma imagem emprestada, criada, narrada.

Pegou o celular que estava apoiado na mesa, percebendo duas chamadas perdidas. Isis. *Mania de telefonar...* Isis, quando queria a atenção de Maia, exigia que fosse de imediato. Enquanto voltava para sua mesa, a tela do aparelho acendeu, indicando uma nova ligação.

— *Oi, Maia! Achei que você tava me ignorando* — disse a voz familiar.

Maia imaginou, do outro lado da linha, a tão conhecida cabeleira cacheada, os óculos de haste vermelha, o sorriso que costumava carregar pitadas de sarcasmo. Revirando os olhos, respondeu:

— Você sabe que eu não vou te dizer nada, né?

O padrão era não dar qualquer informação a jornalistas — eles já descobriam tudo mesmo. Isis, porém, não era de desistir facilmente.

— *Eu proponho uma troca. Sei muito mais desse cara que você, aposto. Posso te contar várias coisas* — ela insistiu, prolongando o a na palavra "várias".

— Desse cara?

— *Não se faz de difícil...* — Mal notando os movimentos habituais, Maia sentou-se em sua mesa, puxou um lápis e um pedaço de papel e pôs-se a desenhar. Começou com um par de olhos; depois a armação grossa dos óculos. — *Posso facilitar sua vida* — Isis continuou.

— Hum, ok. A gente pode se encontrar, mas eu não garanto nada.

— *Aê!* — Isis deu um gritinho de satisfação do outro lado da linha. Maia imaginou os pulinhos que certamente estaria dando. Tentou disfarçar um pequeno sorriso.

— Não garanto nada — Maia repetiu, enfatizando cada palavra.

— *Ah, mas eu garanto! Te vejo mais tarde, garota. Mando mensagem pra gente combinar.*

Isis era a única jornalista que Maia concordava em encontrar, por serem amigas desde a infância e, bem, gostava de encontrar com ela. Era uma desculpa para que o jornal pagasse um jantar para as duas. *Espero que tenha mesmo informações sobre o Victor,* pensou, *porque eu não tenho porra nenhuma.*

> *De vez em quando, esbarro com uma matéria no jornal contando a nossa história; narrando meu crime, descrevendo minha vítima. Sempre me pega de surpresa. É impressionante o que a mídia diz sem ter todos os fatos. Eles deduzem muito e inventam outra parte. Os milhões de blogs de notícias e correntes de WhatsApp deixam tudo pior. Cada um fala o que quer e é estranho que estejam falando sobre mim. Nunca fui o foco das atenções de ninguém.*
>
> *Todos os nomes já foram usados para me xingar. "O demônio assassino que tirou um jovem maravilhoso e cheio de vida desta terra", "psicopata cruel e sem coração". Dá vontade de rir por alguns motivos, mas o que continua a me divertir é o tratamento dado ao Victor. Não me importo que o resto do mundo acredite que ele era uma boa pessoa, eu sei que não*

era. A investigadora Maia Torres sabe também. Os poucos que compreendem o motivo da morte são os que importam.

Curioso que, agora, que é comigo, eu não dê a mínima.

Lembro de, por vezes, ler notícias sobre o meu pai, ainda em jornais impressos, ainda nos primórdios da internet. Eram injustas, me irritavam, embora ele jamais se deixasse abalar. Acho que entendo agora. Talvez ele achasse graça também, de todos os xingamentos criativos que lhe eram direcionados. Porque se tem algo que esses ditos repórteres são é criativos.

Todos competem para me dar um nome, como se eu fosse um daqueles psicopatas norte-americanos que assassinaram um número absurdo de pessoas. Notícia de maior valor, "um assassino em série". Vende mais, é compartilhado inúmeras vezes nas redes sociais. O medo de algo tão horrível entre nós, uma mentira, que os desocupados repostam e compartilham à exaustão.

Eu tenho que rir disso, não tem como evitar, porque estão falando de mim, mas errando tão profundamente. Vendem uma imagem oposta.

Eles não têm ideia de quem sou. Ou como sou.

Minha família é amor, diferente do que teimam em conjecturar. O resto das pessoas parece ter certeza de que eu e meu pai, pessoas como nós, vieram de lares irregulares, relações gélidas e total ausência de carinho. Não é assim. Eu deixei essa vida há tanto tempo que mal me lembro dela. O que vivi no lugar em que chamo de lar foi o oposto. Foi, sim, amor e carinho.

Demorei para arranjar meu próprio apartamento por simplesmente gostar de morar com meu pai. Gostava da nossa rotina. Ele acordava mais cedo do que eu e comprava pão francês fresco todas as manhãs, sem exceção, deixando um *prato com o meu em cima do balcão na cozinha; a manteiga do lado de fora da geladeira para que, quando eu levantasse uma hora depois, estivesse amolecida.*

Jantávamos juntos. Cada noite um era o responsável pela comida. Receitas bastante saborosas quando tínhamos tempo. Nós nos sentávamos no sofá da sala, com a televisão ligada em algum programa de comédia que já estávamos cansados de assistir. Eu lia, ele fazia palavras cruzadas ou algo do gênero.

Sábado de manhã era o dia da faxina, com música alta tocando, sua voz de gralha preenchendo o apartamento enquanto limpávamos. À noite, se nenhum dos dois tivesse programação, o que acontecia vez ou outra, abríamos uma garrafa de vinho e jogávamos algum jogo de tabuleiro. Até hoje, quando tenho sexta ou sábado livre e ele também, mantemos esse programa. Agora eu moro perto de uma loja que tem jogos para alugar, então tento levar algum que não conhecemos. Demora mais, mas é engraçado.

Ele nunca se casou de novo, então temos apenas um ao outro de família; e somos uma família de verdade, com os jantares especiais no Natal, extravagâncias nos aniversários e todo o carinho que acompanha.

Ele me liga todo o dia, só para perguntar como estou. Sempre diz que me ama. Até hoje me chama de Pipoca.

E os jornais o chamavam de monstro. Me chamam de monstro.

Tenho mesmo que rir.

Nicole entrou no salão pouco iluminado e foi atingida pelo cheiro delicioso, uma mistura dos pratos mais pedidos do restaurante — carne vermelha, vieiras, risoto com quantidades generosas de queijo, sobremesas de chocolate. Sorriu, tímida, agarrando a pequena bolsa que carregava. Procurou por entre as mesas um homem que se sentasse sozinho e o viu ao fundo, próximo a uma janela. Um dos lugares mais aconchegantes do restaurante.

Sentiu o celular vibrar e o retirou da bolsa. Tinha várias mensagens de seu primo Tomás, perguntando se estava bem, pedindo que avisasse assim que deixasse o restaurante. Não parou para responder.

Foi com passos lentos que chegou até Victor. Ele estava distraído no celular e só a viu quando estava bem perto. Ele se levantou, mas não a cumprimentou com os dois beijinhos tradicionais do carioca; apenas fez um movimento com a cabeça e puxou a cadeira para que Nicole se sentasse. Ela ficou feliz em evitar o contato. Teve certeza de que iria estremecer.

Victor já havia feito alguns pedidos. Sobre a mesa estava um prato com pão e manteiga, uma travessa com queijos e presunto cru, uma garrafa de vinho e duas taças, uma cheia, outra quase vazia. Nicole franziu o cenho, mas, quando levantou o olhar para Victor pronta para acusá-lo de ter quebrado a promessa de não beber, o desagrado se dissipou. Havia tanta *leveza* no rosto dele. Estava pronto para fazer as pazes. Poderiam terminar toda aquela loucura bem.

— Então, como você tá? É horrível não saber como você anda. Fico preocupado.

Nicole encolheu o corpo no assento. Talvez tivesse sido exagero bloqueá-lo no celular e em todas as redes sociais. Mesmo que tivesse mandado mensagens, ela poderia tê-lo ignorado e ele ao menos saberia que ela estava bem, pelo Twitter ou sei lá. Teria causado preocupação desnecessária em sua tentativa de afastá-lo por completo? Considerou desbloqueá-lo quando voltasse para casa.

— Tá tudo bem. Já estou melhor, sem dores — Nicole respondeu.

Não fez por mal, era automático. Todos perguntavam como estava sua saúde física e ela se acostumara a responder assim. No entanto, não era o que Victor queria. Ele fechou a cara com o comentário, o lábio contorcido como se fosse uma traição da parte de Nicole comentar do incidente. Aquilo eram águas passadas.

Ela teve vontade de se desculpar, mas uma pontada de dor no abdômen, na costela, impediu. Ele é quem tinha causado aquilo tudo, afinal, então por que era errado tocar no assunto?

Nicole escutou a voz do homem que a encarava ressoar em sua mente sem que ele precisasse abrir a boca. *Foi você que tentou terminar comigo, não lembra?* Soube que ele diria algo do gênero. "Tentou".

Nicole pigarreou, tomou um gole do vinho e perguntou:

— Mas e você, como tá?

Victor abriu um belo sorriso, disposto a continuar com uma conversa agradável.

— Muito melhor agora, que estamos nos falando.

Estamos? Nós estamos nos falando? Nicole se perguntou. Não era a intenção. Aquele jantar não tinha como objetivo que voltassem a ter o mesmo contato de antes. Não eram namorados. Ele sabia disso?

Victor contou um pouco de seu trabalho, coisa que nunca fazia. Nicole relatou algumas novidades sobre as amigas, coisa que não tinha o hábito. Ele não tinha interesse na própria carreira, muito menos nas fofocas sobre as amigas de Nicole, de quem sequer gostava, mas continuaram, procurando conversar sobre qualquer assunto que não remetesse ao relacionamento dos dois, ou à tal noite, em Botafogo, ou a como Nicole havia tentado se afastar por completo de Victor.

Ela se viu sorrindo e rindo de uma história ou outra que Victor contava. Pediram a comida. Nicole escolheu seu prato favorito — risoto de camarão com aspargos —, já pensando em qual sobremesa escolheria depois. *Talvez um mil folhas.*

De repente, bocejou, sentindo os olhos pesarem. Estava gostoso, aquele jantar. Um bom vinho, comida deliciosa... Victor estava fazendo de tudo para agradá-la naquela noite. Tentou focar no rosto dele, em seus olhos brilhantes, prometendo que tudo ficaria bem, mas sua visão começou a embaçar. Riu sem saber exatamente por que e tomou mais um gole do vinho. Comeu seu risoto sem dizer uma palavra, entretida com o prato, passando um camarão para um lado, para outro... Era difícil prestar atenção em duas coisas diferentes. Ou o garfo ia até a boca ou ela escutava o que Victor dizia. Os dois não. Muito sono.

Pensou em sua cama. Queria se deitar, enrolar-se nos lençóis com um pijama confortável, agarrar os travesseiros e dormir até o corpo doer de tanto tempo parado. Sobremesa? Não precisava. Com o rosto apoiado nas mãos, balançou a cabeça quando o garçom lhe mostrou o cardápio. Piscou os olhos, que demoravam a abrir novamente. Victor estava lhe dizendo alguma coisa, mas ela não ouviu. Queria se deitar. Casa. Cama. Ele pagou tudo? Ela com certeza não tinha mexido na bolsa para pegar o cartão. Tudo bem. Talvez ele devesse pagar mesmo, depois de tudo que lhe causou. Um jantar como pedido de desculpas. *Teve desculpas?*

Victor esticou a mão na direção de Nicole. Ela pegou. Foi bom, porque cambaleou quando tentou se levantar. Riu de si mesma. Quanto vinho! Dava sono... Bocejou outra vez. Sorriu. Boba. Victor estava ajudando, iria levá-la para a cama. Dormir. Sentia-se tranquila, embalada pelo som do restaurante, conversas, a música baixa tocando ao fundo. O cheiro gostoso. Tudo ia ficar bem. Victor estava tranquilo.

Só que, de repente, ele ficou bravo. Nicole não conseguiu entender o que ele dizia. O tom da voz era áspero. Estava brigando com alguém? Ela tentou observar seu rosto por trás da névoa em sua visão. Reconheceu o outro Victor, o das narinas arregaladas, do cenho franzido; o jeito como puxava o lábio para cima ao falar, os dentes se tornando presas.

Teve medo. Todo o seu corpo começou a tremer. Aquele Victor não. Daquele homem ela tinha medo. Não queria estar ao lado dele. Começou a empurrá-lo, mas não tinha força. O braço dele estava em volta de sua cintura e ela não conseguia se livrar. Quis gritar, mas só o que saiu foi um gemido. Pânico. Não, aquele Victor não! Precisava ir para longe, correr. Como correr? Ouviu um baque surdo, sem entender.

Uma mão ao redor de seu braço. Forte. Puxando-a, mas puxando-a para longe dele. Nicole deixou. Sentiu outro corpo contra o seu, alguém a abraçava. Tinha ternura. Proteção. Ergueu o rosto e, com um alívio intenso, viu Tália.

Relaxou e deixou-se cair naquele abraço, lágrimas quentes escorrendo pelo seu rosto. *Tália, graças aos céus!* Tália e não *aquele* Victor. Tália, sua melhor amiga, com quem crescera, alguém que nunca iria machucá-la.

Tália a levaria para casa e não faria nada com ela.

CAPÍTULO 6

Tudo se resolvia.

Victor estava, enfim, com Nicole. Tiveram um excelente jantar, ela riu, divertiu-se e comeu seu prato favorito. Esperavam pela conta e logo iriam para sua casa. Ela estava no estado de embriaguez perfeito, relaxada, tranquila. Iria com ele sem hesitar. Sabia que iria.

Tinha sido um bom plano. Comprara o *Boa noite, Cinderela* uma semana antes. Seu fornecedor, Mosquito, o mesmo cara com quem comprava outras drogas, tinha feito a oferta. *Ele me empurrou o negócio*, Victor pensou, tentando se fazer acreditar. *Vendeu a parada, a ideia da parada.*

Mosquito tinha todo um discurso pronto. "Sabe aquela mina gostosa pra caralho? Aquela que te quer, mas fica fazendo um doce filho da puta?" Victor sabia. Ah, como sabia! Contara para o traficante o problema que estava tendo com a namorada. Engraçado, confiava mais em Mosquito do que em seus amigos próximos. Afinal, Mosquito não tinha por que que sair contando por aí o drama romântico de um dos seus clientes. Ninguém acharia interessante.

"Então, cara, é isso aqui que tu precisa pra conversar com ela direito, pra fazer ela entender todo o carinho que cê pode dar", o traficante tinha dito, balançando o saquinho plástico contendo a droga.

Victor olhou para Nicole do outro lado da mesa. Estava linda.

"Tu bota isso aqui pra ela tomar e logo, logo ela baixa a guarda. Fica relaxadinha", Mosquito tinha dito.

Nicole.

Observou com carinho enquanto ela apoiava o rosto nas mãos, sonolenta. Precisava tê-la de volta. Eram feitos um para o outro. O relacionamento era incrível, o sexo, maravilhoso, o compromisso, na medida certa. Ele a tratava como uma rainha; elogiava, pagava sempre por bebidas. Quando fizeram seis meses, tinha gastado uma grana com um puta champanhe caríssimo e uma lingerie chique de presente. Era um excelente namorado, um excelente namoro e precisavam consertar as coisas.

"Vai ajudar a dar o primeiro passo, aquela amaciada pra conversa ficar fácil… e mais que conversa." As palavras de Mosquito, uma piscadela de olho, uma risada.

Achava que seria mais caro, mas, quando o traficante falou o preço "promocional", aceitou. Não faria mal. Olhou para Nicole, pensando que tudo tinha funcionado perfeitamente. Ela estava tão pacífica. Concordava com tudo o que ele dizia, o riso solto.

Ele nem tinha usado muito. Só precisava criar o momento e um pouquinho da droga faria bem o trabalho. Só um pouquinho, metade da embalagem na taça de vinho, assim poderiam conversar de verdade, sem que Nicole ficasse pensando no que suas amigas diriam, coisas assim.

Quando se levantaram da mesa, ela deixou que Victor a abraçasse. Como ele sentira falta daquele contato, daquele corpo próximo ao seu. Abriu um largo sorriso enquanto levava Nicole em direção à porta. Já tinha chamado um Uber para os dois. Logo estariam em sua casa, juntos; e tudo ficaria bem. Resolvido.

Só que uma mulher surgiu em sua frente. Ela apareceu do nada, bloqueando a passagem e impedindo-o de chegar até a porta. *A puta.* Tinha os braços cruzados e o encarava com olhos fulminantes. Victor não a reconheceu de imediato. Tinha visto poucas vezes a amiga de Nicole. Ficou alguns minutos encarando-a, a boca meio aberta, em choque, perguntando-se que merda estava acontecendo.

— Solta ela, Victor — Tália comandou, a voz baixa, controlada e ameaçadora. Bom, talvez ameaçadora para outras pessoas, Victor não tinha medo dela. Era uma mulher magrela e baixa, faria o quê?

— Eu e Nicole nos resolvemos e vamos pra casa — Victor disse, vitorioso.

— Ela não tá em estado de ir pra casa de ninguém. Solta ela, Victor.

— Você é aquela amiga dela, né? Você sabe que a Nicole aceitou sair comigo hoje. Você viu.

O maître apareceu, perguntando se havia algum problema. Victor tentou desconversar, mas Tália apontou para ele e disse:

— Ele drogou essa mulher e eu não vou deixar que saia daqui com ela. Sugiro que tente encontrar o copo que ela estava usando.

Nicole parecia adormecida, apoiando a cabeça no ombro de Victor.

— O quê?! — exclamou o maître, a voz estranhamente aguda. Começou a balbuciar, incerto do que fazer. Chamou um garçom e deu ordens para que os copos fossem identificados, enquanto Tália e Victor se encaravam. A raiva era palpável.

— Victor, solta a Nicole e eu deixo você ir pra casa — Tália repetiu.

Victor riu.

— Querida, Nicole é minha namorada. Ela fica bem comigo e vamos embora juntos. — Seu tom era incisivo. Deu um passo na direção de Tália e da porta, exigindo passagem.

— A Nicole vai pra casa dela — Tália afirmou, sem se mover.

As pessoas nas mesas ao redor começaram a cochichar, todas observando a cena. Uma jovem começou a gravar pelo celular.

Victor percebeu e girou um pouco o corpo, tentando evitar que seu rosto aparecesse no vídeo. Aquela situação estava péssima, precisava sair dali. O maître balbuciou algo sobre os copos terem sido lavados, que não havia nada que pudesse fazer. Victor sorriu, triunfante, mas Tália permaneceu inabalada.

— Não precisamos dos copos, é só olhar pra Nicole. É óbvio que um homem não pode levar ela pra casa assim.

— Senhorita, com todo o respeito, ela veio com o rapaz. Já você, não sabemos quem é — o maître disse.

Tália fez uma careta. Chegou a movimentar os lábios, prestes a responder, mas desistiu.

— Sai da frente, garota. — Victor já não conseguia disfarçar o ódio na voz.

— Não — foi a resposta simples de Tália.

— A Nicole vem comigo! — Desta vez Victor gritou.

— Não.

A reação de Nicole, ao escutar o berro de Victor, deixou claro para todos que ela não estava confortável com ele. Era visível o medo em seu rosto. Ela começou a empurrá-lo, porém não tinha força. Tentou andar para longe e suas pernas não obedeciam.

A atitude do maître mudou de imediato. Começou a sugerir que Victor deixasse o estabelecimento antes que a situação piorasse. Garantiu que protegeriam a moça. Balbuciou mil coisas às quais Victor deu pouca atenção.

— Sai da frente! — ele gritou de novo.

Esperava um outro não inflexível de Tália, no entanto o que veio em resposta foi o punho dela, direto em seu rosto. Surpreso com o soco, levou as mãos ao nariz, que já começava a sangrar. Tália aproveitou para puxar Nicole para junto de si, que a abraçou, agradecida.

— Filha da…! — ele começou e deu mais um passo em direção às duas mulheres, mas foi contido. O maître e uma garçonete o seguraram, impedindo que continuasse.

— Me soltem!

— Moça, leva sua amiga daqui. Vamos chamar a polícia — o maître prometeu, com certo esforço, ao tentar segurar Victor.

Tália assentiu e sumiu do restaurante.

Victor deu um berro de ódio, tentou persegui-la, mas o maître tinha o braço ao redor de seu pescoço e apertava forte. A visão já começava a escurecer. A garçonete segurava seus braços, outro homem veio ajudá-la. Victor fez força para se soltar, sem sucesso.

Não tinha o que fazer.

*

Maia caminhava pela calçada em passos lentos, as mãos nos bolsos. Parte de sua mente apreciava a vista da Lagoa Rodrigo de Freitas ao entardecer, parte ainda se concentrava no trabalho.

Tinha requisitado as imagens da câmera de segurança do prédio onde Victor trabalhava. Uma funcionária bastante prestativa encaminhara-lhe um e-mail meia hora depois de ter feito o pedido, em uma ligação. A imagem, apesar de pouco nítida, era suficiente para identificar Victor saindo do elevador e sendo abordado por uma mulher de altura mediana, loira, vestida com um terninho de cor clara. Eles conversam por alguns minutos, depois deixam o prédio juntos. Ela tocou o braço de Victor mais de uma vez durante o curto tempo, parecia conhecê-lo.

Maia parou de andar, observando um pedalinho deslizando pela água. O pessoal da segurança do prédio não reconhecia a mulher, pelo que diziam no e-mail com o vídeo. Ela havia mostrado a foto para os pais de Victor, entrado em contato com os colegas de trabalho. Ninguém sabia quem era. Talvez precisasse falar com mais de seus conhecidos, da faculdade, do colégio. Talvez aquela mulher não tivesse tanta importância, mas era, no mínimo, a última pessoa que o viu com vida.

Listando na mente os telefonemas que teria de fazer no dia seguinte, Maia seguiu caminho até o restaurante Bar Lagoa e logo viu Isis. Sorriu. O estabelecimento tinha uma ampla varanda e a amiga ocupava uma das mesas mais próximas da rua.

Isis era uma pessoa fácil de achar. Além de sua paixão por cores vibrantes, era como se emanasse energia. Uma mulher alta, negra, com cabelo escuro, longo, cheio e encaracolado. Os óculos de grau tomavam um terço de seu rosto, com a haste grossa e vermelha. Naquele fim de tarde, usava um vestido de alça estampado em tons de laranja, marrom e verde.

Maia foi quase saltitando por entre as mesas. Chegou até Isis e abraçou-a pelas costas. Isis, que digitava no celular enquanto tomava pequenos goles de chope completamente alheia, soltou um gritinho de susto.

— Olha, um dia eu vou melhorar meus reflexos e você vai levar uma porrada na fuça chegando assim! — Isis deixou o celular de lado e ofereceu para Maia outro copo, que estava em cima da mesa.

Sentando-se, Maia fez uma careta.

— Sério? Mate? Você não vai nem tentar me comprar com chope? — ela reclamou, mas pegou o copo e tomou um gole sedento.

— Ué, cê não tá de serviço? — Isis semicerrou os olhos em uma acusação com falsa seriedade.

— E você não? — Maia devolveu.

Isis deu de ombros, abrindo um sorriso.

— Eu me permito certos desvios — ela disse.

— O blog pelo menos paga a janta? — Maia perguntou. Olhava para o interior do salão e tentou chamar a atenção do garçom.

Isis revirou os olhos.

— É um jornal de verdade, ok? A parte online não é um blog.

Maia pediu por seu próprio chope. Dedicaram um tempo para jogar conversa fora e atualizaram as fofocas sobre os antigos colegas do colégio. Isis perguntou como andava Otávio, depois contou de uma reportagem louca que tivera de fazer sobre um homem que havia entrado em uma delegacia fantasiado de super-herói, arrastando um pobre coitado que acusava de ter roubado um celular. O garoto não tinha nada consigo, apesar de o herói jurar ter testemunhado o suposto crime.

Maia contou da mãe, que viajava pela América do Sul sozinha, fazendo amizades em todo canto. Poucos dias antes, ela enviara fotos da casa de uma família no Peru, onde se hospedava, já íntima dos anfitriões.

Isis, então, perguntou de Arthur. Não dele, mas como Maia estava se sentindo.

Ela desviou o olhar. Demorou em dizer:

— Melhor. Já faz dois anos, sabe? Não machuca tanto. — Soube que as palavras soavam falsas. Dois anos não pareciam tanto tempo. Não em comparação com a década em que estiveram juntos.

Isis esticou o braço em cima da mesa, buscou a mão de Maia e apertou. Olhou-a no fundo dos olhos, com um sorriso melancólico.

— Saudade faz parte.

Por algum motivo, era incômodo que Isis falasse de Arthur; como se os dois não devessem se misturar, nunca.

Maia olhou para sua mão, coberta pela da amiga, que lhe deu mais um aperto encorajador. Era como se aquele toque transmitisse força, tranquilidade, paz. Maia sentiu o peito aquecer com aquele carinho. Lágrimas subiram aos seus olhos, mas ela as conteve. O toque também lhe causava alguma ansiedade, angústia.

Retirou a mão. Para disfarçar o gesto, puxou do bolso um caderninho de anotações e começou a rabiscar.

Era sempre tão difícil interpretar sentimentos quando Isis estava por perto.

— Então, vamos comer o quê? — Maia forçou a voz a sair leve e despreocupada. Pediram bife à milanesa com salada de batata e chopes para acompanhar.

Quando a comida chegou, o Sol já quase desaparecia. A vista da Lagoa Rodrigo de Freitas com o colorido do céu de crepúsculo era espetacular. O caderno aberto em cima da mesa mostrava o desenho de muitas árvores atrás de um lago, um pedalinho de cisne flutuando no centro.

— Ok, agora que temos comida podemos partir para o assunto da noite. — Isis declarou.

— Mal posso esperar. — Maia recostou-se na cadeira.

— Eu admito que não tenho nada demais, mas posso oferecer o que vocês não devem estar conseguindo agora.

— Que é…? — Maia pegou outra vez o caderninho, passou por muitos rabiscos e chegou a uma página em branco.

— Uma descrição sincera do cara — Isis concluiu.

Maia meneou a cabeça. Era exatamente o que buscava e algo difícil de conseguir com amigos e familiares. *Para eles, o morto é sempre perfeito.* Fez um movimento com a caneta, indicando que a amiga continuasse.

— Bom, ele era um puta babaca.

Maia não conseguiu conter a risada.

— Eu já tinha essa suspeita.

— Não, você não tá entendendo — Isis insistiu. — Eu conversei com o cara da coluna de fofoca. Monard de Magalhães é uma família ricaça, né, então ele sabia um pouco sobre o sujeito. Machista à vera! Gasta metade da grana que recebe com droga, trabalha prum amigo da família e fica no escritório seis horas por dia, no máximo. Joga o trabalho de verdade pra estagiários. O resto do tempo, malha e posta fotos nas redes sociais.

Maia torceu o lábio. Era uma confirmação do que havia imaginado. É tão difícil gostar de você, Victor, pensou. *Que merda. Me dá só uma coisa que me faça simpatizar, só uma!*

— Não é o meu tipo de pessoa — falou.

— Nem o meu — concordou Isis, erguendo as sobrancelhas para dar ênfase.

A jornalista relatou alguns acontecimentos, namoros mal-acabados, brigas em bar, desavenças no trabalho; casos que poderiam muito bem gerar certo desgosto ou até mesmo ódio por Victor, mas nada que chamasse a atenção de Maia como motivação para um homicídio. Pelo menos não o que ela estava investigando.

— Agora, o mais interessante, que eu guardei para o final — Isis anunciou. — Há suspeita de que ele esteja envolvido em outro crime.

Maia, que estava ocupada com um grande gole de chope, pousou o copo na mesa e encarou a amiga, seu olhar exigindo mais explicações, com a clara reclamação de *por que você não começou com isso?*

— Lembra de um caso de violência contra a mulher que rolou num bar em Botafogo? A menina saiu com a costela quebrada e tudo — Isis começou.

Não era o tipo de crime que chamasse especial atenção de Maia, infelizmente por ser muito comum; talvez apenas não em um espaço público, na Zona Sul da cidade. Ainda assim, tinha passado despercebido. Ela balançou a cabeça em negativa e esperou por mais detalhes.

— Bom, isso já tem quase dois meses. Foi ali na Visconde de Carave-las. O casal brigou e a mulher saiu toda machucada. De acordo com o cara das fofocas, tem umas três semanas que essa mesma mulher saiu carrega-da de um restaurante aqui, em Ipanema, completamente dopada. Foi mó cena! Ela estava jantando com um homem e, quanto estavam saindo, outra mina não quis deixar o maluco levar ela embora. Rolou soco na cara e os caralho — a jornalista contou, gesticulando o tempo todo.

Era bastante informação para absorver.

— Soco na cara?

— Sim, mas foi o cara que levou o soco, relaxa. O pessoal do restau-rante ficou do lado das mulheres e não deixou ele levar a garota pra casa. Quando pararam pra prestar atenção, viram que ela nem conseguia andar e tava claramente com medo dele.

Maia cruzou os braços.

— Por que não tem nada disso no jornal? — perguntou.

— Meu colega não soube muito bem lidar com a história. Ele é o cara das fofocas, né? Não de crime. Achou pesado.

Maia assentiu, grata pelo bom senso do tal colega das fofocas e do pessoal do restaurante em que o incidente aconteceu. Começou a dese-nhar no caderninho, ao lado de poucas linhas de texto que resumiam o que Isis contava. Sem erguer os olhos, disse:

— E vocês acham que esse cara é a minha vítima.

Isis buscou por uma foto no celular e estendeu o aparelho para Maia. Mostrava um boletim de ocorrência.

— Tá no inquérito. A vítima se chama Nicole e diz, com todas as palavras, quem foi que bateu nela. Quais as chances de ser outro cara que a dopou?

Maia soltou um assobio baixo. Lembrou-se das palavras do seu colega Délcio, do homicídio como execução, de morte mandada, de que, nesses casos, "quando você sabe quem é o morto, rápido descobre o motivo". Os rabiscos no caderninho, ao lado de suas poucas anotações, tomaram a forma de um punho cerrado.

Isis falou:

— Eu disse que ele era um puta babaca.

Essa parcela dos pecados de Victor, do restaurante, não estava nos jornais, mas as redes sociais funcionam de outra forma.

Victor foi parar nos grupos que as mulheres usam para se alertarem umas às outras. Não tenho ideia de quem botou o nome dele lá, só sei que não foi a Nicole. Tenho a impressão de que foi alguém que apenas suspeitava do Victor, sem provas ou certeza, mas resolveu colocar assim mesmo. Talvez a Bia. Talvez a mãe de Nicole.

Depois do incidente no restaurante, em que a merda poderia ter sido muito pior, o nome dele começou a surgir ainda mais; com alertas, vídeo e tudo. O cara saiu de violento para um potencial estuprador. Bem, na verdade, algumas postagens já o chamavam de estuprador, apesar de nada ter acontecido com a Nicole.

Eu entendo o raciocínio. O cara estava lá com a droga e dopou uma mulher. A intensão era clara e as chances de ele já ter feito algo parecido, ou repetir, eram enormes. Também não vejo muita diferença.

Curioso é que, pelo que me disseram, Victor demorou a notar mudanças no comportamento das pessoas ao seu redor; e a história chegou aos amigos dele. Todos viram a foto de Victor com os alertas. Todos viram o vídeo.

Claro que, como não havia nada oficial, nem certeza de que Victor tinha, de fato, espancado ou drogado Nicole, ninguém saiu excluindo o cara. Ele continuou sendo chamado para idas ao bar, festas... Mesmo assim, é difícil acreditar que todos os seus amigos tenham agido normalmente; principalmente os que também conheciam Nicole.

E o cara não percebeu por dias. Vida seguia normal.

É muito filha da puta mesmo.

Uma festa cheia, já entrando a madrugada. O ambiente escuro, entrecortado por fachos de luz colorida, o chão molhado e grudento pela quantidade de bebida derramada, a música alta retumbando nos ouvidos; é necessário gritar para se fazer ouvir.

Um homem decide que quer beijar uma mulher, apesar de ela ter dito claramente que não ia acontecer. Ele força. Segura ela pelo braço e empurra seu corpo pequeno contra a parede. Ela está prestes a berrar, mandando que pare, ou talvez apele para uma joelhada na genitália.

Então uma mão cheia de anéis segura o ombro do homem. Um braço fino puxa-o para longe. O que o atrai não é força física, mas o estranho charme de outra mulher. Ela é mais alta, mas não chega a ter o tamanho dele. Uma figura peculiar, metade do cabelo preso em pequenos coques, um de cada lado da cabeça; o resto das mechas, soltas, descendo pelas costas. Usa um top e saia pretos, tênis de cano alto, tem purpurina azul no rosto, batom escuro, parece saída de um desenho animado japonês.

— Essa vadia não tá te dando a atenção que você merece? — ela pergunta, passando mão pelo peito do homem, a voz um sussurro em mel, mas alto o suficiente para que a mulher contra a parede escute.

O homem ri, a princípio sem acreditar no que escuta. A estranha aproxima ainda mais o rosto purpurinado e completa o feitiço:

— Vem comigo. Essa puta aí não sabe do que você precisa.

Ela lança um olhar felino para sua rival na parede, vangloriando-se da vitória. Segura a mão do homem e o puxa para longe, libertando a jovem, que finalmente sente o aperto dele largando seus pulsos.

Antes de sumir na multidão, a mulher purpurinada olha para trás, o rosto mudado por completo — suave, sem nenhum traço da rivalidade fora de lugar que apresentou segundos antes. Ela sorri, encantadora, compreensiva, protetora, e pisca um dos olhos. "Nós cuidamos umas das outras", ela parece dizer enquanto leva o homem para longe.

Délcio entrou na boate vazia com essa curta narrativa em mente. De acordo com a jovem testemunha, tinha acontecido no segundo andar, então ele subiu as escadas. O cheiro de cerveja era azedo. O ar ainda estava abafado devido à quantidade de pessoas que enchiam aquele lugar não muito antes. As paredes eram pintadas de preto, assim como o chão. Durante a festa, com as luzes apagadas, devia ser difícil enxergar qualquer coisa.

Tinha acontecido perto do bar, a menina dissera com os olhos amedrontados, abraçando o próprio corpo. Délcio viu a marca vermelha em seu braço, onde o homem agarrara. Parecia indicar ainda mais violência do que ela contara. Délcio chamou um policial militar para levá-la ao IML. Era melhor que fizessem logo um exame de corpo delito.

O investigador parou próximo ao balcão do bar e pôs as mãos na cintura enquanto olhava ao redor. Nada lhe chamou a atenção. Tudo o que viu no chão era lixo ou itens irrelevantes que haviam sido perdidos ou deixados — copos de plástico, guardanapos, um isqueiro.

O que imaginou que encontraria? Rastros de purpurina azul?

Balançando a cabeça, Délcio seguiu adiante, traçando o mesmo caminho que a jovem havia descrito, por onde a mulher misteriosa levara o babaca que tentara beijá-la à força. Diferentemente da moça, Délcio tinha uma boa noção de qual teria sido o destino do casal.

Passando por alguns agentes que ainda insistiam em encontrar evidências úteis no chão da boate, entrou no banheiro. Paredes brancas, a tinta descascada coberta por pichações, assinaturas, declarações e piadas de extremo mau gosto. Um espelho pequeno na parede acima das pias, três cabines com portas pintadas de verde do outro lado. O chão era de azulejos. A lama escura do encontro de sapatos sujos com a água derramada se misturava com a enorme mancha avermelhada de sangue bem no centro.

Délcio abriu a primeira cabine. Estava vazia. A perícia já havia retirado o corpo, mas as manchas de sangue permaneciam. Um jato que atingira a parede do cubículo, a marca de uma mão procurando desesperada pela porta. Respingos, muitos respingos.

Dois homens lhe haviam contado o resto. Estavam no banheiro quando um sujeito entrou puxando uma garota pela mão. A mesma exata descrição da mulher; seu penteado, as roupas, a purpurina...

O casal entrou em uma das cabines sem o menor pudor. A mulher ria. O homem falava algo impossível de escutar com o volume da música. Contra as expectativas, a mulher logo saiu da cabine, fechando a porta atrás de si e deixando o banheiro. Chegou até a acenar para os dois em despedida, com uma piscadinha. As testemunhas se entreolharam, imaginando o que poderia ter acontecido, mas a resposta não demorou a vir.

"Do nada, a porta da cabine abriu com força e, de lá, saiu o *cara*, uma *cara* de doido, segurando o próprio pescoço", uma das testemunhas disse.

"E o sangue tava jorrando pela mão dele! Muito sangue... Eu logo corri e fui chamar ajuda", disse o outro.

A ajuda tinha sido o barman, que, sem entender nada, foi verificar. A essa altura, o pânico já começava a se instaurar próximo ao banheiro masculino.

O barman comunicou à segurança pelo rádio e a evacuação se iniciou em seguida. *E com muita eficiência,* Délcio pensou, considerando que boa parte das pessoas tinha sido contida no primeiro andar do estabelecimento ou na calçada até que a polícia chegasse e identificasse potenciais suspeitos e testemunhas. Infelizmente, nenhuma mulher vestida de preto, com o rosto coberto de purpurina azul, se encontrava ali.

Esforçando-se em ignorar o fedor do banheiro, Délcio agachou junto ao chão, onde uma marcação feita pelos peritos denunciava uma pequena faca. Era, na realidade, um canivete, com o cabo de um metal escuro e uma aparência militar inquietante. *Que tipo de gente vai para uma festa carregando isso?*, Délcio se perguntou. Sem contar como havia conseguido entrar com a arma.

Imaginou a mulher descrita enfiando a faca no pescoço do homem. Ela não tinha sangue em si quando saiu, as testemunhas concordaram nesse aspecto. Deixara a arma para trás, ainda fincada em sua vítima.

Délcio começou a visualizar o crime; a mulher seduzindo o homem, deixando-o distraído com suas palavras, para, então, surgir com uma faca da bolsa, cravando no pescoço do imbecil que acabara de ver assediando outra garota; deixando a faca no lugar e indo embora. Dessa forma, não se sujou, ao menos nada tão grotesco a ponto de ser notado, mas também havia a certeza de que o homem iria morrer.

Mesmo que ele não retirasse a faca, como fez, e demorasse mais para sangrar, era impossível que assistência médica chegasse a tempo. Uma das testemunhas podia ser cirurgião, mas não encontraria, naquele banheiro, as ferramentas necessárias para impedir a morte.

Um crime bem-sucedido, em meio a centenas de pessoas, no Centro do Rio de Janeiro. Tinha testemunhas, a arma do crime, uma descrição completa da assassina e, ainda assim, Délcio sentia o familiar aperto no estômago, de encontrar um homicídio cuja investigação estava fadada ao fracasso.

Levantou-se, ainda observando o banheiro com cuidado, sem se desfazer da esperança de encontrar outra coisa, qualquer coisa, que revelasse a identidade da tal mulher.

Heitor de Andrade Nunes Silva, era o nome na carteira de motorista encontrada com o morto, a foto comprovando ser o próprio. Um babaca. Teria sido esse mesmo o motivo do crime? O assédio à outra jovem? Eliane, era seu nome. Estava certa de que, não fosse a estranha do rosto purpurinado, o tal Heitor teria conseguido forçar o beijo e suas mãos talvez não parassem no braço.

Uma ajuda a outra, faz sentido, o investigador refletiu, *mas não ao ponto de homicídio.* O assédio já tinha sido interrompido, então para que toda aquela violência? Era por ódio. Uma vingança exagerada, descarregamento de todo o rancor contra os homens em cima de apenas um péssimo representante do gênero. *Um chute no saco, beleza, o cara merecia,* Délcio suspirou. *Uma faca no pescoço já é exagero.*

> *O que seria deste mundo se mulheres começassem a assassinar homens com a mesma facilidade e frequência com que o contrário acontece?*
>
> *Uma escalada monstruosa de violência ou uma espécie de destruição mútua assegurada? Paz, enfim? Valeria a pena?*

A rua da DH estava vazia, os diversos carros estacionados, aguardando os investigadores a quem pertenciam. As árvores, plantadas por toda a extensão da calçada, traziam uma sombra agradável e um vento fresco aliviava o calor intenso. Maia prendeu os cabelos em um rabo de cavalo para impedir que continuassem voando para o seu rosto.

Com fones de ouvido e o celular no bolso, conversava com a investigadora Adriana Rocha. Já tinha lido a parte do inquérito disponível no programa da polícia civil, os depoimentos, inclusive o de Nicole, que dissera tudo, mas não assinara, e o de Victor, que não disse nada. Victor ser o ex-namorado misterioso e agressivo não era apenas uma teoria baseada em rumores coletados por um jornalista da coluna de fofoca. Nicole o dissera, com todas as palavras, só não valia para o tribunal. Para Maia, no entanto, era mais que o suficiente.

Quando se apresentou e explicou o motivo da ligação para a investigadora Rocha, recebeu em resposta:

— *Bom, isso faz bastante sentido.*

— Como assim? — Maia caminhava em passos lentos pela calçada, em frente à DH. — Você já sabia do homicídio?

— *Não, é mais a coincidência temporal.*

Adriana explicou que Nicole, vítima da lesão, não tinha interesse no envolvimento da polícia — vide a recusa a assinar o depoimento; mas seu pai, que se chamava Ulisses, era outra história. Ulisses tinha contratado um advogado para ficar na cola da investigadora, insistindo que todos os conhecidos de Nicole que estavam na proximidade da agressão fossem interrogados e que tudo, absolutamente tudo o possível fosse feito para comprovar que Victor era o desgraçado.

— *Nicole ainda não consegue ver de fora* — Adriana continuou. — *Acha que tem parte da culpa. Contou chorando que várias vezes era ela que ficava agressiva antes, como se jogar um sapato no cara fosse a mesma coisa que ele dar um soco na barriga dela.* — Do outro lado da linha, era possível escutar o farfalhar de folhas de papel.

— Aposto que o Ulisses e o advogado não contaram para a Nicole que ela podia ir até o juiz e pedir pra que a investigação parasse — Maia comentou, incerta se concordava ou não com a atitude. Fosse sua filha, provavelmente faria o mesmo.

— *Não que importe muito. A mesma pressão que ele tá fazendo em mim, faria no Ministério Público, no juiz, sei lá... e, bem, na minha opinião, a Nicole continuava em risco, mesmo. Melhor assim* — Adriana falou.

Maia não respondeu de imediato. Seria justo esconder isso dela? Para protegê-la? Resolveu voltar para questões mais importantes:

— Mas o que você quis dizer com coincidência temporal?

— *Ah!* — Adriana soltou. — *Victor foi encontrado morto faz pouco mais de duas semanas, né?*

Maia confirmou.

— *Mesma época em que o advogado do Ulisses parou de me atazanar* — Adriana explicou.

— O interesse em comprovar a culpa sumiu do nada, é?

— *Uhum.*

Aquela sim era uma informação interessante. *Coincidências não existem*, Maia se lembrou do mantra. *Um mandante para um crime…*

— Você soube da parada no restaurante? Do que aconteceu quando a Nicole aceitou encontrar o Victor?

Com a resposta negativa de Adriana e após um breve lamento por, mais uma vez, a vítima ter aceitado encontrar seu agressor, Maia deu os detalhes.

— Não houve nenhum registro de ocorrência — ela concluiu. — Já pesquisei, mas tinha esperança de que você soubesse alguma coisa.

— *Não… Não tive notícia nenhuma desse ocorrido, aí* — Adriana lamentou. — *Só o que posso dizer é: logo depois, o cara morreu e o Ulisses parou de se importar com a minha investigação.*

— Vou falar com esse Ulisses — Maia murmurou, já pensando em sua agenda, nos deveres relacionados a outros inquéritos em aberto, em quando encaixá-lo. Queria que fosse logo.

Adriana deu uma risada sem graça.

— *É… A mudança de comportamento do pai foi abrupta e isso explica. Bom que não preciso mais me preocupar, mas queria uma comprovação de que o Victor foi o autor desse meu crime, pra fechar logo o inquérito.*

Maia parou de andar e olhou para cima, procurando o céu por entre a copa das árvores. Uma ideia surgiu em sua mente. Era algo difícil de se concretizar, então preferiu se manter em silêncio.

— *Tem mais uma pessoa que você devia intimar* — Adriana falou. — *O primo da Nicole. Ele veio com ela pra delegacia no dia da agressão. Parecem próximos.*

— Ah, é? — Maia achou curioso.

— Ele deve ter uma ideia do que tá acontecendo na família. O nome é Tomás. Vou te passar os dados por mensagem.

Maia agradeceu. Trocaram mais alguns poucos detalhes das investigações e se despediram, concordando em entrar em contato caso houvesse algum desenvolvimento.

Maia voltou para sua mesa com o rosto fechado e a mente trabalhando. Sentou-se junto ao computador e começou a pesquisar. Entrou nas diversas redes sociais, procurou por grupos específicos, leu todas as postagens do último mês — e eram muitas. Passou por lotes de fotos e avisos, denúncias e links de reportagens. Vários textos reclamando da ação da polícia, o que era de se esperar — as Delegacias de Atendimento à Mulher estavam longe do funcionamento ideal. Já com os olhos cansados da tela e uma dor irritante pulsando na testa, encontrou.

Um vídeo.

Gravado em um celular e por uma mão nada estável, a imagem tremia horrores, mas era nítida.

Um restaurante que Maia reconheceu. Ficava em Ipanema. Todos os clientes olhavam para o mesmo grupo de pessoas, de pé entre as mesas. Victor segurava Nicole, que parecia adormecida em seus braços, e discutia com outra mulher. Os funcionários do estabelecimento apareciam, tentando apaziguar a situação. Maia conseguiu enxergar o desespero no rosto de Nicole, ao perceber o que acontecia ao seu redor. *Pobre garota.* Parecia tão miúda, tão vulnerável.

Então o golpe. Victor cambaleou para trás, a mão no rosto.

— Uau! — Maia não conseguiu se conter.

Mais confusão, mais gritaria. Nicole desaparecia junto da outra mulher e o vídeo terminava. A legenda da postagem explicava melhor a situação, cobrindo parte do diálogo que não era possível compreender bem no vídeo. Era um alerta e trazia o nome de Victor. Nem era necessário, podia-se escutar claramente no vídeo a outra mulher chamando-o assim.

Maia abriu um sorriso.

Enviou o link da postagem para Adriana Rocha. Talvez o Ministério Público aceitasse aquilo como uma espécie de comprovação da identidade do namorado misterioso. Autor do crime morto, não havia mais o que fazer. Inquérito arquivado.

Adriana respondeu, enviando também as informações do tal primo, Tomás.

Tamborilando as unhas sobre a mesa, Maia continuou pensativa. *Victor droga Nicole e tenta levá-la para sua casa. Três dias depois, aparece morto. Ulisses logo perde o interesse na investigação*. Ok, ele podia só ter ficado sabendo que o Victor morreu, comemorado e deixado a história toda para trás. Ainda assim...

Coincidências não existem, ela pensou.

> *Isso é papo furado de livro de detetive. Sério. Existem muitas coincidências nessa história toda.*
>
> *O outro investigador, qual o nome dele?*
>
> *Délcio.*
>
> *É o rei das coincidências. Anos se passaram desde a última vez em que meu pai largou um corpo carbonizado em um campo aberto, aqui pela cidade. Ainda assim, tinha um cara na DH que se lembrava disso? Que foi responsável por investigar mais de um desses assassinatos?! Coincidências existem, sim, e a polícia deu sorte com várias delas, mas, ok, o comportamento do Ulisses não foi coincidência. Isso eu admito.*
>
> *É lógico que ele sabia que Victor estava morto. O que isso diz para Maia? Não muito.*
>
> *Chego a me surpreender com o tanto de tempo que demorou para Ulisses descobrir quem era o escroto que abusava de sua filha. Ele só soube com o inquérito, sendo que tem seus meios de obter as informações que deseja. É óbvio que ele teve influência nessa morte, sabia o que eu planejava fazer e apoiava a ideia.*

Ulisses não aceitaria que Victor continuasse livre por aí depois de ter tentado levar Nicole inconsciente para a casa dele. A lei não seria suficiente. Como eu falei, mesmo que Victor fosse condenado, não seria preso; e era impossível confiar em Nicole para se manter afastada.

Victor, então, precisava desaparecer.

CAPÍTULO 7

Nicole queria acordar. Tinha plena noção de estar presa em um pesadelo. Ordenou, com todas as forças, que o cérebro acordasse e, por um breve segundo, quase conseguiu. Abriu os olhos? Talvez. Achou que estava em seu quarto, na casa do pai, mas as pálpebras estavam muito pesadas. Teve de fechar os olhos e foi sugada para o sonho outra vez.

Voltou para o apartamento. Não era o do pai. Desconhecia aquele lugar. Era um apartamento qualquer, sem personalidade, pouco mobiliado. Paredes brancas, piso de uma madeira descolorida e sem vida, janelas fechadas, escondidas detrás de cortinas pretas. Eram muitos quartos, longos corredores, portas e mais portas que a levavam para o mesmo lugar, porque não importava se entrava em uma cozinha, banheiro ou sala, sempre encontrava a mesma coisa — Victor.

Estava em uma sala. Tinha uma televisão pendurada na parede, de frente para um sofá preto onde ele estava sentado. Assistia a um filme de ação qualquer, com perseguições de carro e explosões; então olhou para ela. Sorriu.

Nicole sentiu ânsia de vômito e correu para a porta mais próxima. Abriu e encontrou um banheiro, enorme, todo coberto de ladrilho branco e, o mais importante, vazio. Passou o trinco na porta e sentou-se sob o tampo da privada. Seus pés não tocavam o chão e Nicole foi, aos poucos, percebendo que tudo naquele banheiro era um pouco grande demais, como se ela fosse uma menininha de cinco anos que mal alcançava a pia para lavar a mão.

A água do chuveiro ligou, o vapor preencheu o espaço. Nicole sentiu o corpo estremecer e travar, antecipando o que viria em seguida. A voz de Victor, cantarolando alguma coisa, depois dizendo:

— Nicole, não quer me fazer companhia?

Ela saiu correndo. Abriu a porta e ignorou o Victor que assistia televisão. Viu um corredor comprido e tomou esse rumo. Queria alcançar a porta mais distante, lá no final.

Passou por ela e se viu em uma varanda. Era noite e a vista mostrava a praia. Victor estava lá, segurando duas taças de vinho, oferecendo-lhe uma.

Nicole fechou a porta e voltou para o corredor, mas dessa vez não correu. Ajoelhou-se no chão e voltou a mandar a si mesma que acordasse. Era só isso, nada mais, só disso que precisava. Balançou o corpo, segurando o choro. *Acordar, acordar, acordar.*

Gritou.

Enfim, estava na casa do pai, em seu quarto. Sem Victor.

Sentada na ponta da cama, com o olhar assustado devido ao grito que imaginava ter extravasado o sonho, estava sua mãe. Com um gemido que, entre muitas coisas, demonstrava alívio e gratidão, Nicole esticou os braços para Melissa, que se aproximou e acolheu a filha.

— Tá tudo bem, querida — Melissa sussurrou, a voz aveludada afrouxando, em parte, o nó que apertava o coração de Nicole.

Ainda assim, ela balançou a cabeça apoiada contra o ombro da mãe, em negativa. Lágrimas quentes escorreram pelo seu rosto. Uma tontura que tinha acreditado ser parte do pesadelo também invadia a realidade.

— Já é amanhã? — Nicole fungou.

— É madrugada. — Melissa buscou o celular para checar o relógio. — Quatro da manhã.

Nicole se afastou para buscar os olhos da mãe.

— Tarde assim e você tá aí sentada, me olhando?

Melissa deu um sorriso carinhoso, que também mostrava toda sua preocupação materna.

— Estamos revezando. Tália e seu pai. — Ela levou uma mão ao rosto da filha. — Você estava tendo pesadelos, tremendo e suando. Ficamos preocupados.

Nicole estremeceu, recordando-se da casa com *Victors* infinitos.

— Fiquei vendo ele... em todo lugar — disse.

— Querida... — Melissa tornou a abraçar a filha. — Não entendo por que você não confirma seu depoimento na polícia. Ainda mais depois disso. É só assinar um papel...

Nicole ficou em silêncio. Poucos dias antes, até mesmo na tarde anterior, teria respondido àquela súplica da mãe com palavras grosseiras. Diria que não queria o envolvimento da polícia, que podia se cuidar sozinha, que ninguém entendia o que ela estava passando ou como era aquele relacionamento. Não precisava da vergonha de uma investigação, do vexame dos depoimentos, dos exames, das perícias. Argumentaria que a polícia nada poderia fazer, não daria certo, Victor chegaria até ela e faria pior. Ou mudaria, seria outro homem e tudo se resolveria.

Oito horas antes, Nicole teria dito muitas coisas para a mãe, mas, até então, o máximo que Victor tinha feito fora quebrar — acidentalmente, ela vinha se dizendo — sua costela. Acidentalmente nada. Oito horas antes ela ainda achava ter culpa, que tinha levantado de forma súbita demais a história do término; ainda achava que a maior parte das reações de Victor eram justificadas, que era uma namorada difícil e, por vezes, merecia o tratamento ríspido. Era só tomar cuidado e ele a trataria bem. Oito horas antes, porém, ela não tinha sido drogada a ponto de mal conseguir andar. Oito horas antes, não tinha escapado por pouco de ser estuprada enquanto inconsciente.

Nicole mal conseguia discernir seus pensamentos, porém a forma como se sentia mudou. Qualquer resquício de carinho que sentia por *ele* se dissipou em fumaça e voou para longe. Qualquer memória boa havia sumido enquanto ela corria por um pesadelo atormentado, tentando escapar da presença insistente de Victor. Agora só via as brigas, os gritos, as agressões e o sorriso grotesco que ele lhe lançara quando estavam prestes a sair do restaurante, na noite anterior; um sorriso de caçador que domina a presa... e o olhar de ódio quando foi impedido de carregá-la inconsciente até sua casa. O rancor ao perder o que considerava uma posse.

Nada de bom ou agradável restava e o estômago de Nicole foi dominado por uma bile negra.

A única permanência era sua falta de vontade de falar com a polícia.

— Quero falar com meu pai — Nicole murmurou, ainda abraçada à mãe.

> *No dia do bar, o plano era eu estar por perto quando Nicole terminasse com Victor.*
>
> *Sabíamos das chances de ele ficar agressivo, por isso a ideia era aproveitar o espaço público, cheio de gente, onde eu também poderia observar sem que ele percebesse. Mas ela demorou muito para tomar coragem e, quando o fez, resolveu andar com ele até um canto mais afastado da calçada, com maior privacidade.*
>
> *Eu a perdi de vista. O lugar estava cheio e — fora dos planos — eu esbarrei com pessoas conhecidas, que ficaram puxando assunto. Nicole deveria ter esperado, ter conferido se eu estava por perto. Não importa, a falha foi minha.*
>
> *Nicole é mais do que capaz de se cuidar sozinha, normalmente. Ela sempre soube se defender, afastar idiotas, lidar com os microassédios comuns na vida de uma mulher. Mas com Victor parecia se tornar cega. Sempre esperava o melhor dele e esquecia que ele era um filho da puta. Quando vinha o golpe, ficava sem reação. Congelava. Recebia o abuso e ainda se sentia culpada depois. Pedia desculpas!*
>
> *Deixei que ficasse sozinha com ele no momento mais crítico. Como resultado, não pude protegê-la. Dele. De si mesma.*
>
> *Jamais vou me perdoar por isso. Tudo o que aconteceu depois poderia ter sido evitado. Não me arrependo, no fim das contas. Só que, se tudo tivesse acabado naquela noite, seria muito mais simples. A polícia não estaria procurando por mim. Não precisaríamos de mentiras e meias-verdades.*
>
> *Ainda bem que no dia do jantar foi diferente. Ulisses insistiu para que alguém ficasse por perto. Eu nunca imaginaria que algo do tipo fosse acontecer, mas Ulisses sim e fez*

> *questão de que tivesse alguém lá para protegê-la. Agradeço por isso.*
>
> *Se Nicole estivesse sozinha... nem sei o que pensar.*

A testemunha sentada na frente de Maia era um homem alto, magro, bem-vestido, com a pele e os cabelos claros e os olhos escuros. Algo em suas feições lembrava Nicole, pelo que a investigadora viu em fotos. Estava nervoso. Não parava de mexer as mãos, embora tentasse disfarçar.

— Vi, no inquérito da agressão, que foi você quem acompanhou Nicole até a delegacia — Maia comentou.

Tomás fez que sim com a cabeça.

— Ela me ligou. Disse que não queria ir, mas estava sendo levada. Pediu que eu fosse junto.

— Por que você? — Maia soou seca.

Tomás tombou o rosto para um lado, como se não entendesse o motivo da pergunta.

— Em vez da mãe, pai? Uma amiga? — ela completou.

— Ah... — Tomás coçou a cabeça. — Não sei... Quer dizer, somos muito próximos desde criancinha; e eu também quase fui da polícia, pode ser por causa disso.

Um quase policial. Maia assentiu e digitou as informações. Tomás explicou que pensara em prestar concurso para entrar na Polícia Civil, mas não o fez. Quis uma vida mais segura. Temia levar um tiro enquanto estivesse trabalhando. Contou que o pai quase morreu dessa forma uma vez e não queria que lhe acontecesse o mesmo. Foi trabalhar em um banco.

Será que tinha estudado tudo sobre perícia? Sobre a dinâmica das investigações?

— Conhecia o Victor? — Maia mudou o assunto.

— Não... Eu nunca cheguei a ver ele, na verdade — Tomás falou.

— Nunca? Nem com a Nicole?

Ele deu de ombros.

— Ela não tava divulgando o namorado pro mundo. Fez eu jurar que não ia nem repetir o nome do cara, principalmente pro meu pai ou tio.

Tomás olhou para o chão. Parecia ter vergonha de algo. Era por ter escondido a identidade do homem que abusava da prima? Ou por ter repassado a informação sem esperar que a consequência seria homicídio? Ou seria por algo completamente diferente?

— Você manteve a promessa? — foi a pergunta que Maia fez em voz alta.

Tomás coçou a cabeça mais uma vez.

— Sim — ele disse. — Não sei se foi a coisa certa... mas ela pediu.

— Em briga de marido e mulher não se mete a colher? — Maia alfinetou.

Tomás ergueu o olhar para encará-la, ofendido e irritado. *Agora sim*, ela pensou.

— Não. Eu respeitei a vontade da minha prima. É bem diferente. — Ele, enfim, parou de se remexer e cruzou os braços.

É mesmo?, Maia refletiu. *A reação de muitas mulheres que sofrem violência pelos parceiros é dizer que está tudo bem, que não precisam de ajuda. Dar ouvidos nem sempre é a melhor opção. É ignorar o óbvio até que algo pior aconteça. Como aconteceu no bar, em Botafogo; como quase aconteceu no restaurante, em Ipanema.*

— E depois? — Maia perguntou.

— Depois de quê?

— Que o Victor quebrou a costela da Nicole. — Ela tentou passar uma espécie de julgamento na voz, como se culpasse Tomás pelo ocorrido. Queria ver qual seria sua reação.

Ele retorceu o lábio, ainda mais irritado.

— Depois ela terminou com o cara e disse que não ia mais ver ele.

— Mas viu.

— Sim. — Tomás bufou. — Porque o cara tava perseguindo a Nic e foi até o apartamento do meu tio. Ficou esperando até ela aparecer na portaria do prédio.

Maia ficou em silêncio, esperando que Tomás continuasse. Olhava-o com certa intensidade, como se perguntando "como assim você não fez nada?". Tomás parecia pensar que tinha alguma responsabilidade de proteger a prima. Teria ido longe nessa crença?

— Olha, eu tava conversando com meu tio, ok? O pai da Nic. Ele tava tomando cuidado pra que nada acontecesse de novo. — Ele hesitou. — *Nós* estávamos tomando cuidado.

— Parece que tenho que conversar com seu tio — Maia comentou. — E na noite do restaurante?

— Tio Ulisses pediu pra Tália ficar de olho — Tomás respondeu.

Tália. Devia ser a mulher do vídeo.

— E quem é ela?

— Amiga da Nic. — Tomás desviou o olhar para o chão mais uma vez. — Não sei direito porque ele não me chamou, mas pelo menos a Tália tava lá.

— Aham — a investigadora murmurou. — Onde você estava na quinta-feira, quatorze de outubro, à noite?

— Em casa. Vendo TV. Jogando videogame, sei lá. — Ele voltou a remexer as mãos.

Maia fingiu digitar as palavras de Tomás por mais tempo do que precisava.

— Olha, eu fiz tudo o que podia pra proteger a Nic, ok? — Tomás falou, esticando uma mão na direção de Maia, tentando passar confiança com esse gesto. — Mas, se ela insistia em ver o cara, tinha um limite para o que eu podia fazer.

Maia não respondeu de imediato. Fingiu digitar mais um pouco, então olhou para Tomás e disse:

— Alguém ultrapassou esse limite.

Tomás olhou para o chão e coçou a cabeça.

Interrogatórios, na vida real, são tão diferentes dos filmes. Eu não tinha ideia.

Esperava aquela sala escura, com um espelho falso, que não sei como se chama; aqueles que só são espelhados de um lado e pode-se observar as pessoas dentro de uma sala sem que elas saibam. Imaginei dois investigadores, mesmo que não fizessem aquela dança clichê de "policial bom e policial mau". Esperava que tudo fosse gravado e que eles tentassem ao máximo retirar toda a informação possível de mim, quase com ameaças.

Meu pai arruinou essa minha percepção fantasiosa faz uns anos. Estávamos assistindo a algum filme, nem lembro mais qual, e teve alguma cena de interrogatório tensíssima. Eu estava adorando e veio ele estragar, dizendo que aquilo era totalmente fora da realidade. Ou pelo menos da nossa realidade. Ele admitiu não ter ideia de como a polícia nos Estados Unidos funciona.

Eu posso continuar acreditando que lá é assim.

Quanto ao Brasil, contudo, meu pai fez questão de me dar todos os detalhes desinteressantes dos procedimentos reais. Tão sem graça. Você se senta à mesa de um investigador, no meio de uma sala onde trabalham todos os policiais, e vai falando. Dalí sai um texto entediante para você assinar e pronto.

Sem altos e baixos, sem horas esperando em uma sala, surtando de ansiedade, sem ameaças, jamais com confissões emocionadas.

Quem ia imaginar que investigações de homicídio podiam ser tão burocráticas e desinteressantes?

Pelo menos, cometer um continua sendo parecido com os filmes. Não dá para tirar a emoção disso.

A empresa ficava em um escritório pequeno e bem decorado na Avenida Presidente Vargas, na altura da Cidade Nova. O espaço parecia mais amplo do que realmente era, as poucas salas divididas por paredes de vidro. Maia e Délcio aguardavam na entrada, onde havia duas poltronas confortáveis separadas por uma mesinha baixa, adornada com uma orquídea e uma pilha de revistas. Uma sala de espera de consultório médico, exceto que não chegava a ser uma sala; nem era um consultório.

Maia esticou a mão e tocou a flor. Era de plástico.

A secretária, sentada atrás do balcão próximo, não lhes dava a menor atenção; mexia no celular enquanto tomava um suco verde de uma garrafa grande de plástico. Maia teve a sensação de que esperariam um bom tempo. Esticou o corpo e se virou para Délcio, comentando:

— Soube que você pegou um digno de *CSI*.

Ele abriu um sorriso.

— Peguei mesmo. Do tipo que dá vontade de contar pro meu filho. Ele ia ficar fissurado, cheio das teorias — falou —, mas pena que não é realmente *CSI,* senão eu já estaria com as digitais encontradas na faca rodando em um programa que encontra o culpado em cinco minutos; e já saberia onde a arma foi comprada, com nota fiscal e tudo.

Maia riu e Délcio ergueu uma mão em um gesto rápido; continuou, em voz baixa:

— Ah, e não podemos esquecer dos traços de purpurina azul, que eu teria encontrado Deus sabe onde e, depois de uma rápida análise, saberia a loja exata do Saara em que a garota comprou. A lojinha teria câmera de segurança, com um vídeo do rosto dela nítido que nem filme em HD.

— Purpurina azul? — Maia tinha a expressão confusa.

Délcio explicou que era parte da maquiagem da assassina, de acordo com as testemunhas.

— Meu Deus, ela não tava nem tentando passar despercebida — Maia disse.

— *Nope.* Não mesmo — Délcio concordou. — Uma assassina com o rosto brilhante, literalmente, e eu ainda não sei quem ela é.

A vida, na Divisão de Homicídios, era mesmo muito diferente da televisão.

— Bom, mas estamos aqui pelo seu querido criminoso assassinado. — Délcio virou o corpo para observar o interior do escritório e Maia acompanhou seu olhar.

Pelo vidro ao fundo, podiam ver Ulisses de pé em sua sala, gesticulando enquanto falava ao telefone. Era um homem alto e largo, de pele clara. Vestia-se de forma elegante, com um terno cinza azulado e camisa branca. O cabelo era grisalho, com um corte moderno, um pouco jovem demais para sua idade. Tinha sobrancelhas grossas e o rosto quadrado, mas a expressão era leve, amigável. Algo em seu olhar dizia que era alguém em quem se podia confiar. Maia, porém, não tinha o costume de se deixar enganar por primeiras impressões.

— Meu querido criminoso é de um tipo bem diferente dos seus casos antigos, né? — Ela manteve a voz baixa. Não queria atrair os ouvidos curiosos da secretária.

Délcio balançou a cabeça, concordando.

— Aqueles eram *tudo criminoso* por profissão; coisa de milícia ou traficante, falsificador, contrabandista...

De acordo com Délcio, o mandante dos homicídios certamente faria parte de algum tipo de organização criminosa. Difícil associar com a história de Nicole, Victor, Ulisses, exceto...

— Não era uma empresa de material de construção? — Délcio perguntou. Talvez seu raciocínio caminhasse para algo próximo aos pensamentos de Maia. Ele pegou uma revista Veja de cima da mesa e ficou olhando como se o objeto não se encaixasse ali.

— O galpão é em Belford Roxo, mas o escritório fica aqui. O cara cresceu muito — Maia explicou, referindo-se a Ulisses. — Multiplicou em sei lá quantas vezes o tamanho da empresa do pai.

Com isso, chamou a atenção da polícia. Seu nome havia surgido em algumas investigações de lavagem de dinheiro, embora Ulisses, caso estivesse envolvido, tenha sido bem cuidadoso. Jamais surgira prova melhor do que o simples fato de Ulisses ter encontrado outro suspeito para jantar.

Maia continuou a observar o escritório. Havia mais dois homens na sala de Ulisses. Um deles vestia terno escuro e gravata azul-clara; senta-va-se ereto e abraçava uma pasta de couro; tinha a expressão retorcida de quem sentia um cheiro ruim. O outro, ocupando o sofá de forma mais relaxada, trajava uma camisa social rosa, as mangas enroladas na altura dos cotovelos.

Franzindo o cenho, Délcio inclinou o corpo na direção de Maia e falou:

— Agora que reparei, eu conheço o cara de rosa de algum lugar.

Antes que Maia pudesse responder, no entanto, a porta se abriu e Ulisses caminhou até os dois, lançando um breve olhar irritado para a secretária, que não largava o celular. Foram convidados para o escritório e ocuparam as cadeiras de frente à mesa de Ulisses.

— Espero que não se incomodem de fazermos isso com certa plateia — ele falou, apontando para os dois homens no sofá. — Evandro é meu advogado e Moisés, o chefe de segurança da minha empresa.

Uau, ele precisa de um chefe de segurança, Maia pensou. Para proteger o galpão com a mercadoria? Até que fazia algum sentido.

— Sem problemas. — Délcio virou-se para o homem vestido de rosa e perguntou: — Perdão ser tão direto, mas o senhor por acaso trabalhou com a polícia?

Moisés sorriu e se levantou. Ergueu a mão na direção de Délcio, que a apertou.

— Polícia Militar — Moisés confirmou. — Vinte anos.

Délcio assentiu.

— Acho que já cruzamos caminho alguma vez.

Moisés deu de ombros e retornou para seu lugar.

— Bom… — Ulisses bateu palmas, chamando a atenção de volta para si. — Em que posso ajudá-los?

Maia ajeitou o corpo na cadeira e disse:

— Como devem ter lhe informado, é sobre o incidente que ocorreu com sua filha.

A expressão de Ulisses tornou-se grave e ele esperou. Houve um breve momento de silêncio.

Maia distraiu-se ao pousar os olhos em uma pintura pendurada atrás dele, uma natureza morta, laranjas, flores. Escolha curiosa. Não combinava com o homem a sua frente. Perguntou-se quem teria posto aquilo ali. Fosse ela incumbida de selecionar um quadro para enfeitar o escritório de Ulisses, teria escolhido algo mais forte, em ebulição, tipo uma que vira de um cavalo, a tinta toda movimentada, cores vibrantes. Achava que o pintor se chamava Yeats. Sim, essa combinava.

Voltou a encará-lo e se deu conta de que todos a aguardavam. Resolveu ser direta:

— Quando o senhor descobriu quem era o rapaz?

Ulisses apontou para seu advogado e respondeu:

— Evandro descobriu pra mim. Não foi a coisa mais complicada do mundo.

— Quando? — Maia insistiu.

— No dia seguinte em que ele espancou minha filha. — Ulisses a observou com um olhar azedo. — Evandro foi à delegacia e me arranjou uma cópia do inquérito, já que a Nicole não estava muito falante.

Maia assentiu.

— Ela não desejava o envolvimento da polícia, correto?

— Não, mas eu decidi que ela não estava com cabeça pra tomar esse tipo de decisão e pedi para a investigadora continuar com o inquérito — Ulisses explicou, sem muita paciência, insatisfeito por ser questionado.

Maia sequer discordava da atitude, mas preferia agir como se o estivesse atacando. Quem sabe alguma coisa não escapava? Teve a sensação de que Ulisses era mais acostumado à cordialidade, em se tratando de questionamentos feitos pela polícia.

— Estava monitorando sua filha? — ela questionou, ríspida.

Ulisses recostou o corpo na cadeira, ajeitou o cabelo e sorriu, antes de dizer:

— Sim. Tinha medo exatamente dela voltar a se encontrar com o desgraçado. E não estava errado.

— Pelo que entendemos, o senhor estava buscando alguma outra prova de que tinha sido o Victor que agrediu sua filha, era isso? — Délcio resolveu participar. Falou como pai, como homem de uma idade mais próxima à de Ulisses e como alguém que compreendia o que ele tinha feito. Colocou-se no papel clichê do policial bom.

— Sim. — Ulisses pareceu bem mais satisfeito em lidar com Délcio, que aproveitou:

— Isso significa que acompanhou um pouco o próprio Victor?

— Menos. Minha única preocupação era que ele não chegasse perto da Nicole — Ulisses explicou.

— Nesse monitoramento, por acaso obteve alguma informação que possa nos ajudar com o homicídio do Victor? — Maia se intrometeu, deixando o tom de voz neutro. Fraseou sua pergunta de forma que não soasse como acusação, mas seus olhos não escondiam o que pensava. Sequer tentou disfarçar. Queria que Ulisses sentisse a ameaça que não faria abertamente. Não era doida. Sabia o quanto a delegada chiaria se soubesse que ela fora ao escritório de um homem rico e influente, e o acusara de assassinar o ex-namorado da filha, mesmo que fosse alguém de interesse em investigações de lavagem de dinheiro.

Ulisses bufou, tamborilou os dedos grossos na mesa de vidro e não escondeu o desagrado por ter de continuar lidando com Maia.

— Não que eu tenha muito interesse na resolução do homicídio do cara que tentou estuprar minha filha, mas… — ele começou. — O máximo que posso dizer é que a última vez que o monitoramos foi na quinta-feira em que ele sumiu. Estava num Starbucks na Rua da Assembléia com uma mulher loira, porque, pelo visto, arruinar a vida de uma jovem só não era o suficiente.

Maia meneou a cabeça. Inteligente da parte de Ulisses, cooperativo. Já sabia da loira, apesar de ela continuar sem identidade. A parte do Starbucks, contudo, era novidade e podia até ter sua relevância, considerando que Victor havia ingerido o Boa noite, Cinderela com café. Ela ter ido com Victor para a cafeteria indicava um maior envolvimento, embora não necessariamente. Qualquer um podia tê-los seguido até o Starbucks. Ou teria a mulher drogado Victor e o levado para longe? Será que havia um carro esperando? Um trabalho em equipe? A mulher bonita como isca para atrair o homem até a armadilha?

Perguntou se Ulisses sabia quem era a tal mulher.

— Não, essa informação não conseguimos. Como disse, meu interesse nessa parte não é tão grande — ele desconversou.

— Aham... e quem ficou encarregado desse monitoramento, então, foi o senhor Moisés? — Maia virou-se para o chefe de segurança.

Moisés fez que sim com a cabeça.

— O senhor se importaria de prestar depoimento na delegacia? Precisamos colocar a informação oficialmente no inquérito.

O chefe de segurança abriu os braços e um sorriso.

— Mas é claro! Sempre disposto a ajudar antigos colegas — ele disse.

Havia algo de estranho no jeito que falou, mas Maia não soube identificar. Talvez uma ironia, ou desdém. Difícil dizer, tampouco era relevante. Ele ter concordado em prestar depoimento era o suficiente.

— No dia do incidente no restaurante... — ela começou, voltando-se para Ulisses. Ele a interrompeu:

— Tentativa de estupro — corrigiu.

Não era uma tentativa em termos técnicos. Victor não chegara perto suficiente de fazer nada, porém Maia se absteve de fazer esse comentário. Compreendia perfeitamente o porquê de Ulisses colocar de tal forma. *Eu sei. Concordo. O cara era um verme nojento*, pensou. Continuou com sua pergunta:

— No dia em que o Victor planejava estuprar sua filha — não se incomodou em dizer assim, era verdade —, ele foi impedido por outra mulher. Sabe de quem se trata?

Maia já tinha essa resposta. Tomás tinha lhe contado. Ainda assim, achou por bem repetir a pergunta.

— Ah! — Foi Moisés quem reagiu primeiro, erguendo o corpo do sofá, animado. — Foi minha filha, amiga da Nicole desde pequena.

Maia sorriu com aquela demonstração de orgulho. Lembrou-se do merecido soco no nariz, que Victor tinha recebido.

— Acha que ela pode depor também?

Moisés deu de ombros.

— Claro, certeza de que ela não se importa.

Délcio, sendo o mais simpático possível, fez mais perguntas. Tentou conseguir alguma outra informação, mais algum detalhe. Não teve muito sucesso. Quis saber como andava Nicole. Ele e Maia ficaram felizes com a notícia de que a jovem se recuperava, aos poucos.

— Não queremos incomodar sua filha fazendo perguntas sobre o Victor — Maia falou, levantando-se e tirando do bolso um cartão de visitas, que entregou para Ulisses —, mas, caso ela saiba de algo e queira nos ajudar, pode entrar em contato.

Ulisses olhou para o cartão com o cenho franzido, provavelmente decidindo se o entregaria ou não para a filha.

Antes de se despedir, ela acrescentou:

— Acho que não faz tanta diferença agora, mas talvez o senhor goste de saber. A investigadora Rocha obteve outra prova de que foi o Victor quem agrediu sua filha. O inquérito foi arquivado, já que ele está morto, mas foi arquivado com um reconhecimento da culpa dele; pelo menos por parte da polícia.

Ulisses a encarou com outros olhos. Maia tinha deixado de lado o tom levemente acusador e agressivo. Esse momento havia passado. Ele apertou a mão dos investigadores em despedida. Délcio e Maia deixaram o escritório com o número de telefone de Moisés Alves de Souza e de sua filha.

No elevador do prédio, Maia olhou para Délcio e ergueu as sobrancelhas, o que fez o investigador sorrir. Aquela visita tinha ocorrido de forma diferente do esperado, pois tinham imaginado que Ulisses seria mais indireto em suas respostas, evitando admitir qualquer conhecimento ou envolvimento no caso. Era um comportamento mais comum em homens como ele, ainda mais tendo um advogado na sala. Era surpreendente que o senhor Evandro tivesse ficado em silêncio durante toda a conversa.

— Saciou sua curiosidade? — Maia cutucou Délcio.

Ele decidira acompanhá-la naquela entrevista ao saber das associações de Ulisses com lavagem de dinheiro. Não largava mão de seus inquéritos antigos.

— Em partes — Délcio admitiu, sorrindo, e não fez mais comentários.

Na minha opinião, Victor era pior do que os outros caras. Digo os que foram mortos anos atrás. Não sei exatamente por que, Victor me dá mais raiva.

Os contrabandistas, traficantes, falsificadores, todos eles estavam, sim, envolvidos com bastante violência, não tenho dúvidas. Só que tudo isso vinha com o "trabalho". Quase como se fossem ossos do ofício. É o que acontecia com meu pai. O serviço que ele prestava envolvia coisas bem ruins, só que ele não é uma pessoa ruim.

Não sei se essa separação faz sentido para todo mundo. Faz para mim. Pode ser ingenuidade achar que a dinâmica da minha família se repete por aí, mas o que penso é: um traficante pode causar muita dor, ser o responsável por diversas mortes, só que, quando chega em casa e encontra a família, talvez seja amável, bom com os filhos, com a esposa, com os pais, sei lá. Pode acontecer.

Eu já vi o lado perigoso do meu pai, diversas vezes. Já o vi absolutamente aterrorizante. Qualquer pessoa se tornaria incapaz de desobedecê-lo pela ameaça que paira no ar; ameaças que ele pode muito bem cumprir. No entanto, esse é ele no trabalho.

Em casa, eu já fiz de tudo para deixar meu pai puto da vida. Já quebrei um aparelho de DVD que ele tinha acabado de comprar e me proibido de usar, porque sabia que eu faria besteira; fugi de casa para ir a um show de rock que acabava de madrugada, tendo aula no dia seguinte; briguei na escola; quase repeti de ano por ter ignorado por completo a necessidade gritante de estudar para as provas de Geografia e Química; perdi um celular novo caríssimo que ele tinha comprado, depois de uma semana de uso. Coisas de criança, de adolescente, que enfurecem qualquer pai, mesmo um que trabalhe no ramo do meu.

Eu nunca, nunca vi sequer uma sombra do homem em quem meu pai se transformava enquanto estava em serviço. Nunca voltada para mim. Essa é a diferença.

Victor não tinha essa linha divisória. Ele não saía para trabalhar, cometia um crime, depois ia encontrar Nicole e era um amor com ela. O crime dele era na vida privada. Victor era ruim e ponto. Ruim com quem ele deveria ser o mais carinhoso.

Uma coisa é a violência no ambiente hostil da ilegalidade. As pessoas se preparam para correr esse risco. Ao se envolver com falsificação de documentos, o criminoso sabe que pode ter de lidar com a fúria de quem está enganando, roubando por aí; e mesmo que não seja uma escolha, mesmo o pobre coitado que se vê em meio à violência do tráfico de drogas só pelo seu endereço e cor de pele, esse cara, ainda assim, procura meios de se proteger, de lidar com isso. Está avisado da possibilidade de violência.

Agora Victor, ele trouxe o horror para dentro de casa, para dentro de um relacionamento que deveria ser pautado apenas em amor. Traiu a confiança estabelecida e atacou quando a guarda de Nicole estava mais baixa.

Isso faz dele uma pessoa ainda pior.

— Délcio, o que cê tá fazendo aqui mesmo? — A delegada Ana Luiza massageava a testa, sua expressão denotando total e completa falta de paciência naquele momento.

O investigador, que tinha entrado na sala da delegada seguindo Maia como se acreditasse que passaria despercebido, abriu seu melhor sorriso e coçou a cabeça.

— Tô de curioso? — tentou. — Brincadeira. Eu acho que posso ajudar.

Ana Luiza bufou, decidindo não perder mais de seu tempo.

Maia largou o corpo em uma cadeira, quase se deitando, os braços largados. Soltou uma espécie de gemido. O que menos queria era aquela reunião. Começou:

— Bem, ainda estamos tentando entender o que aconteceu com o Victor depois que saiu do trabalho, na quinta. Levando em consideração a quantidade de Boa noite, Cinderela no seu organismo, podemos dizer que, das seis às oito horas, ele estava inconsciente ou bem próximo disso. Quando foi, enfim, morto, ainda estava sob efeito da droga.

— Parte desse tempo ele estava acordado, com certeza. Durante a tortura — Délcio comentou.

Maia meneou a cabeça, fazendo que sim.

— Provável que a dor o acordasse. A dose do coquetel não foi tão grande assim.

— O que mais me incomoda é onde isso tudo aconteceu — Ana Luiza declarou, a voz irritada. — Pra onde ele foi levado? Ninguém escutou gritos? Ele estava amordaçado? Que tipo de pessoa tem disponível um local pra onde se pode simplesmente levar um cara pra ser torturado?

— Nos crimes antigos, a gente conseguiu identificar alguns dos lugares usados pra tortura. Eram construções abandonadas, nunca muito distantes do local de desova. Diria que uns dez minutos de carro, algo assim.

Ana Luiza observou Délcio por um momento. Seu cenho franzido dizia que ela refletia sobre o assunto. Fez-se um silêncio pesado enquanto esperavam por suas palavras.

— Você acha que é a mesma pessoa? Por quê?

— Não acho que é o mesmo cara — Délcio explicou, erguendo mãos em uma atitude defensiva —, mas acho que é o mesmo método.

— E como vocês têm tanta certeza de que não é a mesma pessoa? — ela mudou um pouco a pergunta.

Délcio balançou a cabeça em negativa.

— São muitos anos… O cara lá de trás estaria velho demais pra fazer isso tudo sozinho. Deve ter tipo a minha idade, talvez até mais.

— E se tivesse ajuda da loira? — Maia sugeriu. — Não só pra drogar o cara, mas pro resto também.

— Uma equipe de tortura e execução? — a delegada questionou, deixando claro o quanto achava aquilo improvável. — Não tínhamos resolvido que o motivo pro homicídio foi toda a questão com a garota, a Nicole? Acha mesmo que isso combina com um grupo de assassinos profissionais?

Maia fez uma careta e encolheu o corpo na cadeira, cruzando os braços. Ainda não entendia com que propósito a delegada havia lhe chamado para uma prestação de contas, quando havia, ainda, uma lista de coisas a serem feitas e todos os desenvolvimentos do inquérito, até aquela manhã, já tinham sido informados. *Deve ter jornalista fazendo perguntas e a delegada resolveu descontar o mau humor em cima de mim.*

— O pai poderia ter contratado — Délcio apontou. — Cê não viu ele, Dra. Ana. O cara parecia saído de O Poderoso Chefão. Vai ver quis vingar a filha e exagerou.

— Nem temos certeza se foi mesmo por causa de Nicole — Maia murmurou.

— Você não encontrou nenhum outro motivo aceitável até agora — Ana Luiza resmungou.

Maia deu de ombros.

— Tem o primo — ela disse.

— Que primo? — Ana perguntou.

— Da Nicole, o Tomás, que acompanhou ela na delegacia, na ocorrência da lesão. Ele parecia um pouco protetor demais — Maia explicou.

— Ele tem álibi?

— Em casa, vendo televisão.

— Alguma coisa o conecta diretamente ao crime?

— Fora detestar a vítima, que nem todo o Rio de Janeiro, não.

Aquela reunião parecia fadada à improdutividade.

Eu gosto de histórias de crime, apesar do meu pai sempre insistir que livros e séries são fantasiosos e muito mais interessantes do que a vida real.

Não me importo de ficar com os fantasiosos. Até prefiro à mania atual de programas e livros sobre assassinos famosos na História. Gosto do rocambolesco, do mirabolante, do dramático.

Adoro livros de outra época, quando ainda não se tinham todos os métodos mais científicos para recolher provas; quando não havia exame de DNA, coleta de fibras de tecido e cabelos das cenas de crime; câmeras de segurança. Acho que perdoo as impressões digitais, porque não envolve tanta tecnologia assim.

Adoro os detetives quase mágicos, que percebem os minuciosos detalhes da coisa, enxergam a profundidade da alma de seus suspeitos e conseguem descobrir quem cometeu o crime. É tudo tão emocionante e envolvente, parece uma vida cheia de adrenalina.

Eu não sei por que a vida real é tão diferente. Fico pensando, se você vai cometer um assassinato, por que não fazer de forma mirabolante? Parece tão mais divertido. Ok, ok, dar um tiro na testa de uma pessoa com uma pistola sem registro e se desfazer da arma depois é muito mais seguro e difícil de rastrear, mas não tem a menor graça.

CAPÍTULO 8

Victor saiu do bar cambaleando depois da quarta dose de tequila e uma quantidade considerável de copos de cerveja. Talvez outros drinques, não se lembrava. Foi a quantidade necessária de álcool. Desde o incidente do restaurante, seus amigos estavam agindo de forma estranha. Não falavam nada, embora devessem saber que tinha acontecido alguma coisa, porque não respondiam direito nada que ele dizia. Deixavam-no de lado nas conversas. Olhavam torto. Tinha ficado claro o desconforto por Victor ter aparecido no bar.

O que esperavam, também? Tinham combinado em um grupo de WhatsApp do qual ele fazia parte. Era insuportável.

Desceu os degraus que levavam até a calçada com atenção dobrada, lutando para não cair, e correu o olhar pela extensão da rua. Sem sinal do carro. Tirou o celular do bolso da calça jeans e abriu o aplicativo — dois minutos. Tentou decorar a placa, mas seria impossível no estado de embriaguez em que estava. Respirou fundo, cheiro de maresia, cerveja derramada, talvez um toque de urina ao fundo.

Olhou para sua esquerda. A rua fazia esquina com a Avenida Atlântica e Victor podia ver a praia de Copacabana iluminada por enormes postes naquela hora da madrugada. Um sedã preto estacionou na porta do bar e ele entrou no carro. Só de estar longe da música alta, da aglomeração de pessoas gritando para tentar se comunicar e do cheiro de álcool já se sentia mais sóbrio. O Uber seguiu pela praia enquanto o céu começava a adquirir tons de cinza da manhã que se anunciava.

Ao alcançar um edifício alto na Avenida Delfim Moreira, no Leblon, o carro estacionou. Victor saiu sem dizer nada ao motorista. Tropeçou em um degrau no meio da portaria, quase caiu, mas se recuperou.

Largou os pertences na mesa da sala e entrou no banheiro para escovar os dentes. Não chegou a fazê-lo. Um saquinho de plástico em cima da bancada impediu que tivesse qualquer atitude. Ficou paralisado, encarando o objeto. Tinha o tamanho da palma de sua mão e guardava pequenos recipientes de plástico contendo um líquido incolor, como embalagens descartáveis de colírio.

Victor sentiu o suor frio descer pela nuca, a boca ficou seca; achava que tivesse jogado aquilo fora. Não, tinha certeza de que havia jogado no lixo da rua, logo depois de usar, mas lá estava.

Balançou a cabeça, tentando afastar a confusão criada pelo álcool, afinal a noite não tinha corrido conforme o plano. Disse a si mesmo que devia ter esquecido o saquinho no bolso da calça, a empregada devia tê-lo encontrado e deixado ali.

Respirou fundo. *Só isso,* pensou. *Deve ser só isso.*

Colocou a embalagem no bolso e saiu do banheiro em passadas largas. Parou, mudando de ideia. Deu meia volta, abriu o saquinho, pegou dois dos recipientes e guardou dentro de um pote de vitaminas que não tomava mais e estava esquecido em uma gaveta de seu banheiro.

Levou o resto consigo.

Voltou para a rua e percorreu as poucas quadras que levavam até a padaria. Jogou a embalagem fora na primeira lixeira que encontrou, sentindo-se infinitamente mais leve. Livre. Não teria mais problemas. Ninguém nunca procuraria por nada dentro de um pote de vitaminas. Comprou meia dúzia de pães franceses, sua desculpa para sair, e voltou para casa. Parou alguns segundos na entrada, olhando para a praia. O Sol já havia saído e o céu limpo indicava que seria um lindo sábado.

> *Victor tinha mesmo jogado fora a sacolinha plástica e seu conteúdo.*
>
> *Aquela era outra. Comprei recipientes similares e enchi de água. Não resisti. Achei que ele ficaria bastante perturbado se encontrasse aquilo em seu banheiro. Uma ameaça, algo assim.*

Não teve o efeito esperado, para a minha infelicidade. Queria assustá-lo, mas nunca tive muito sucesso em pregar peças. Fui uma criança séria demais e não aprendi depois. Senso de humor incomum, ninguém costuma rir.

Apesar de ser ruim nas piadas, eu até que era uma fofura. É verdade, juro. O único diferencial que eu lembro é que não falava muito. Meus amiguinhos estavam sempre berrando. Nicole, então, nem se fala. Eu costumava ficar de boca fechada até ter algo para dizer.

É, eu tinha amigos. Poucos, porém o suficiente. Sei que muita gente gosta de achar que pessoas como eu dão sinais desde a infância; são os solitários do recreio ou os que gostam de machucar os outros. Não é bem assim. Minha infância foi permeada de episódios nada saudáveis, mas meu comportamento era normal. Os professores do jardim de infância me achavam um amor. Eu não empurrava ou mordia garotinhas, não socava os garotinhos. Sequer botei chiclete no cabelo de alguém. Fizeram isso foi comigo. Bem, nesse dia eu dei um empurrão no idiota. A professora me perdoou.

Talvez na adolescência.

Acho que lá para a sétima série posso ter começado com algum comportamento meio sórdido. É que tinham tantas pessoas detestáveis no meu colégio... e não era nada demais o que eu fazia. Também não sei se alguém reparava ou via que era minha culpa.

Meus pequenos prazeres.

Eu sabotava os trabalhos em grupo, sumia com uma caneta de que alguém gostava muito, contava segredos que deveria guardar; ou seja, nada demais. Só que adolescentes levam tudo tão a sério. A caneta da sorte desaparecida significava que a pessoa tiraria notas horríveis nas provas; uma nota ruim era o inferno em casa; seu crush saber de seus sentimentos era desgraça social. Eu achava engraçado.

> *Será que tudo isso era um sinal?*
>
> *Imagino que não. Sequer tem relação com o que eu fiz agora. De qualquer forma, não importa. Não tinha ninguém para ver. Ninguém estava me olhando.*
>
> *As coisas não mudaram muito.*

— Pelo amor de Deus, não! Agooora, não! — Maia reclamou.

Isis ergueu as mãos para o alto, defensiva. Foi pega de surpresa pela reação de Maia. Otávio ignorou o drama.

Estavam no boteco da rua de Maia, tomando cerveja e dividindo uma porção de batatas fritas lotadas de queijo que Otávio fora contra, mas comia mesmo assim. Isis tinha perguntado sobre o andamento da investigação do homicídio de Victor, despretensiosa e até mesmo sem interesses profissionais.

— Nossa querida investigadora acabou de sair de uma reunião pavorosa — Otávio comentou. Seus ouvidos já tinham sofrido com o assunto. Ele analisava uma batata frita no garfo como se decidindo se deveria comer aquela, em específico.

Maia enterrou o rosto nas mãos e murmurou:

— Achei que vocês tinham inventado esse bar porque estavam querendo se ver, não falar de trabalho. Deixa quieto o homicídio. Só quero parar de pensar nesse crime um pouquinho. O tempo todo na cabeça, essa porcaria de cadáver todo queimado.

Estremeceu.

— Tem algum problema específico com o cadáver queimado, quer dizer, fora o óbvio? — Isis tombou o rosto para o lado, curiosa.

Maia fez uma careta e, mais uma vez, foi Otávio quem proveu a informação:

— No primeiro mês em que ela estava na Divisão de Homicídios, apareceu um cadáver carbonizado. Longe de ser o ideal para começar.

— Execução por organização criminosa. Foi um choque — Maia completou, ainda incomodada com a memória. Bufou. — Não sei pra que foi essa reunião hoje. Amanhã vou receber duas testemunhas pra depor e a delegada resolve fazer uma reunião hoje?

Isis achou graça.

— Hum, acho que posso te dar um motivo. Meu chefe fez algum comentário. Tão correndo pra soltar notícia, o público tá sedento por mais informação.

— Admite, você só convidou a gente pra conseguir furos jornalísticos. — Maia fez uma careta para a amiga; depois, com uma batata frita, apontou para Otávio. — Vocês nem se gostam. Agora tudo faz sentido.

— A companhia de vocês é tolerável. — Otávio tomou um gole da cerveja.

Isis estava prestes a fazer um comentário, mas interrompeu-se quando um garçom se aproximou da mesa. Não era o mesmo que os estava atendendo antes e chegou cheio de familiaridade, quase abraçando Otávio.

— Otávio, querido! Faz tempo que você não vem me visitar! Assim você me magoa, sabe? — O garçom mexeu na gola da camisa de Otávio. — Gostei do *look,* tá chiquérrimo. Diz aí, o que eu posso fazer por você? Qualquer coisa.

Assistindo à cena, Isis prendeu a respiração involuntariamente. Se tinha uma coisa que seu colega detestava desde criança era contato físico não requisitado. Já estava vendo Otávio se levantar e dar um empurrão no garçom, no entanto, para sua surpresa, ele sorriu; um sorriso carinhoso no rosto de Otávio era uma visão rara. E estranha. Quase assustadora. Ele deu um tapinha no braço do garçom, a quem chamou de Babalu.

— Continue nos fornecendo informação privilegiada sobre as cervejas mais geladas que eu estou satisfeito — Otávio falou.

Isis virou o rosto para Maia, em choque.

— Babalu descobriu a arma secreta contra a geleira do Otávio — Maia confidenciou, esticando-se na mesa para servir seu copo. — São os elogios... mas eu é que não vou sair inflando ainda mais o ego desse idiota. Prefiro ficar com a rainha do gelo.

Babalu deu uma piscadela.

— Impossível não apreciar esse homem — disse e saiu para servir outras mesas.

— Babalu sabe das coisas — Otávio falou, causando o revirar de olhos das amigas.

— Certo, só voltando ao que eu ia falar, Maia, passei a história do Victor pra uma colega. Ela deve ser uma das que estão pentelhando a delegada. — Isis notou certa incompreensão no olhar da amiga e adicionou: — Se eu tivesse que escrever a matéria e não aproveitasse nosso contato para te encher de perguntas, estaria sendo uma péssima profissional. Já minha colega, não te conhece, então ela vai na doutora. Quis te aliviar.

Maia meneou a cabeça e ergueu o copo de cerveja em um brinde de agradecimento.

— Ok, então mudando de assunto completamente — Isis começou a dizer, pegou o celular e procurou algo no aparelho —, como vai a Selina? Porque, outro dia, eu vi umas fotos de gatos com fantasias dos vilões do Batman. O mais legal era o do Espantalho, mas tinha uma bonitinha de Mulher-Gato também... Que foi?

Isis parou de falar, percebendo a expressão no rosto da amiga. Maia tinha esticado o corpo na cadeira, retorcia os lábios, parecia que alguém tinha pisado em seu pé usando um salto agulha.

— Esqueci de botar comida pra Selina — ela falou.

Isis recostou o corpo na cadeira, aliviada por não ser algo pior.

— De novo, Maia? — Otávio pôs a mão na testa. — Quantas vezes eu preciso sugerir que você ponha um alarme no celular?

— Ai, socorro, eu maltrato essa gata, mas juro que não é de propósito! Esperem aí, rapidinho! — Maia gritou, já saindo do boteco.

Babalu apareceu com uma nova cerveja para a mesa.

— Gata? — ele chutou.

Otávio fez que sim com a cabeça.

— Eu geralmente pergunto se ela já botou comida pra Selina. Hoje esqueci. — Babalu apoiou as mãos na cintura.

Isis ficou olhando para os dois, figuras tão presentes na vida de Maia; um amigo que trabalhava no boteco em frente à sua casa, aonde ia sempre; outro, próximo desde a adolescência, que, por coincidência, trabalhava com a equipe dela na DH.

Babalu fez um comentário sobre o estoque de açaí do estabelecimento estar prejudicado. Otávio, gesticulando, reclamou da quantidade de refrigerante que Maia tomava durante o expediente.

— Então vocês dois é que andam cuidando dela — Isis comentou, sorrindo. — Da Maia, quero dizer... e da Selina por tabela, talvez.

Babalu e Otávio viraram-se para ela. O garçom assentiu, fez um sinal e seguiu com seu trabalho; Otávio a encarou por um momento, algum raciocínio passando por trás de seus olhos. As palavras lhe causaram estranhamento?

— Isis — ele parecia ter tomado uma decisão —, você e a Maia têm se reaproximado. Isso foi bom, mas traz à tona uma questão.

— Questão? — ela perguntou, franzindo o cenho. Que mal poderia haver nas duas se tornando cada vez mais próximas?

— Estou traindo a confiança da Maia, mas se você perceber por si mesma será pior. — Otávio parou, ainda hesitante.

Isis não soube o que dizer para incentivá-lo a continuar. Esperou. Ele encheu seu copo de cerveja e tomou tudo em goles longos e lentos. Voltou o olhar para ela, avaliou-a mais uma vez e fez um pequeno movimento decidido com a cabeça.

— Desde que o Arthur morreu, a Maia criou um mecanismo de defesa, vamos chamar assim, para lidar com a ausência. Ela fala com ele.

— Quê?

A reação de Isis foi mais de confusão do que de choque.

— Acontece apenas no apartamento e, por vezes, aqui. Ela tenta disfarçar, então não chega a afetar sua vida, mas, sim, a Maia fala com o Arthur, como se ele estivesse sentado aqui na mesa, agora. — Otávio apontou para a cadeira vazia ao seu lado.

— Mas... — Isis pôs a mão sobre a boca e olhou para Otávio sem saber ao certo como continuar.

— Não é loucura. Ela sabe que ele não está aqui. É um jeito de diminuir a dor.

— Ela te contou isso?

Otávio fez que não com a cabeça.

— É claro que não. Eu percebi. Também nunca falei nada com ela. Pelo que eu vejo, não faz nenhum mal. Faz até algum bem, então deixo como está.

— Aham... — Isis murmurou, ainda observando Otávio com certo receio.

Ele olhou para trás, para a rua. Queria ter certeza de que Maia não o escutava.

— A Maia adora falar de mim, mas, na verdade, ela também não gosta de muitas pessoas. Você é uma exceção. Eu não queria que você percebesse esse comportamento e... — Otávio perdeu as palavras.

Isis preencheu o resto com a mente. Ele receava que ela notasse, achasse estranho e se afastasse ou algo pior.

Parando para pensar, era um comportamento bem fácil de compreender, Isis teve de admitir. A morte de Arthur tinha vindo como um choque para todos que o conheciam, ainda acompanhada de uma ironia mórbida do destino. Um professor de História casado com uma investigadora da Divisão de Homicídios; se o casal se desfizesse por conta de uma morte prematura, o mais esperado seria algum acidente sofrido por Maia durante o trabalho na polícia; no entanto fora Arthur quem deixara o mundo cedo demais, por conta de uma maldita batida de carro, na qual um maldito motorista bêbado havia furado um sinal vermelho a toda velocidade.

Tão abrupto. Tão inesperado e incompreensível.

Isis entendia perfeitamente a vontade de Maia de manter alguma parte de Arthur viva e próxima, nem que fosse com diálogos imaginários. Ainda mais porque...

— Eu faço isso com a minha avó — ela admitiu, com um sorriso triste. Sentiu por inteiro como deveria ser para Maia; as emoções, a dor. Seus olhos marejaram.

Otávio ergueu as sobrancelhas em uma pergunta silenciosa.

— Não o tempo todo. Só às vezes, quando alguma coisa me lembra muito ela; um bolo de chocolate que parece o que ela fazia, uma música que ela amava. Nós éramos muito próximas, sabe? — Isis contou. — Então eu faço comentários, como se minha vó estivesse ali do lado, escutando.

Otávio assentiu.

— Mantém a proximidade — ele disse.

Isis concordou. Funcionava. Não era besteira nem loucura conversar com pessoas queridas que haviam partido. Podia não ser o comportamento mais saudável do mundo, mas era compreensível. Maia e Arthur... teriam continuado juntos até a velhice, se o universo tivesse permitido. Talvez fosse perfeitamente natural que Maia tentasse amenizar a brusquidão daquela separação.

— Eu nunca sento nessa cadeira. — Otávio apontou para o lugar ao seu lado. — Arthur era do tipo com manias, gostava do mesmo...

Ele se calou, percebendo que Maia voltava para o boteco.

— Falando mal de mim? — ela perguntou, retomando seu assento.

— Sempre — Otávio falou e pôs mais cerveja para Maia. Disfarçadamente, lançou um olhar para Isis, que ela não soube interpretar.

Isis, com um sorriso tímido no rosto, ficou assistindo à Maia e Otávio se xingando com carinho, como era habitual. Reparou duas coisas; a primeira: assim que voltara ao boteco, Maia havia pousado os olhos por um tempo longo demais no assento vazio ao lado de Otávio, como se observasse alguma coisa, como se olhasse para Arthur; a segunda: Maia recuperara o bom-

-humor. Estava relaxada e feliz. Pronta para aproveitar uma noite normal em um boteco normal, sem conversas tensas, sem tragédias.

— Então? — Maia chamou a atenção de Isis. — Cadê a fantasia de Mulher-Gato, que vai fazer a Selina me odiar ainda mais?

Eu só tive um bichinho de estimação em toda a minha vida.

Meu pai não deixava. Ele até gostava de animais, só não tinha paciência para cuidar. Dizia, também, que o apartamento ficava muito tempo vazio e que não era legal para o animal, principalmente no caso de um cachorro, que eu sempre pedia; mas, quando eu tinha uns onze anos, achei um filhotinho de gato abandonado na rua e levei para casa.

Era todo preto, exceto por uma mancha branca no focinho. Estava um pouco machucado, então meu pai concordou em pelo menos levar o bichinho à veterinária. Foi tempo o suficiente para até ele se apegar, pelo menos um pouco, e acabar deixando que eu ficasse com o gato.

O combinado era que eu seria a responsável por todos os cuidados e ele não colocaria tela no apartamento. Morávamos no primeiro andar, no fundo do prédio; o único risco era o gato fugir e, caso isso acontecesse, paciência. Eu o chamei de Onilda, porque gato preto é coisa de bruxa e eu gostava das histórias da Bruxa Onilda. Se bem que acho que ela tinha uma coruja, não um gato... e ele era macho, mas achei que não se importaria com o gênero de seu nome.

Eu amava aquele gato.

De vez em quando, Onilda desaparecia por dias. Pulava da janela até a árvore e ia passear. Eu ficava mal, tinha até dificuldade de dormir. Procurava por ele na rua toda vez que saía. Demorava, porém ele sempre voltava. Aparecia e até permitia que eu lhe desse um abraço apertado, o que odiava. Devia saber que tinha me deixado com saudades.

Meu pai falava que era besteira, que gatos não são inteligentes assim. Não sei.

Nicole que sempre teve cachorros. O primeiro que me lembro era um poodle branco e mal-humorado, que faleceu quando ainda éramos crianças. Depois veio um casal de yorkshires, Mel e Téo. Apesar dos nomes sem graça, desses eu gostava. Eles brincavam que nem loucos, correndo pela casa inteira e, quando você jogava algum brinquedo, bolinha ou qualquer outra coisa, eles traziam de volta. O poodle se recusava a fazer isso, era um chato. Nem lembro como se chamava. Era outro nome comum.

Sempre gostei de animais. Desde que saí da casa do meu pai, penso em arranjar outro gato, só que, talvez, até um gato se sinta sozinho no meu apartamento, já que passo a maior parte do tempo fora. Acabo repetindo o raciocínio do meu pai, mas eu gostaria da companhia. O apartamento é, mesmo, muito vazio.

Maia voltou para o apartamento e, assim que entrou na cozinha, viu Arthur. Incomum que aparecesse tão rápido. Costumava demorar alguns minutos desde que ela entrava no apartamento. Mais estranho ainda era ele surgir mais de uma vez em um espaço tão curto de tempo.

"Você se divertiu hoje." Ele estava debruçado na janela da cozinha, olhando para a rua, para o boteco.

Irritada, Maia desistiu de pegar uma última cerveja para fechar a noite. Deixou a cozinha como se ele fosse incapaz de segui-la.

Sabia o que ele iria dizer.

"Eu gosto dela."

Detestava quando Arthur fazia esse tipo de comentário.

— Pena que você não tem como conversar com a Isis. — Maia jogou-se na cama.

Arthur chegou ao seu lado e ficou parado junto à mesa, tamborilando bem onde ficava uma gaveta cheia de rascunhos — muitos deles com figuras femininas um tanto parecidas com Isis, quer Maia admitisse ou não.

"Esse não é o ponto, Maia. Você precisa de mais disso. Sair, jogar papo fora, rir com seus amigos. Com pessoas vivas."

Ela ergueu o corpo e ficou encarando o marido. Era a primeira vez que ele fazia uma alusão tão direta à situação em que se encontravam.

— Eu ainda não estou pronta, Arthur.

Ele se aproximou. A gata Selina também apareceu, sentou-se aninhada na coxa de Maia e ficou observando fixamente o ponto vazio onde Arthur estava.

"Você não quer estar pronta, são coisas diferentes", ele insistiu. "Eu não quero ser usado como desculpa porque você está com medo."

Maia sentiu lágrimas descerem pelas suas bochechas já quentes, vermelhas em uma mistura de raiva e dor do vazio. Para quê fazer isso consigo mesma? *Tô realmente ficando louca.* Deixou escapar um soluço.

Suavizando a expressão, Arthur sentou-se ao seu lado e fez um carinho na gata, que mexeu a cabeça e ronronou. Pôs a outra mão no rosto de Maia. Seu toque era uma brisa.

"Abrir o coração não significa me deixar de lado, Maia. De uma forma ou de outra, eu vou sempre estar aqui."

*

Moisés Alves de Souza tinha um sorriso irritante. Algo em seu rosto parecia dizer que guardava um segredo, que sabia de tudo o que Maia precisava descobrir, mas jamais abriria a boca. E divertia-se imensamente com isso.

Para piorar, era um homem espaçoso. Do outro lado da mesa, ocupava uma cadeira e tinha o braço apoiado em outra; as pernas esticadas quase encostavam em Maia. Ela já estava perdendo a paciência.

Após preencher os detalhes básicos de Moisés no programa da polícia — nome completo, números de documentos, endereço residencial —, Maia começou com as perguntas mais relevantes.

— Há quanto tempo você trabalha com o Ulisses?

O sorriso ficou mais largo e Maia teve a súbita vontade de jogar uma bolinha de papel amassado na testa dele.

— Eu me tornei chefe de segurança da empresa tem uns quinze anos.

Vai ser assim é? Respostas indiretas?, Maia pensou.

— E antes disso?

— Era PM, mas, na folga, já fazia uns trabalhos pro Ulisses. Segurança de eventos, coisas assim — Moisés respondeu.

— Como se conheceram?

Pareciam próximos e, baseando-se em puro preconceito quanto à personalidade de Ulisses, Maia julgava a amizade improvável.

Moisés levou um dedo até o queixo e deu umas batidinhas, pensativo. Fingimento.

— O irmão do Ulisses foi da PM um tempo também… Nós nos conhecemos em um churrasco — ele, enfim, ofereceu.

Maia foi digitando a resposta. Devia ser verdade. O irmão ser ou não da PM era fácil demais de verificar para Moisés mentir.

Ele respondeu de forma aceitável às perguntas seguintes. Contou que foi desenvolvendo uma amizade com Ulisses enquanto trabalhava para ele. Tinham interesses em comum, apesar de vidas tão distintas. Contou que, pela filha, resolveu procurar um trabalho mais seguro do que o de policial militar; e o Ulisses ficou feliz em oferecer um cargo na empresa. Não entrou como chefe da segurança. Conquistou o cargo depois de alguns anos de serviço.

— Quando o Ulisses decidiu se envolver na história da Nicole e do ex-namorado? — Maia entrou no assunto importante.

Moisés deu uma risadinha, antes de responder:

— Desde o começo. Desde um dia em que encontrou a menina pra jantar e ela tava com um hematoma no braço.

Maia ergueu as sobrancelhas, surpresa. Imaginava que teria sido no dia da agressão.

— Isso foi quando, exatamente?

— Dois meses antes da parada no bar. Nic tava sendo bem discreta em relação ao cara. Nesses dois primeiros meses, só o que o Ulisses pediu foi pra eu ficar atento. Não tava monitorando ela nem nada. Aí rolou o desastre lá... — Moisés fechou a cara.

Maia sentiu um pouco de sua irritação desaparecer. Moisés podia estar escondendo diversas informações, no entanto uma coisa estava bem clara: ele se importava com Nicole. O sofrimento em seu rosto não era atuação, mas culpa por ser incapaz de proteger alguém querido. Um sentimento que ela conhecia bem.

— A partir desse dia vocês passaram a monitorá-la? — Maia incentivou que a testemunha continuasse a narrativa.

— Sim, mas ela cortou qualquer contato com o sujeito.

Ele explicou que deslocava um dos agentes de segurança da empresa para observar os passos de Nicole, garantir que nenhum homem indesejado chegasse perto, coisas assim. O agente reportava tudo para ele, que contava o necessário a Ulisses. Não tinham visto sinal do ex-namorado.

— Até o dia em que ele apareceu e chamou ela pra jantar — Moisés contou.

— Ele apareceu? Como assim?

— Brotou na portaria do prédio. Assim. No dia antes deles saírem e minha filha dar um soco na cara do maluco.

Um novo sorrisinho de orgulho pelos atos violentos da filha. Uma violência perdoável, talvez, mas ainda assim...

Maia torceu o lábio, um pouco confusa. Perguntou:

— Ele chegou perto da Nicole. Não tinha ninguém monitorando nesse dia?

Moisés bufou e, gesticulando, disse:

— Quando a Nicole estava com minha filha, eu relaxava. Foi azar.

Maia demorou alguns segundos para decidir qual seria a próxima pergunta, ordenando os pensamentos. Nada muito diferente do que Ulisses dissera. *Qual será a cor do cabelo da* Tália?

— O que fizeram com o Victor? — Maia questionou, mantendo os olhos fixos no computador e digitando.

— Como assim? — Moisés se fez de desentendido.

— Quando descobriram quem ele era, onde morava, onde trabalhava. O que vocês fizeram?

— Ah! — Moisés ajeitou o corpo na cadeira. — Monitoramos, só. Pra garantir que ele não chegasse perto da Nic. Aí o moleque apareceu morto.

— Coincidência, né? — Maia não disfarçou o sarcasmo.

Moisés riu.

— Bom, o cara não valia nada. Devia estar envolvido com alguma outra merda. Usava droga à beça, cê sabia?

Ela fez que sim com a cabeça.

Victor usava, Maia estava cansada de saber. Acabava aí. Ele não revendia, sequer distribuía aos amigos, e não devia dinheiro ou favores a ninguém perigoso. Tinham feito uma busca em seu notebook, encontrado no apartamento; conseguiram parte do histórico de conversas do WhatsApp e as mensagens trocadas entre Victor e um cara apelidado de Mosquito tinham deixado claro qual era sua relação com as drogas — um usuário. Nem tão ruim quanto Moisés tentava fazer parecer.

— Bom, pelo menos resolveu nosso problema! — Moisés sorriu e declarou que, na noite da morte de Victor, estava em casa. A filha tinha ido visitá-lo.

Não disse mais nada de útil.

Quando eu tinha uns dez anos, meu pai decidiu começar a me contar histórias antes de eu dormir. Não era um hábito que tínhamos. Antes eu ficava assistindo a desenhos animados até cansar; ou até meu pai decidir que era tarde e me mandar para a cama.

Eu não entendia muito bem as histórias que ele escolhia. Às vezes, até achava que inventava. Hoje penso que ele começou com isso para me preparar para o mundo. Devia ficar sabendo de tanta coisa horrível por causa do trabalho. Imagino que tivesse medo de que algo do gênero acontecesse comigo. Talvez estivesse apenas me alertando.

Tenho a sensação de que ele começou com contos que de fato existem. Nada da Disney, tudo bem mais próximo dos Irmãos Grimm.

A história de Barba Azul me marcou. É uma das que eu mais me lembro dele contando; sobre o porão proibido e sempre trancado do marido, que a esposa curiosa decide investigar e acaba encontrando os corpos de todas as mulheres anteriores de Barba Azul; todas as que também não tinham conseguido conter a curiosidade e abriram aquela porta. Sei muito bem por que meu pai sempre repetia essa história. Uns meses antes, eu tinha feito mais ou menos a mesma coisa que as esposas.

Tinha um quarto no final do corredor de nosso apartamento no qual eu nunca, nunca mesmo poderia entrar. Era terminantemente proibido sequer pensar em abrir aquela porta.

É lógico que eu entrei.

Morando com meu pai, era difícil ficar em casa, sem ninguém. Uma diarista ia duas vezes por semana. Nos outros dias, ele chamava uma babá ou pedia a ajuda da vizinha, mas, acho que foi num domingo, ele saiu para ir ao mercado, disse que não demorava muito e, por isso mesmo, não se deu ao trabalho de pedir para a vizinha me vigiar.

Tinham sido tantas as vezes, afinal, na casa da minha mãe, que eu havia passado horas brincando, sem a atenção de um adulto. Alguns minutos, enquanto ele ia ao mercado, não seriam um problema.

Acreditei quando papai disse que seria rápido, mas também achei que teria tempo suficiente. Lembro de entrar no corredor e ver aquela porta tão ameaçadora lá no outro canto. Pareciam quilômetros de distância. Eu andava e a porta nunca chegava, como em um pesadelo. Ia se afastando, as paredes brancas do corredor se estendendo. Acho que eu tinha mesmo medo daquele quarto, pelo tanto que meu pai falava.

Não sei quanto tempo de fato demorei para atravessar o corredor. Devem ter sido alguns minutos. No fim das contas, a curiosidade venceu.

A porta estava trancada, como eu imaginava que estaria, mas já estava com a chave no bolso. Sabia onde meu pai a guardava — na mesma gaveta da cabeceira de seu quarto, que eu também nunca deveria abrir, porque era ali que ele deixava a pistola. Era um chaveiro pesado e cheio, que meu pai costumava levar sempre que saía de casa, assim como os outros itens da gaveta; mas, como só tinha ido ao mercado da esquina, comprar qualquer coisa que estivesse faltando para cozinhar o almoço, tinha deixado tudo lá.

Acho que meu pai confiava demais na minha educação. Eu costumava obedecê-lo, mas era muito diferente com Cibele. Eu só obedecia ao meu pai porque queria. O que ele me pedia costumava parecer sensato para mim. O caso da porta, porém, era diferente. Soava mais como os pedidos absurdos de Cibele.

"Não acorde mamãe para pedir coisas." "Não entre no quarto da mamãe." "Quando mamãe recebe amigos, você não deve aparecer na sala." "Não tome o suco especial da mamãe, que fica na porta da geladeira."

Não gostava daquela proibição. Não gostava de morar em um apartamento que tinha um cômodo proibido para mim. Então, quando percebi que teria a oportunidade, peguei o chaveiro e atravessei o corredor até a porta.

Lembro de ter sido um pouco difícil achar a chave correta entre todas aquelas. Empurrei a porta para abrir, mantendo os pés plantados no chão de madeira do corredor. Se não entrasse no quarto, tecnicamente não teria desobedecido — era o meu raciocínio.

À primeira vista, aquele cômodo parecia um escritório normal, com uma mesa, computador, uns armários e uma estante. Isso me irritou. Não consegui entender a razão de estar sempre trancado, então entrei.

Foi aí que percebi a coleção estranha de objetos na estante — várias facas, potes com líquidos ou pós desconhecidos, seringas, um martelo, outras ferramentas que eu não conhecia, uma sacola com roupas cheias de manchas marrons. Resolvi abrir o armário e encontrei um arsenal de diferentes armas de fogo. Algumas, na época, pareciam ser do meu tamanho.

Depois dessa, entendi muito bem por que nunca deveria entrar naquele quarto. Saí, tranquei a porta e coloquei o chaveiro na gaveta. Meu pai chegou só depois, mas acho que ele percebeu o que eu fiz, por causa da insistência na história do Barba Azul.

Essa era uma das favoritas, mas havia muitas outras. Eu não me assustava. Na verdade, achava bem divertido. Papai gostava de histórias de monstros, bruxas e fantasmas, coisas que te perseguem e querem fazer mal. Claro que, para que eu dormisse depois, o bem costumava triunfar nesses contos.

Meu pai ia para o fantasioso, mas sempre havia uma mensagem. "Não andar por lugares escuros, muito menos

> *sem companhia." "Não confiar em estranhos." "Não aceitar bebida de desconhecidos." "Estar sempre alerta."*
>
> *Acho que, no fundo, seu objetivo era que eu não me tornasse o corpo carbonizado que a polícia encontraria, um dia, jogado em um campo aberto. Queria garantir que eu nunca sofresse o mesmo destino das esposas do Barba Azul.*
>
> *Será que passava pela sua cabeça que eu poderia me tornar a ameaça?*
>
> *Acho que não.*
>
> *Curioso. Afinal, meu pai não era dos mais inocentes.*

O maldito sorriso era de família.

Pelo menos Tália mantinha a expressão séria e desinteressada na maior parte do tempo. Os olhos estavam vermelhos de sono e, considerando o constante massagear da testa e o resto de maquiagem no rosto, era provável que estivesse com ressaca. Tinha murmurado de forma quase ininteligível seus dados pessoais. Revirou os olhos quando Maia se confundiu, achando que Tália era apelido de Natália. "Como se Maia fosse um nome comum", pareceu dizer.

— Você conhece a Nicole...? — Maia perguntou.

Tália inspirou fundo e ajeitou o corpo na cadeira.

— Desde pequena. Não lembro a idade. Foi por causa dos nossos pais.

— Conhecia o Victor?

Com a simples menção do nome, puro ódio brilhou nos olhos escuros de Tália.

— Não antes — ela informou.

— Quando o viu pela primeira vez?

Tália bocejou, outra vez desinteressada. Meneou a cabeça e algo em sua postura deixava claro que não considerava nada daquilo importante. Pequenas perguntas e pequenos detalhes que não levariam a lugar nenhum.

Maia tentou imaginar como ela mesma se comportaria, caso estivesse depondo na investigação do homicídio de alguém que odiasse. *Não muito diferente*, concluiu.

— Acho que vi o babaca pela primeira vez faz uns cinco meses — Tália, enfim, ofereceu, após se espreguiçar. — Tava na casa da Nic, ajudando ela a escolher uma roupa pra sair com ele. Quando descemos, eu o vi na calçada, esperando.

Maia assentiu. *O cavalheiro perfeito. Era isso, Victor? Foi buscar sua dama na porta de casa? Aposto que se sentiu o namorado do ano fazendo isso*, ela pensou, digitando o depoimento. Arqueou as sobrancelhas, dizendo a si mesma para manter o foco, e perguntou:

— Chegou a se aproximar dele? Fazer amizade?

Tália fez uma careta de desgosto, a simples menção da possibilidade parecendo uma gigantesca ofensa.

— Minha conversa mais longa com o Victor foi no dia em que eu falhei em quebrar o nariz dele — e o sorrisinho.

Maia quis se irritar com aquela expressão, só que achou graça. Sabia que o correto seria defender a vítima, ser contra toda e qualquer violência, mas, nossa, como Victor tinha merecido aquele soco.

Algo cintilou no rosto de Tália e Maia percebeu que, nos restos de maquiagem, havia *glitter* roxo.

— Não vi mais ele depois disso — Tália completou, mais uma vez entediada, massageando a têmpora.

— O que você estava fazendo no restaurante?

— Tomando conta da Nic. Foi o Ulisses que pediu, quando soube quem ela ia encontrar. Eu achei que ele estava certo. Não era uma boa a Nic ficar sozinha com o Victor, mesmo em um restaurante cheio. Eu só... — Tália fez uma pausa. Os olhos se perderam no chão, parecia reconsiderar os aspectos daquela noite, os detalhes, a sequência de eventos, procurando o momento em que deveria ter notado o que acontecia. — Eu não esperava nada tão absurdo.

— Bom, multidões não exatamente impediam o Victor, né? — Maia murmurou, mal notando o que dizia, a voz ácida. Apenas digitava o depoimento de Tália e deixou escapar, como em uma conversa informal, um pensamento em voz alta.

Merda. Não era a melhor ideia fazer declarações desse tipo, alardear que não simpatizava com a vítima. Só faltava a chegada de algum advogado da família enchendo o saco, acusando-a de não estar trabalhando para resolver o caso. Seria injusto, inclusive. O que quer que pensasse de Victor, não era suficiente para fazê-la ignorar um criminoso capaz de torturar e assassinar a sangue frio.

Acho que a Tália não vai contar do meu pequeno deslize pra família do Victor, Maia refletiu.

Tália não estava mesmo do lado da vítima e adorou o comentário. Chegou a erguer o corpo e esquecer do sono por um breve momento. Sorriu.

Maia pigarreou e tentou retomar o controle da conversa.

— E na quinta-feira, duas semanas atrás? — perguntou.

— Fui jantar no meu pai. A gente faz isso quase toda semana. Cheguei umas oito e fiquei até a meia-noite, por aí. Assistimos alguma coisa na Netflix. — Uma resposta rápida, pronta.

Maia observou a testemunha com atenção.

Tália se espreguiçou, por um momento deixando visível que seu corpo pequeno era bastante forte. O cabelo era escuro, mas nada impedia que tivesse colocado uma peruca loira. Seu tipo físico não era tão diferente da mulher que levara Victor até uma cafeteria, a última pessoa a ser vista com ele.

Lembrou-se de Isis dizendo que ninguém que conhecia Victor seria sincero. Costumava acontecer. Ninguém gosta de falar mal dos mortos, no entanto Tália não se importava.

— Fora toda a história com a Nicole, você conhece algum outro motivo pra que alguém quisesse o Victor morto? — Maia sugeriu, curiosa com a resposta. Será que ela diria algo similar ao pai? Aproveitaria o momento para desenterrar ossos e falar todo o possível contra a vítima?

Tália ergueu as sobrancelhas, surpresa.

É uma pergunta tão surpreendente assim?, Maia teve tempo de pensar.

— Você realmente acha que pode ter sido outra coisa? — Tália questionou, sua entonação deixando claro que ela achava qualquer possibilidade não relacionada à Nicole uma imbecilidade.

Dando de ombros, Maia não ofereceu sua opinião. *Diga você.*

Tália recostou o corpo na cadeira bufando e completou:

— Ele era um energúmeno, mas isso não é motivo pra ser morto. A Nicole falava bem dele na maior parte das vezes. Difícil dizer se tinha outro motivo por aí. Quem sabe outra mulher que ele abusou? — Então, massageando a têmpora, murmurou: — Olha, muita gente se importa com a Nicole. — Erguendo o rosto, falou mais alto: — Muita gente tava tentando proteger ela do Victor. Acho perda de tempo ficar procurando outros motivos — e bocejou.

Maia a observou por um tempo.

Nicole. Não tinha mesmo como fugir de Nicole. Tudo parecia girar em torno dela, a quem Maia sequer conhecia. *Uma melhor amiga… ou muito próxima disso; é só mesmo o que você sabe?*

Tália a encarou de volta. O canto esquerdo de seu lábio se retorceu sutilmente para cima, um princípio daquele sorriso tão irritante. Ela tinha um brilho estranho nos olhos, tão escuros que era impossível identificar sua pupila.

O sorriso se abriu, revelando os dentes. Felino, predador.

Maia sentiu um calafrio.

CAPÍTULO 9

Após algumas reclamações quanto à indisponibilidade do filme A Princesa Prometida nas plataformas de streaming, tinham escolhido Irmão do Jorel para assistir na televisão. A animação era perfeita porque não tinha nenhum gatilho. Seguia firme, já passava fazia horas. Até o fim do dia, era provável que terminassem todas as temporadas disponíveis na Netflix.

O público era pequeno, formado por apenas quatro pessoas, nenhuma das quais assistia a desenhos animados de forma regular. Nicole, abraçando as pernas junto ao corpo, sentava-se no centro do grande sofá aveludado e cor de grafite em formato de U, polvilhado de almofadas coloridas. Melissa envolvia-a com um dos braços. Passava mais tempo olhando para a filha do que para a televisão. Do outro lado, estava Tália, a atenção presa na série e uma mão apoiada no assento, esticada na direção da amiga, como se dizendo que, qualquer coisa, ela estava ali. Por último, sequer se considerando no direito de dividir o sofá com Nicole, Danilo ocupava uma cadeira de madeira bem menos confortável, que havia arrastado para trás do sofá, de onde tinha um melhor ângulo para a tela.

Os quatro estavam em silêncio, uma tentativa desesperada de fazer com que o mundo ao redor se resumisse àquela série, com que as loucas aventuras do jovem protagonista fossem o que havia de mais importante. Só que sussurros teimavam em adentrar a sala, por vezes até se tornando gritos.

Melissa percebeu quando a filha fechou o punho com força, os nós dos dedos ficando brancos, em resposta aos murmúrios que a alcançavam. *Já basta o que passa na cabecinha dela*, Melissa pensou, *não precisa ter que escutar mais nada.* Lançou um olhar gélido à porta do escritório, de onde vinha a discussão, como se assim pudesse calar os três homens que lá estavam.

— Tem mais de uma forma de lidar com a questão, tio! — Tomás gritou lá de dentro, soando irritado.

— Não me importa! Apenas quero que *acabe* com o problema. Dê seu jeito! — A voz de Ulisses inundou a sala junto ao som de algo sendo derrubado no chão.

Melissa revirou os olhos. Cada segundo que passava no apartamento do ex-marido lhe dava ainda mais certeza de que o divórcio fora a melhor decisão de sua vida. Ulisses carecia de muitas coisas; tato, sensatez, sutileza e a noção de quando parar. A insistência em manter Nicole perto de si após a agressão tinha sido tão veemente que foi bem-sucedida não só em trazê-la de volta para sua casa, como também a ex-mulher.

Melissa prometera não sair do lado de Nicole, ao menos não enquanto a filha continuasse naquele estado. Fazia dois dias que Nicole fora drogada pelo ex-namorado, cheio de más intenções, e pouco havia melhorado. Fácil de compreender. Melissa e Tália não esperavam nada diferente. Danilo, ao que parecia, também não. Nicole tinha escapado do pior, porém a ameaça, tão forte, afetara-a. Afetaria a qualquer um.

— Dá pra comprar qualquer um, Lagarto. É só descobrir o preço. — A voz de Ulisses soou de novo, irritada com Moisés. Lagarto era a forma como chamava o amigo, um apelido antigo, da época da Polícia Militar.

Nicole enfiou o rosto nos joelhos, escondendo as lágrimas. Melissa afagou os cabelos da filha e ergueu um olhar significativo para Tália, que se levantou de imediato, compreendendo o pedido silencioso.

Tália desapareceu atrás da porta do escritório, prestes a encarar os três lá dentro. Moisés era o chefe de segurança de Ulisses de tão longa data que sua filha crescera como uma espécie de sobrinha dele; por isso mesmo, tinha mais facilidade para controlar seu tom de voz do que Melissa. Ex-esposas perdiam essas capacidades após o divórcio, então lá foi Tália tentar acalmar os nervos dos homens.

Danilo se remexeu na cadeira. Melissa se virou e o viu puxar uma mochila para perto, abri-la, examinar o conteúdo e pensar. Seus olhares se encontraram por um breve momento e Danilo decidiu anunciar:

— Eu tive uma ideia hoje de manhã. A Tália achou que poderia ser divertido.

Nicole, ainda em seu casulo feito dos próprios joelhos, ergueu um olhar esperançoso. Melissa sorriu, agradecida. Danilo sabia como alegrar sua filha, sempre. Eram amigos desde o jardim de infância e se amavam profundamente. Um amor mutável e, por isso mesmo, fortíssimo. O importante era que Danilo sempre estivera lá, pronto para acolher Nicole, protegê-la da forma que fosse necessário. Era uma pena que Nicole não tivesse confiado em Danilo sobre o tal namorado secreto. Talvez as coisas tivessem sido diferentes.

Para a surpresa de mãe e filha, Danilo, os olhos brilhando, retirou da mochila um console antigo de videogame. Melissa até reconheceu. Era dos velhos mesmo, um que se lembrava de ter comprado quando Nic ainda era criança. Ela passava horas vidrada naqueles jogos junto aos amigos.

Nicole observou o aparelho por uns dois segundos, confusa, então riu ao perceber o que era.

— Mentira que você ainda tem isso! — falou, animada.

Danilo abriu um enorme sorriso.

— Só não sei se funciona. Temos que testar — ele disse, retirando também da caixa uma fita de um jogo de corrida, o favorito da dupla quando pequenos.

Console instalado, voltaram no tempo, para uma infância protegida, na qual nada de mau lhes acontecia. Até Melissa se arriscou a jogar e mais risadas preencheram a sala.

O barulho da discussão, as lembranças assombrosas, não mais dominavam.

Após perder uma partida, Melissa se virou para o escritório, para conferir a situação. Por uma fresta da porta, Tália os observava com um sorriso. Ao fundo, Ulisses, Moisés e Tomás ainda conversavam, controlando o tom de voz.

*

Maia tinha um mapa aberto na mesa da sala de reuniões. O papel era tão grande que não coubera por inteiro na sua escrivaninha. Mostrava um pedaço da Zona Oeste do Rio de Janeiro, pegando parte do bairro do Recreio dos Bandeirantes e chegando até Guaratiba. Cobria as proximidades do local onde o corpo de Victor fora desovado e algumas construções estavam circuladas ou indicadas com caneta vermelha. Eram lugares possivelmente abandonados, onde o assassino poderia ter mantido Victor enquanto o torturava.

Não eram tantas opções, mas o suficiente para ser uma irritação. Demoraria demais procurar evidências em cada um daqueles prédios. Não havia verba nem quem pudesse fazê-lo.

Balançando a caneta que tinha na mão, Maia fincou o olhar no mapa. Quem sabe se encarasse o papel por tempo suficiente o lugar correto não se revelaria?

Bufou, pegou a caneta e se pôs a rabiscar em um papel de rascunho. Não tinha ideia de como continuar. Havia riscado poucas possibilidades, prédios que eram, sim, abandonados, porém próximos demais de algum ponto movimentado. Difícil torturar alguém sem chamar atenção. Talvez aquilo nem fosse importante. Com tanto atraso para encontrar o cenário da tortura, seria dificílimo obter qualquer evidência física por lá. Procuravam um assassino competente, que apagaria os traços de sua presença tendo tanto tempo para limpar o lugar. Fosse qual fosse a construção que Maia procurava, já teria recebido um banho de água sanitária.

Sua cabeça doía de tanto encarar aquele mapa. Pedia por cafeína, por um outro caminho para aquela investigação.

A trilha terminava na mulher loira da cafeteria. Maia apoiou a testa na mesa e fechou os olhos, tentando visualizar o restante — a mulher colocando o Boa noite, Cinderela no copo de Victor, um toque singelo, vingança poética na escolha da droga. Seria fácil de fazer no Starbucks, naquele balcão em que tem açúcar, chocolate, canela, enfim, um bando de coisas para colocar no café, longe da mesa onde Victor estaria sentado, esperando. Ele bebe o líquido, começa a sentir os efeitos, demonstra sonolência, parece alcoolizado, aí entra no carro. Ela deve ter levado Victor até um carro. Havia um estacionamento enorme ali perto. Era só guiá-lo por dois quarteirões. Ninguém suspeitaria de nada. Uma mulher ajudando um cara meio tonto a andar na quinta-feira à noite, com os bares já cheios.

Precisava descobrir quem era a mulher. E quando entrava o assassino. Será que ela conduziu Victor até a construção abandonada, onde o torturador os esperava? Ou a troca foi no carro? Será que ela ficou durante todo o tempo, ajudou na desova? Ou...

O desenho no papel, uma bailarina, a saia pintada de preto. Acrescentou tracinhos para parecer que a dançarina cintilava. Uma fita em sua pequena mão...

Lembrou-se do crime que Délcio investigava, o homicídio na boate, cometido por uma mulher descrita como magra e de altura mediana; a mulher de preto, com purpurina azul no rosto. Ela não precisou de uma força física extraordinária para praticar o crime; e se quem procurava, a assassina de Victor, fosse só... a loira?

Ele era um homem forte e difícil de dominar, por isso Maia havia afastado a possibilidade de o homicídio ter sido cometido pela loira; mas esquecera-se do *Boa noite, Cinderela*, de que Victor estava inconsciente e uma mulher poderia ter feito todo o trabalho sozinha com facilidade.

E se não houvesse mais ninguém envolvido?

Pensou em Tália. Pequena e forte. Lembrou de seu mau humor, de ressaca durante o depoimento, com restos de maquiagem no rosto; restos de purpurina roxa. *Será?* Duas assassinas brilhantes? Tália?

Tanto Victor quanto o homem na boate tinham sido mortos por abusarem de alguma mulher. Escalas bem diferentes de abuso, ainda assim o motivo central era o mesmo. Tália poderia ter vingado a amiga. Detestava Victor pelo que tinha feito e pelo que tentou fazer com Nicole. Era filha de um ex-policial que trabalhava como chefe de segurança, não seria surpreendente que tivesse os conhecimentos e o preparo para cometer o crime em questão.

Será?

Maia ergueu a cabeça, olhando para o nada, enxergando o desenrolar dos acontecimentos. Viu a pequena mulher com a peruca e já sem a peruca, encantando e levando a vítima consigo, botando a *bela adormecida* para dormir, para, então, acordá-la ao som dos próprios urros de dor. Que burrice, não ter considerado a mulher loira como quem cometera o crime por inteiro. Sozinha. *A todo o tempo tidas como inaptas, as mulheres. Nós mulheres.* É claro que poderia ser só ela; e claro que Tália poderia se fazer de loira. Precisaria de um disfarce, caso abordasse Victor diretamente. Afinal, tinha acabado de dar um murro na cara do infeliz. Ele a reconheceria.

Fazia todo sentido, não? O comportamento de Ulisses. Tália devia ter agido com o conhecimento do pai, Moisés, e de Ulisses. Moisés, que fora PM anos atrás. Que Délcio reconheceu.

As mortes antigas, o caráter de execução... Não estava lidando com uma equipe de assassinos profissionais, mas talvez com uma família que repassa tradições estranhíssimas.

Maia se levantou. Precisava encontrar Délcio.

> *É engraçado, não é? Alguma coisa no ato de assassinar alguém com excessiva violência é tida como tipicamente masculina.*
>
> *Um tiro: ok; veneno: a arma das mulheres; mas, quando há tortura, sofrimento prolongado, muitos golpes, facadas, todos pensam se tratar de um homem. É automático. Afinal, quem saiu matando e torturando um bando de gente ao longo da história foram os homens mesmo.*
>
> *Ainda não decidi se acho isso bom ou ruim. Acho divertido que a imagem da violência desnecessária, da atrocidade irracional seja tida como algo exclusivo masculino; uma espécie de concordância tácita da humanidade em reconhecer que seus machos são uma bosta mesmo. No entanto, existe algo aí por trás, porque mulheres são, sim, muito capazes dessa mesma brutalidade, da crueldade gélida que envolve um terrível assassinato. O que significa a sociedade, de modo geral, não enxergar isso?*

> *Eu sei que existem estatísticas, que menos mulheres são condenadas por homicídio, que todo filme de serial killer com mulher envolvida fala que pouquíssimas existiram e tal. Se bem que acho que li em algum lugar que esses dados são meio exagerados. Fico pensando se mulheres não são apenas melhores em escapar da justiça. Existem livros sobre isso agora, sobre as mulheres criminosas. Nunca os li por inteiro.*
>
> *Tem a vantagem, para assassinas, de servir como uma espécie de disfarce. Demora tanto para as pessoas considerarem a possibilidade de o crime ter sido cometido por uma mulher que dá até, sei lá, para fugir do país?*
>
> *É como se você matasse usando uma máscara e, primeiro, os investigadores precisassem perceber que aquele não é o seu rosto.*

— Isso é loucura! — Délcio ergueu as sobrancelhas em surpresa. — Loucura, loucura!

Estavam do lado de fora da Divisão de Homicídios, sentados em uma mureta baixa, aproveitando a sombra das árvores e o vento refrescante.

Maia respirou fundo e olhou para cima. Escurecia, o céu adquirindo o azulado noturno, pincelado de tons de roxo e rosa. Ela se deixou distrair pelo colorido por um breve momento, depois baixou o rosto e retornou para assuntos desprovidos de qualquer beleza.

— Mas você acha que faz sentido? — Ela insistiu na pergunta já feita.

Agarrava uma latinha de refrigerante, quase amassando o alumínio. Nervosa, não parava de mexer as pernas.

— Faz todo sentido — Délcio admitiu e olhou para os próprios pés, pensativo. — Eu não lembro de onde reconheci o tal do Moisés, mas é daquela época. Só que foi durante anos que os cadáveres carbonizados surgiram, então isso não quer dizer muita coisa.

— Vocês tiveram alguma sensação de que pudesse ser um policial? — O brilho no olhar de Maia mostrava sua ansiedade por respostas, cintilava com convicção, com algumas certezas.

Délcio torceu o lábio, hesitou por um momento.

— Nunca foi mencionado, mas tinha cara de organização criminosa. Milícia, coisa assim. A possibilidade de ser um policial sempre esteve lá.

— Ulisses? — Maia perguntou.

Délcio meneou a cabeça.

— Ele tá no radar, né? Apesar de nunca ter sido comprovado qualquer envolvimento com crime. Se temos um mandante, um executor e um *merdeiro*, Ulisses se encaixa bem como mandante.

Maia concordou, mexendo a cabeça um pouco rápido demais em sua agitação.

— E o executor, anos atrás, era Moisés, mas ele passou para Tália.

— Olha, eu sei que disse que não era a mesma pessoa, vinte anos atrás e agora, mas o Moisés ainda tá muito bem fisicamente — Délcio comentou, virando-se para Maia. — Ele se importa com a Nicole e conseguiria praticar o crime com facilidade, até. O que te faz pensar que não continua sendo ele?

Maia olhou para o chão e apoiou sua latinha de refrigerante no asfalto. O que lhe dava tanta certeza? Délcio estava certo, poderia ser Moisés e apenas Moisés. Talvez com o auxílio da filha na parte da cafeteria, apenas. Só que, após considerar a possibilidade de Tália como assassina... *É como se um véu tivesse se levantado. Agora tudo o que consigo ver é isso.* Todos os detalhes, a raiva e o descaso, tanto amor e carinho, por outro lado. Maia *via* Tália cometendo o crime; ela e seus olhos tão escuros que era impossível enxergar as pupilas. Os olhos brilhantes e...

— Purpurina — Maia murmurou.

— Quê? — Délcio torceu o lábio em uma careta de incompreensão.

— Tália estava com um resto de maquiagem no rosto. *Glitter* roxo — explicou. — Fez eu pensar na sua assassina, da boate. A última pessoa vista com Victor foi uma mulher. Por que não Tália? Por que insistir que o assassino é um homem?

— Não existe só uma mulher que usa purpurina no rosto pra ir em festa, Maia — Délcio falou.

— Eu sei, não é isso. Só me fez pensar, por que não ela, com uma peruca? E se ela aprendeu tudo o que podia com Moisés e pôs o Boa noite, Cinderela no copo de café do Victor, pra ficar fácil levar ele pra qualquer outro lugar? Além disso, ele estava amarrado. Não era uma ameaça.

Délcio continuava hesitante. Abriu a boca e fechou, sem saber ao certo o que falar.

— Você tem alguma prova? — perguntou.

— Não — Maia admitiu —, mas tenho um plano.

Eu acho que não é genético.

Tenho certeza de que meu pai odiava cada minuto que passava nessas construções abandonadas com suas vítimas. Para ele, era um trabalho, algo que tinha de fazer; desagradável, mas fazia parte de sua profissão. Não sei se ele chegou a se acostumar. Não acho que o cheiro de sangue misturado com urina ou carne humana queimando seja algo com o que você realmente se acostume.

Sei que ele tinha certo orgulho, era bom no que fazia. Talvez eu tenha puxado isso dele. Tive mais facilidade do que esperava para matar, apesar de não ter noção de como seria, não mesmo.

Pensei que gostaria de dar umas porradas no verme que era o Victor, mas que, na hora de terminar o trabalho, de realmente matá-lo, hesitaria. Afinal, é tirar uma vida, não é?

A verdade é que não liguei muito. A vida do Victor não valia nada para mim. Fiquei feliz com ele morto e me diverti bastante garantindo que não respirasse mais, que não abusasse mais de ninguém. Menos um (quase) estuprador no mundo. Por que me sentir mal? Ruim foi quando soube do que tinha acontecido com Nicole.

Às vezes, eu penso na gente brincando, com uns dez anos

de idade. Ela, suja de terra, de maria-chiquinha, vestindo um macacão branco todo manchado e camiseta florida — era sua roupa favorita, usava até a mãe dizer chega. Corríamos de um lado para o outro em algum clube ou parque, brincando de pique, derrubando-nos no chão. Pensar nisso e me lembrar de como ela ficou naquela noite, no restaurante...

Tenho vontade de vomitar ao tentar entender a cabeça do Victor. Convidar Nicole para aquele jantar e drogar seu copo. Planejar levá-la inconsciente para sua casa e estuprar uma mulher que dizia amar. Quem faz uma coisa dessas?

Ainda com Nicole, que era sempre simpática com todo mundo, o completo oposto do pai. O fato de ter nascido cheia de dinheiro não tinha influenciado em nada sua atitude com as outras pessoas; muito diferente da maioria dos seus amiguinhos — muito diferente do Victor.

Eu lembro de um aniversário dela. Fomos no cinema, depois jantar, eu e os amigos dela da escola. Todos, sem exceção, fizeram piada comigo, porque eu não tinha o relógio ou o tênis da moda, não tinha um celular. Óbvio que não, porra, nós éramos crianças. Nicole ficou morrendo de vergonha, embora lhe faltasse a coragem de brigar com os amigos. Não ali, na minha frente. Não importa. Sei que nunca mais os vi.

Aí esse merda do Victor me vem e resolve fazer isso justo com ela? Nicole e seu coração sincero e simples. Eu já pensaria em arrancar o pau dele fora por dopar e estuprar qualquer mulher, mas ele tentou isso com uma pessoa com quem eu cresci, que eu amo.

Meu pai ficou chocado também. Acho que ainda mais que o Ulisses, que ficou só com raiva. Ele a ama como filha, acho que isso também fez com que eu sempre a visse como irmã. Quando meu pai soube em que tipo de relacionamento a Nic tinha se metido, ficou paralisado por um tempo. Fiquei feliz que não estivesse com uma arma por perto; acabaria atirando na televisão ou algo do tipo, porque, quando se levantou

> *da poltrona, pegou a primeira coisa que viu — um cinzeiro pesado de porcelana — e arremessou contra a parede. Não julguei. Entendi muito bem por que ele fez isso.*
>
> *Lembro que foi o Ulisses quem contou para o meu pai, na noite em que viu hematomas no braço da Nicole. Eu o vi enterrando o rosto nas mãos, cheio de dor. Não consigo ver meu pai sofrendo.*

Maia trancou a porta do apartamento e olhou para a sala vazia, seu pequeno refúgio. Respirou fundo, aliviada, e chamou por Selina.

A gata apareceu miando de dentro do quarto e Maia a pegou no colo.

— Hoje vamos jantar direito, que tal? — falou para a gata.

Tinha passado no mercado, uma raridade que atribuiu ao bom humor. Entrou na cozinha e, cantarolando baixinho, guardou as compras. Pegou uma cerveja na geladeira e tomou um gole refrescante. Era uma noite quente.

"Quero uma também." Arthur estava sentado no banco da pequena mesa da cozinha. Tinha um pacote de amendoim na mão.

— Vai estragar a fome pro jantar — Maia respondeu, com uma repreensão fingida.

Pôs uma garrafa de cerveja fechada sobre a mesa. Ia esquentar ali, intocada, mas ela não se importava. Viu Arthur sorrindo. Selina se deitou no pé do banco.

— Acho que encontrei minha assassina — Maia comentou, começando os preparativos da refeição.

"Sério? Conta mais", Arthur pediu, com a curiosidade verdadeira que Maia tinha dificuldades de retribuir quando o assunto era o trabalho dele. Gostava de História, poderia ficar horas escutando o marido contar de acontecimentos e guerras antigas, das muitas interpretações do que havia acontecido com a Biblioteca de Alexandria, dos longos estudos que vinha fazendo sobre as cruzadas ou a Inquisição, porém, quando se tratava do dia-a-dia de uma sala de aula ensinando adolescentes, ela não tinha o menor interesse. Só pavor.

— Eu não sei direito porque cismei que é ela — Maia disse, esticando o corpo para alcançar a panela que queria no fundo do armário, embaixo da pia. Aquela cozinha não era organizada de uma forma prática, arrumada por dois tontos que se atrapalhavam para fazer arroz.

"Ela, é? Não imaginaria isso." Arthur levou uma mão aos lábios.

Eu sei que não, Maia pensou. Em voz alta, como se fizesse alguma diferença, falou:

— Esse é que é o problema. A gente esquece das mulheres.

Arthur ergueu as sobrancelhas e tomou um longo e fictício gole da cerveja. Maia tirou o celular do bolso, pôs uma playlist de System of a Down para tocar e começou a cortar um peito de frango em filés menores. Deixou um pedaço separado para Selina.

— Eu conheci ela ontem.

"Ah!", Arthur fez, como se aquele comentário explicasse tudo. "Sentiu cheiro de assassina nela?", brincou.

Maia riu.

— Não, não. É só que… — Interrompeu-se, ergueu o olhar e, pela janela sobre o balcão da cozinha, observou a rua — ela me olhou de uma forma tão estranha.

"É isso? Um olhar?", Arthur perguntou.

— O olhar me fez pensar. E outro homicídio, que aconteceu uns dias atrás. Eu acho que ela foi a última pessoa a ver a vítima; que foi procurar o Victor disfarçada, depois drogou um café e deu pra ele tomar.

"Bom, isso já é um indicativo melhor", Arthur falou, sorridente.

— É, mas eu não tenho como provar que foi ela mesmo.

"Deve ser, Maia. Você costuma acertar quando vai com o instinto."

Instinto não soluciona o caso. Não põe ninguém atrás de grades. Podia não passar de uma falsa sensação, não podia? Construída com base em nada, em sua completa incapacidade de encontrar outras evidências físicas, testemunhas, imagens ou vídeos. Não tinha nada que pudesse juntar ao inquérito e enviar para a promotoria. Tudo o que tinha era uma convicção inexplicável.

Maia estremeceu ao se lembrar de Tália a encarando, o sorriso traiçoeiro. Sentia, no fundo de si, compreendia de um jeito inexplicável que aquela mulher era capaz de matar.

— Tem um quadro do Caravaggio. Chama Judite e Holofernes.

"Você me mostrou uma vez. Eu lembro, é impactante."

Era a representação de uma cena bíblica, Judite decapitando Holofernes e o sangue jorrando de seu pescoço. O fundo preto. Preto intenso. Judite, inabalável.

— Os olhos dela... me lembram a pintura.

"Como assim?"

Maia teve dúvidas sobre como explicar. Os olhos de Tália, escuros como os pretos de Caravaggio, drenavam a cor.

Depois de um tempo, Arthur lhe perguntou:

"Agora, como você faz pra provar que sua assassina é quem acha que é?"

CAPÍTULO 10

Victor olhava ansioso para o relógio na tela do computador. Eram quase seis horas. Tinha chegado cedo ao escritório — o que, para seus padrões, significava dez e meia da manhã — e já decidira que tinha todo o direito de ir embora quando desse seis. Quinta-feira era dia de voltar para casa cedo, tomar um banho e descobrir qual seria sua companhia da noite para um chope.

Desligou o computador, pegou a mochila, murmurou despedidas para os colegas e se foi.

Mandou algumas mensagens assim que entrou no elevador do prédio comercial, porém seus amigos ainda nem pensavam nos botecos. Victor tinha o privilégio, com seus horários de filho do amigo do chefe, de voltar para casa e se arrumar. O resto ia direto do escritório. *Levam a sério demais,* Victor pensou, com uma risada ao ler a mensagem que havia recebido; um amigo o xingando por já estar indo para casa.

Chegou ao térreo pronto para caminhar o curto trajeto até a estação de metrô da Carioca sem prestar muita atenção ao redor. Foi pego de surpresa por uma voz feminina chamando seu nome.

Ergueu o rosto para encontrar a mulher. Por um segundo, achou que a conhecia, mas descartou a possibilidade. Lembraria, caso já tivessem se visto — ela era linda. Cabelos loiros compridos, bem cuidados, o corpo bem do jeito que ele gostava, forte, com curvas. Usava um vestido preto justo, um blazer em tom pastel rosado e saltos altos elegantes. Carregava uma grande bolsa de couro e um envelope de papel pardo.

Victor se aproximou e estendendo a mão.

— Eu te conheço? — ele franziu o cenho de uma forma que, imaginou, fosse brincalhona.

— Ainda não. — Ela abriu o maior dos sorrisos. — Meu nome é Laura. Sou advogada, assistente do Dr. Júlio. Seu pai me pediu que te encontrasse.

— Meu pai?

Dr. Júlio era o advogado da família, disse Victor se lembrava, só que nunca ouvira falar de uma Laura. Seu pai não tinha avisado sobre aquela visita.

Pegou o celular, prestes a mandar uma mensagem, mas se distraiu quando Laura segurou seu braço delicadamente. Ela explicou:

— Aconteceu meio rápido, esta tarde. O Dr. Júlio resolveu dar uma olhada no inquérito em que você teve que prestar depoimento e viu que o seu nome estava indicado como autor do crime. — Ela fez uma careta, como se considerasse aquilo um absurdo. Seu tom de voz dizia que queria apenas ajudá-lo, sem julgamento, sem realmente acreditar que Victor pudesse ser o culpado. Isso o agradou.

Assimilando o que ela tinha dito, ele perguntou:

— Espera, como assim *autor* do crime?

Havia entendido que a polícia não tinha suspeitos.

Laura continuou, gesticulando:

— Eles acham que foi você quem causou a lesão corporal na Nicole. O doutor avisou ao seu pai e logo me mandou aqui, pra te encontrar. O escritório é perto.

Victor assentiu, guardando o celular. Aquilo era preocupante.

— Mas por que eu? Por que acham que fui eu?

A advogada ergueu o envelope e falou:

— Bom… ela disse seu nome.

Victor arregalou os olhos e balançou a cabeça.

— Não, não. Não é possível!

Mas… a polícia não tinha suspeitos! O que estava acontecendo? *Será que a puta da Nicole resolveu abrir a boca agora?*

Laura, mais uma vez, pegou em seu braço, apoiando a mão, um gesto de conforto.

— Eu sei, é uma merda, mas relaxa. Tenho a declaração dela aqui.

Vamos dar uma olhada e pensar em como rebater, ok? Ninguém te viu na hora, nem saindo de lá, nem nada. Tá tudo bem.

Victor assentiu, sem responder.

— O que acha de um café enquanto isso? Vamos? — Ela já ia levando-o pelo braço.

Uma curta caminhada e estavam em um Starbucks. Victor buscou uma mesa, levando consigo o envelope, e pôs-se a ler enquanto Laura buscava as bebidas. A advogada lhe tinha dado uma cópia do inquérito. Em todos os depoimentos, ninguém relatava tê-lo visto com Nicole no local da agressão nem se comportando como casal ou algo do tipo.

Só que Nicole dissera seu nome.

— Ela não assinou — Laura disse, sentando-se, e entregou para Victor seu copo de café, tomando um gole do próprio. — O depoimento. Como não está assinado, não vale como prova.

— Então não tenho com o que me preocupar? — Victor tomou um gole de seu café.

Laura assentiu, com um sorriso. Victor sentiu-se confortável ao seu lado. Ela parecia ter certeza absoluta de sua inocência. Era uma boa sensação.

— Já conseguiu ler tudo? — a advogada perguntou.

Victor balançou a cabeça em negativa, virando uma página para continuar a leitura, levando outra vez o café aos lábios. Laura o observava com cuidado, os olhos cintilando. *Tô interpretando mal ou ela tá interessada em mais de mim do que só no meu caso?*, Victor pensou. Sorriu para a advogada. Apertou os olhos, sentindo-se sonolento. Esforçou-se para continuar lendo. Terminou sua bebida, torcendo para que a cafeína logo fizesse efeito.

— Tenho uma sugestão — Laura falou, ficando de pé e aproximando-se de Victor. Apoiou uma mão em seu ombro e curvou o corpo, quase sussurrando em seu ouvido: — Meu carro tá estacionado aqui perto. Que tal irmos para a minha casa analisar o inquérito, quem sabe com uma taça de vinho em vez de um copo de café?

Victor abriu um sorriso bobo. Estava cansado demais para responder, seus olhos pesavam. Precisava se concentrar na respiração para que o mundo não girasse.

Sem pensar em outra coisa a fazer, levantou-se e seguiu a advogada para fora do Starbucks. Laura segurou sua mão enquanto andavam pela rua e Victor mal pôde acreditar na própria sorte. Sequer prestou atenção no caminho. As ruas, já escuras, eram uma confusão de luzes de carros, barracas de camelô e fachadas de lojas. Barulho alto demais, muita gente. Tudo parecia embaçado, mal reparou quando, enfim, chegou ao carro. Viu-se sentado no banco de passageiro.

— Para onde vamos? — A voz de Victor saiu quase em um murmúrio. Recordava apenas da oferta de vinho e de ficar sozinho com Laura. Riu consigo mesmo. Parecia ter ficado bêbado com um copo de café.

— É surpresa, Victor — ela disse, com a voz séria, e deu partida no carro.

Victor ergueu os olhos, estranhando a mudança de tom, não mais sedutor ou brincalhão. A voz parecia mais familiar. O julgamento, antes disfarçado, agora tomava conta do rosto da advogada. *Será que ela acha que fui eu?*

Ajeitou o corpo no banco, tentando enxergar melhor, tanto a mulher ao seu lado quanto o caminho pelo qual seguiam nas ruas. Era difícil controlar suas pálpebras, que teimavam em fechar.

— Não estou me sentindo muito bem — ele gemeu.

— Eu imagino — Laura respondeu, seca.

Victor virou-se, sem entender o que a advogada queria dizer. Não conseguia nem mesmo enxergá-la.

— É uma merda, não é? O Boa noite, Cinderela — ela disse.

O quê?, Victor pensou, assustando com a menção da droga; e mais ainda por perceber que seu cansaço, a sensação de estar bêbado era a mesma que tinha visto em Nicole.

A risada de Laura foi a última coisa que Victor escutou antes de desmaiar.

Os homens ficam esperando que o mundo se transforme em um clichê de filme pornô; que todas as mulheres comecem a lhes oferecer sexo como se fosse um copo de água. São todos James Bond e qualquer uma que encontrem pelo caminho cairá em seus braços, doida para ir para a cama.

Eles querem tanto que isso seja uma realidade que, quando algo semelhante acontece, mesmo que seja completamente irreal e suspeito, caem como patinhos. Tornam-se energúmenos completos quanto se veem frente a uma mulher que flerta e parece querê-los. Que eu saiba, é um tipo de golpe clássico, seduzir um cara para que ele leve a mulher até seu apartamento, para, então, ser drogado, dormir e ter a maior parte dos pertences roubados. A polícia alerta sobre isso e, mesmo assim, os homens continuam caindo. É o truque mais fácil do mundo.

Quer arrastar um homem para algum lugar? Flerte com ele.

Quer evitar que ele ligue para o pai e descubra que não deveria ter advogada nenhuma lhe procurando? Flerte.

Quer garantir que ele tome todo o café cheio de Boa noite, Cinderela? Flerte.

Sinceramente, é fácil demais.

Não é à toa que os homens nos chamam de bruxas, tão aterrorizados que precisaram construir todo um sistema de sociedade para nos coibir, nos trancar nas casas, silenciár. A mulher é uma ameaça forte demais para que o homem permita sua liberdade. É fácil demais para Eva manipular Adão.

Traiçoeiras, eles nos chamam. Uma aranha zombando da presa ao brincar com ela, enrolada em sua teia, mas, verdade seja dita, esse tratamento é reservado apenas aos homens imbecis e não é culpa das mulheres que eles sejam a maior parte da população masculina.

Tratamos com respeito aqueles que merecem, mas os que insistem em se comportar como machões, medindo as genitálias, vangloriando-se de sua virilidade e suposta superioridade, os de mente tão obtusa que parecem ansiar por serem entrelaçados em nossas traiçoeiras teias... Bom, esses merecem.

Eles criaram a ideia de bruxas. Deles veio nossa necessidade de aperfeiçoar as técnicas de feitiçaria, nossos artifícios, o dom da manipulação. Somos ardilosas em resposta ao comportamento cansativo do macho, que se diz alfa, mas é incapaz de administrar a própria vida.

Os homens não perceberam o perigo de nos colocar como bruxas. Agora que aguentem a revolta.

Um dia nos queimaram. Agora eles que queimem.

As três mulheres paradas ao lado de fora da porta se entreolhavam com dúvidas e receios.

À espera do atendimento do juiz, precisavam de uma assinatura em um mandado de prisão e não seria a tarefa mais simples do mundo. Queriam o mandado, um documento oficial, válido e sério, para usá-lo como isca em uma artimanha. Sem nenhuma garantia de sucesso. "Um tiro no escuro e, quase com certeza, ilegal." Assim a promotora Letícia Ferreira tinha descrito a ideia. Havia aceitado, no entanto, e estava junto de Maia e da delegada Ana Luiza, aguardando.

— Vocês podem entrar agora — um jovem apareceu pela porta e avisou.

As três se encaminharam para a sala pequena, com uma mesa alta atrás da qual sentava-se o juiz. Era um homem mais velho, com um terno de aparência cara, gravata amarela e rosto carrancudo. Mal levantou os olhos de algum papel que assinava.

— O que querem? — ele disse.

Letícia lançou um último olhar para Ana Luiza e Maia, então colocou a pasta diante o juiz.

— Mandado de prisão temporária para este senhor — explicou.

— Temporária? — o juiz perguntou, surpreso, enfim prestando atenção nas três mulheres em sua sala.

Era um pedido incomum, um tipo de prisão não muito usado e bastante discutido. O objetivo, descrito na lei, era deter alguém por um número limitado de dias, sob o argumento de que esta pessoa atrapalharia o andamento de uma investigação. Mais incomum ainda era deter alguém que não fosse o suspeito.

O juiz folheou os papéis reunidos na pasta entregue pela promotora coçando o queixo, pensativo. Maia havia se esforçado para conseguir um número decente de indícios. Délcio tinha ajudado. Foram horas de pesquisa. A pasta apresentava um resumo dos homicídios de vinte a quinze anos antes. O objetivo tinha sido relacionar os nomes das poucas vítimas identificadas com a empresa de venda de material de construção de Ulisses. Era tudo superficial e cheio de suposições, embora apresentasse certa linha de raciocínio. Moisés, sendo uma espécie de braço direito de Ulisses, era descrito como o executor a mando do chefe.

Daí o pulo para o homicídio atual e a repetida ligação entre Ulisses e Moisés, desta vez no âmbito pessoal; a equiparação do método usado e, para coroar, duas fotos tiradas de Moisés em tempos recentes, nas quais ele aparentava portar uma pistola para a qual não tinha autorização. Maia achava que era, sim, a arma registrada em seu nome, mas, de qualquer forma, Moisés não podia andar na rua com ela.

— Não estou entendendo nada — o juiz declarou. Faltava-lhe paciência e ele não se preocupou em disfarçar.

As mulheres se entreolharam outra vez, ansiosas.

— Qual o problema, excelência? — A promotora aproximou-se da mesa do juiz.

— Vocês querem prender o homem para investigar a filha dele?

Letícia lançou um olhar significativo para Maia, pedindo que a investigadora respondesse.

— O pai, Moisés, era policial militar e atualmente trabalha com segurança privada. Acreditamos que ele possa interferir na investigação para nos impedir de juntar os indícios contra sua filha. Gostaríamos de prendê-lo antes de iniciar a busca e apreensão no apartamento dela, para garantir que ele não se envolva. — Maia esforçava-se para manter alguma lógica na fala e seriedade no rosto.

O juiz piscou duas vezes. Observou as três mulheres, uma a uma.

— Por que vocês acham que é a filha?

— Bom, como vossa excelência pode ver, a última pessoa a encontrar a vítima foi uma mulher de mesmo porte físico e... — a delegada começou, mas o juiz a interrompeu.

— Isso é besteira. Ela deve ser, no máximo, partícipe! Vocês me juntam toda essa evidência em cima de um homem e acham que a culpada é uma menina? O que, só por que é filha dele? — Parecia um professor dando bronca em três alunas.

— Moisés já tem mais de sessenta anos... — Maia tentou explicar.

O juiz, outra vez, interrompeu:

— Essa foto é atual? — ele perguntou, erguendo a cópia de uma reportagem de jornal que mostrava Moisés ao lado de Ulisses.

— Sim, de poucos meses — foi Letícia quem respondeu.

— Esse homem ainda é perfeitamente capaz de praticar o crime! — o juiz falou, incrédulo, seu rosto começando a ficar vermelho. — É muita incompetência, nem posso acreditar — resmungou, anotando alguma coisa em um dos papéis. Depois chamou o estagiário e lhe entregou o papel. O jovem sumiu da sala. — Eu quero que vocês prendam esse homem — declarou.

Promotora, delegada e investigadora mais uma vez se entreolharam, sem entender. O juiz dispensara completamente a hipótese de Tália como suspeita, mas ainda queria a prisão de Moisés?

— Ele é claramente perigoso e os indícios de estar envolvido nesse homicídio são fortíssimos! — O juiz falava com o nariz em pé, agora um professor dando uma palestra às alunas burras, que não tinham a menor ideia de como fazer seu trabalho.

— Prisão preventiva, sem essa besteira de coisa temporária. Esse homem não pode ser solto — ele concluiu.

O estagiário reapareceu com um papel na mão, que o juiz pegou e assinou.

— Esqueçam essa história de culpar a menina. Prendam esse homem e trabalhem logo em uma denúncia.

Sem saber como reagir, Maia, Ana Luiza e Letícia deixaram a sala do juiz com o mandado de prisão em mãos.

No corredor, a promotora sussurrou:

— Considerando que ainda vamos manter o plano, isso ficou ainda mais ilegal.

Pelo menos poderiam culpar o juiz por qualquer confusão.

Délcio encarava fixamente a tela do computador desligado. Tamborilou os dedos na mesa, suspirou e tirou o celular do bolso. Melhor acabar com aquela dúvida logo.

Era bem capaz de Maia estar certa sobre a garota. A investigadora tinha um faro para esse tipo de coisa. Era quase impossível um assassino permanecer no mesmo cômodo que ela e passar despercebido.

Antes de fazer a busca no celular, fechou os olhos e tentou se lembrar de quando vira Moisés pela última vez, antes do dia no escritório de Ulisses. Esbarrava com policiais militares o tempo todo. Era difícil lembrar de todos, mas o rosto de Moisés marcara sua memória. Teve a sensação de que ele tinha algum apelido, algo que chamava mais atenção do que o nome próprio. Era um animal? Gato? Alguém é chamado assim como apelido? *Lagarto.*

Sim, era Lagarto. Recordar do apelido o transportou para o passado, para um grupo de homens rindo e conversando do lado de fora da 43ª Delegacia de Polícia, onde Délcio trabalhara durante tantos anos. Não conseguiu se lembrar do que falavam, era irrelevante. No entanto, lembrou-se de Moisés no uniforme escuro da polícia militar, parado com os braços cruzados, buscando-o com o olhar; ambos, bem mais jovens, apesar de já homens adultos.

Moisés tinha se aproximado e perguntado alguma coisa. *Ele me perguntou se tínhamos achado mais um corpo carbonizado*, Délcio se lembrou. Cobriu a boca com a mão, surpreendeu a si mesmo com a memória. Na época, não lhe parecera estranho. Os casos eram famosos e policiais discutiam o assunto o tempo todo. Naquele momento, no entanto…

Abriu o celular e procurou, no Google, o nome da boate em que havia acontecido o homicídio. Com poucos cliques, encontrou o número de telefone que procurava — os responsáveis por fotografar a festa. Foram algumas horas de espera até que, enfim, recebeu um link que o levou para uma pasta em que estavam todas as fotos daquela noite. Era uma quantidade descomunal de fotos.

— Ah, merda… — Délcio murmurou e pôs-se a trabalhar.

*

Maia assistiu enquanto Tália saltou do carro e adentrou a portaria do prédio. Parecia tão normal vestindo uma saia preta, blusa branca de alça e tênis verde, o cabelo preso em um rabo de cavalo simples. Ninguém imaginaria o que aquela mulher, que não chamava atenção nenhuma, era capaz de fazer. Quer dizer, Tália chamava, sim, atenção, com seus passos confiantes e certeza de si; só não da forma como Maia estava imaginando.

— É ela — apontou.

Estava dentro de uma viatura da polícia civil descaracterizada, estacionada do outro lado da rua. Dois policiais militares a acompanhavam. Já tinha esquecido como se chamavam, mas os sobrenomes costurados nas fardas eram Mendonça e Garcia.

— Ahn, Maia, desculpa me intrometer… — O policial sentado no banco de trás esticou o corpo para perto dela. Era Garcia. — A ideia é prender o cara na frente da filha mesmo? Não seria mais gentil esperar ele estar longe dela?

Tinha uma expressão doída no rosto. Devia ser pai de uma menina.

Maia girou o corpo um pouco para o lado buscando encará-lo.

—Não é a situação mais comum do mundo. Olha, pode ser difícil acreditar, mas essa mulher é uma criminosa e das bem perigosas — explicou.

— Pera, então agora é que eu não entendi mesmo por que a gente esperou ela chegar — Mendonça, sentado no banco de passageiro, falou.

— É, bem... — Maia hesitou. Não estava com vontade de explicar o caso por inteiro, tentou resumir a questão: — A parada é a seguinte, eu não tenho muitas provas contra a filha, então quero ver qual vai ser a reação dela se eu prender o pai.

— Eles cometeram um crime juntos? — Mendonça perguntou.

Maia definitivamente não diria que tinha em mãos um mandado de prisão para um homem que acreditava ser inocente, então falou:

— Mais ou menos isso. Quero ver se ela reage vendo ele levar a culpa.

Era uma meia-verdade e os policiais aceitaram. Em poucos minutos, estavam do lado de fora do apartamento de Moisés, tocando a campainha.

Maia ajeitou a camisa do uniforme, que usava pouco, mas era necessário em situações como aquela.

Moisés abriu a porta rindo e olhando para dentro da sala, onde estava uma Tália sorridente, sentada em um sofá e abrindo duas garrafas de cerveja. Ao ver a investigadora acompanhada de dois policiais, sua expressão mudou por completo. O sorriso deu lugar à raiva. Moisés prensou os lábios e cruzou os braços.

— Que porra é essa? — ele perguntou, dirigindo-se à Maia.

— Senhor Alves, tenho um mandado de prisão preventiva em seu nome, em razão do homicídio de Victor Magalhães. — Ela esticou o papel para que Moisés o visse.

Fuzilando-a com o olhar, ele puxou o mandado de sua mão com uma força desnecessária, quase rasgando o papel. Dentro da sala, Tália largou a cerveja e se levantou rápido, derrubando uma caixa de jogo de tabuleiro que estava ao seu lado. Ficou olhando para Maia, uma expressão impenetrável.

Moisés leu o mandado, olhou por um segundo para Tália, depois suspirou.

— Tá. Vão me levar agora? — Ele tentou controlar a voz. Até mesmo deixou que seus ombros relaxassem.

Maia fez que sim com a cabeça. Moisés virou de costas e deixou que Garcia o algemasse.

— Relaxa, Pipoca — ele disse para Tália, antes de ser guiado pelo corredor em direção ao elevador. — A gente resolve isso rápido.

Tália não respondeu. Seu rosto permanecia impassível, mas os punhos, cerrados, tremiam. Controlava a respiração, lenta e longa. Apenas seus olhos demonstraram, por um breve segundo, todo o ódio que sentia; e era tanto que parecia capaz de alcançar o coração de Maia e espremê-lo só com a força de sua vontade.

Olhos tão escuros como os pretos de Caravaggio.

Eu ainda vou matar essa mulher.

CAPÍTULO 11

Não queria acordar. Ainda se sentia embalado por sonhos, os olhos pesados, recusando-se a abrir. O corpo mole, acomodado na posição em que estava, sem vontade de se mexer. Tinha tomado remédio para dormir? Exagerado na bebida? Fazia coisas do gênero o tempo todo, mas não conseguia trazer a memória específica da noite anterior.

Não era importante, o sono estava bom. Logo voltaria a dormir e acordaria muito mais tarde, completamente descansado. Sentiu cheiro de carne na brasa. Logo voltaria para o sonho de um churrasco com os amigos.

Não pôde fazer isso, porque antes veio a dor.

Aguda e profunda, vinda de seu abdômen. Não era uma picanha que ardia no fogo. Era ele.

Victor, berrando, despertou por completo.

Tentou mexer o corpo, fugir, mas se viu preso. Olhou para baixo, notando a massa em carne viva que era sua barriga por entre a camisa aberta. Percebeu que estava de joelhos, os pés e mãos amarrados ao que parecia uma coluna às suas costas.

Tentou enxergar melhor o ambiente, lutando contra a visão ainda embaçada. Onde quer que estivesse, era um lugar abandonado. A tinta da parede estava descascada, havia mofo por toda parte. Mato encontrara seu caminho e crescia por frestas no chão empoeirado. Fedia a urina e suor. A iluminação vinha de uma fogueira atrás de Victor. Ele podia escutar o som das chamas e nada mais.

Com um barulho estridente e metálico, um pé de cabra pousou no chão bem à sua frente, a ponta ainda incandescente.

— Bom dia, Cinderela.

A voz vinha de seu lado direito. Um vulto escuro apareceu no canto de seus olhos.

— O quê...? — Victor murmurou, sua voz saindo fraca, quase inaudível.

Som de passos. Viu uma mulher. Vestia-se toda de preto; camiseta com as mangas enroladas no meio do braço, a calça cheia de rasgos. O tênis escuro era a única parte do corpo dela que Victor enxergava de forma nítida. O cabelo comprido, escuro, estava preso em um rabo de cavalo. Cruzava os braços e, em uma das mãos, segurava algo semelhante a um martelo.

— Quem...?

Victor ofegava. Respirar já era difícil com a queimadura, tornava-se quase impossível enquanto aquela mulher o encarava.

Ela fingiu estar ofendida.

— Ah, vamos, eu não sou tão boa assim com maquiagem. Você não consegue me reconhecer?

Ele sequer conseguia enxergar direito. O rosto da mulher não passava de um borrão.

— O que você quer, sua filha da puta?! — Victor conseguiu reunir forças para gritar. Algo dentro de si havia tomado forma e surgia como um rugido. Quem era aquela desgraçada para achar que podia fazer aquilo? Ele sairia dali e a esmurraria tanto que ninguém jamais conseguiria reconhecê-la.

A mulher não respondeu. No borrão de seu rosto, surgiu um sorriso.

— É dinheiro? — Victor gritou. Ela continuou em silêncio. — É só pegar meu celular e ligar pro meu pai. Ele vai resolver. Ou o quê? Alguma amiga sua ficou sentida porque achou que eu tava interessado em algo além da buceta dela? Daí chamou a coleguinha psicopata pra se vingar por ter levado um pé na bunda? Ou... — De súbito, a ferocidade lhe fugiu. Sua boca ficou aberta, como se ainda pensasse no que falar, os olhos arregalados, o rosto retorcido em náusea.

Nicole.

Só podia ser sobre Nicole.

— Quem sou eu, Victor? — Palavras pausadas. A voz dela ecoava no ambiente, metálica, áspera.

Victor ergueu os olhos outra vez. Esforçou-se para recordar o que tinha acontecido. Qual era última coisa de que se lembrava? Ainda era quinta-feira? Tinha saído cedo do escritório, mas o que fizera depois? Não ia para o bar? Sim, foi quando a advogada apareceu.

Victor ergueu os olhos para a mulher, que andava em círculos pelo cômodo. Seu cabelo estava castanho, assim como os olhos. A pele parecia mais clara e os peitos, com certeza menores, mas a maquiagem lembrava a de Laura. Quando viu a falsa advogada pela primeira vez, tinha tido a sensação de que já a conhecia.

— Nada? — ela perguntou. — Uau, Victor. Achei que tivesse causado um impacto um pouco maior em você.

A mulher se agachou, ficando na sua altura, e fitou-o nos olhos. Sorria, mostrando os dentes de uma forma aterrorizante. Ficava ainda pior junto dos olhos arregalados.

Ela aproximou o rosto de Victor e ele estremeceu. Debaixo da maquiagem da falsa Laura, reconheceu quem ela era.

Tália.

Ela se levantou, balançando o martelo perto demais do seu rosto. Ele sentiu a respiração cada vez mais rápida, o pulso acelerando.

Tália percebeu a mudança em seu rosto e voltou com o sorriso.

— Já sacou, né? Falei que não era tão difícil. Pelo menos engana as câmeras de segurança do Centro. Junto da peruca, né? — Ela balançou a cabeça. — Achei que você talvez tivesse me bloqueado da sua mente pelo soco. Cê sabe, né, a vergonha e tal.

Victor se sentiu um imbecil por não ter visto antes. Talvez tivesse alguma verdade naquela fala. Escolhera esquecer aquele fim de noite péssimo, quando Tália quase quebrou seu nariz e tirou Nicole de seus braços. A noite que deveria ter terminado com os dois juntos na cama, mas terminou com ele sozinho em casa, bebendo doses e mais doses de uísque. Tinha esquecido mesmo o rosto dela. Agora, porém, lembrava em detalhes. Era a amiga psicopata da Nicole.

Fodeu, Victor pensou e sua mente se calou.

Tália voltou para perto e olhou no fundo dos seus olhos, apoiando o martelo levemente em sua bochecha. Ele sentiu o toque frio do metal acariciando seu rosto.

Ela riu.

E golpeou-o no ombro.

Victor urrou. Não estava acostumado com aquilo, sequer se lembrava da última vez em que havia se machucado. Nunca tinha quebrado um osso, então não saberia dizer se a dor intensa significava que o martelo havia partido alguma coisa. Era difícil suportar, sua visão escureceu e o ar arranhou sua garganta; e tinha sido só o ombro.

Tália ergueu o corpo. Brincava com o martelo, arremessando-o no ar.

— O que você quer? — Victor repetiu, a fala saindo de forma quase automática, como se parte de um roteiro que ele devesse seguir. Mesmo que fosse por Nicole, Tália ainda deveria querer algo, não? Uma admissão de culpa? Que ele falasse com a polícia?

O silêncio era insuportável.

A vadia parecia estar se divertindo, continuava sorrindo e — era possível? Cantarolava enquanto brincava com o martelo em suas mãos. *Quem é essa louca? Que porra ela quer de mim?*

Victor não sabia nada sobre Tália, fora ser amiga de Nicole, a escrota que estava sempre por perto, tentando atrapalhar sua vida. *Que porra ela fez agora? Me drogou e sequestrou?* Victor não conseguia se lembrar direito do encontro com a advogada. *Como essa garota conseguiu se transformar na Laura?* Tália não era bonita. Victor duvidava de que qualquer homem quisesse beijá-la, com aquela expressão azeda que sempre tinha. Tinha que admitir, porém, que ela e Laura eram a mesma pessoa. Conseguia ver isso claramente ali.

Mais uma vez, amaldiçoou-se por não ter reparado antes. Xingou-se mais ainda porque, mesmo naquela situação, seu cérebro fazia questão de considerar que talvez Tália fosse, sim, atraente. *Mas ainda é uma vadia.*

Victor xingou baixinho e Tália o ignorou.

— Eu devia ter trazido meu celular. Falta música aqui — ela disse. — É mais fácil ficar entediada sem música.

O martelo voltou a acertar Victor, desta vez no lado esquerdo do corpo. Ficaram poucas dúvidas de que uma costela tinha se quebrado. Ele conseguiu até escutar o som do osso partindo.

— Hum, acho que essa foi bem-merecida. — Tália sorriu. — Olho por olho.

Não quis, contudo, parar no dente por dente. Os golpes vieram sem intervalos, depois disso. No joelho, no braço, no peito, na coxa. A visão de Victor escureceu em um túnel. Ele se concentrou apenas em suportar a dor. Disse para si mesmo que o importante era não desmaiar, embora fosse o que mais queria fazer, ir para o escuro que o chamava, fugir da risada desgraçada que continuava a ouvir.

Um baque surdo.

Victor abriu os olhos e percebeu, mesmo com a visão nebulosa, que o martelo estava no chão, próximo ao seu joelho.

O pé de cabra havia sumido.

Lágrimas escorreram pelo seu rosto.

— Por favor… — ele conseguiu murmurar. Só queria que aquilo parasse. — Desculpa. Eu prometo que não chego mais perto da Nicole. Eu…

Outra risada.

— Tarde demais, babaca. Você já fez o estrago.

Tália queimou-lhe os braços, o rosto, uma parte da virilha, tão próxima de sua genitália que Victor gemeu em desespero; logo depois, desmaiou.

Não sentiu nada quando Tália o desamarrou e o arrastou para fora do casebre abandonado, largando-o no capim. Não viu quando ela entornou um galão inteiro de gasolina sobre ele. Nem quando acendeu um isqueiro descartável, de um laranja berrante, e apenas largou-o em cima de seu corpo. Quando o fogo tocou sua pele e o consumiu por inteiro.

Se, de alguma forma, Victor pudesse adquirir consciência do que havia acontecido, talvez tivesse agradecido pela misericórdia que foi morrer depois de ter desmaiado.

Quando levei Victor para aquele lugar, observei-o caído no chão pensando em todas as coisas que poderia fazer, tudo o que ele poderia sofrer, todas as lágrimas que poderiam cair, até que ficasse seco por dentro. Acho que fiquei em pé ali uns bons quinze minutos, só ajustando a respiração e olhando para aquele babaca.

Meu primeiro impulso foi matá-lo ali, na hora. Um tiro na testa, mas eu não sou boa com armas de fogo. São chatas de manusear e barulhentas. Prefiro outros métodos.

Minha sacola estava cheia de instrumentos que me agradam mais — facas, o martelo, o pé de cabra. Só que o plano não era acabar com aquilo rápido, mesmo com uma deliciosa faca. Victor não choraria nem gritaria. Sem graça.

Afinal, não se trata de trabalho. Eu não estava substituindo meu pai para matar o cara que o chefe pediu. Aquela era só por prazer.

Então fiz o que tinha me preparado para fazer, segui meu plano. Isso envolvia aproveitar cada segundo de desespero que eu pudesse ver nos olhos dele.

Cada gota de sangue escorrer.

Cada som de osso se quebrando.

Cada respiração agonizante.

Cada grito.

Cada súplica.

Eu queria que fossem muitas.

Bom, talvez você esperasse algo diferente aqui; que eu exigisse de Victor seu arrependimento, um pedido desesperado — e falso — de desculpas. Sabe como é, cena clássica de filme de ação, em que o vilão, por algum motivo, resolve explicar tudo para o herói, que acha ter derrotado, apenas para lhe dar tempo de arquitetar a reviravolta.

Mas, em outro clichê, não é esse tipo de história; e eu não sou esse tipo de vilã. Muito menos Victor, um herói. Ele não merecia nenhuma possibilidade de escapatória.

Talvez você imaginasse que eu iria golpeá-lo com o martelo até ele declarar em voz alta todas as vezes em que havia batido em Nicole; queimar a pele de seu rosto com o pé de cabra incandescente até que admitisse ser o miserável que era; pisar no seu saco até que contasse todas as vezes em que quase a enforcou na cama; ou como planejou, comprou a droga e dopou Nicole, com o objetivo de levá-la para casa e violá-la.

Ou talvez não, porque, afinal, não estamos falando de uma história dessas.

É mais divertido não dizer nada. O desespero fica maior.

Eu só o queria morto, de qualquer forma. Nada mudaria isso. Não precisava de uma admissão de culpa, sabia muito bem o que ele tinha feito — e o odiava por isso.

Por outro lado, talvez eu tenha surpreendido você por ter deixado Victor queimar só depois de morto. O meio-termo nunca é esperado, não é mesmo?

Talvez eu tenha sido egoísta, não quis dividir com o fogo o sofrimento de Victor, apesar de ele merecer queimar.

Em sua sala, na delegacia, a doutora Ana Luiza mantinha-se ocupada lendo e assinando alguns documentos. Dos muitos inquéritos com os quais trabalhava, era difícil tirar o homicídio de Victor da cabeça, ainda mais com a ideia maluca de Maia sendo posta em ação.

O plano era simples, apesar de bastante cinzento em termos legais. Acreditavam que Tália Alves era a responsável pelo crime. Ela tinha motivo, meios e, acreditava-se, era a última pessoa a ser vista com a vítima. No entanto, não existia qualquer prova. Sequer podiam afirmar que era a mulher loira que estivera com Victor, na quinta-feira em que desapareceu. Não havia evidências no corpo nem no local de desova. A cena do crime, em si, ainda era um mistério. O carro utilizado permanecia desaparecido. Eram poucas as esperanças de que conseguissem provas, impressões digitais, DNA, coisas do tipo.

Já em relação a Moisés, havia um oceano de indícios e suposições meia-boca, do tipo que os juízes do Rio de Janeiro adoram para condenar jovens negros e moradores de favela. Moisés não era nem exatamente branco, nem exatamente rico. Seria possível aproveitar o preconceito, tão imbuído no sistema judiciário, para conseguir um mandado de prisão contra ele. Maia ainda havia pensado na justificativa da grande chance de Moisés atrapalhar a investigação, mas, graças ao juiz que calhou de encontrarem, isso nem mesmo fora necessário.

A parte mais arriscada era obter o mandado de prisão, "quase com certeza ilegal", como a promotora Letícia havia dito. Isso feito, restava o incerto.

A delegada tinha alguma fé nas maquinações de Maia. O intuito era usar a prisão de Moisés para desencadear alguma reação em Tália. Uma confissão para proteger o pai seria o ideal, porém era otimista demais. Ana Luiza se permitia, então, esperar por um pequeno deslize que a jovem, ao ver o pai sendo preso, em um momento de choque e irritação, talvez cometesse. Ela poderia tentar atacar Maia para impedir a prisão, por exemplo; mas, pelo visto, isso não acontecera. Ao menos não no momento em que Maia levou Moisés.

"Vai funcionar, pode deixar!", Maia tinha garantido, ao telefone. Ela acreditava que Tália ainda iria agir, fazer algo que lhes desse maior certeza de seu envolvimento no homicídio ou mais tempo para investigar; tempo este em que os Alves estariam preocupados demais com outras coisas para destruir as evidências remanescentes do crime.

Restava a esperança de encontrar o carro, que ele contivesse alguma evidência física, algum fio de cabelo de Victor junto a alguma impressão digital de Tália. Era difícil? Sim, porém não impossível.

Ana Luiza não sabia se o plano de Maia traria resultados, embora tivesse resolvido tentar. Um mandado de prisão quase ilegal era algo com que poderia lidar, caso desse errado. Na confusão que era o Rio de Janeiro, até podia passar como uma espécie de erro perdoável, ainda mais com a atitude do juiz. No entanto, era um risco.

Uma batida na porta e Ana ergueu os olhos dos papéis que mal enxergava. Délcio abriu uma pequena fresta e pediu permissão para entrar.

— Já prenderam o cara? — Ele se sentou na cadeira em frente à delegada. Tinha um inquérito na mão, que apoiou na mesa.

Ana Luiza fez que sim com a cabeça.

— Faz umas duas horas. Tália apareceu por lá e Maia entrou logo em seguida.

— E? — Délcio estava mais sério do que de costume. Mexia as mãos sem parar, alisando a calça.

— Nada — a delegada respondeu, suspirando. — Tália ficou furiosa, mas não reagiu.

— E Maia?

— Foi atrás do Otávio, pra falar de outro caso, depois ia pra casa — Ana falou. Seu interesse no que o investigador tinha para dizer diminuiu e ela voltou parte da sua atenção aos papéis que precisava assinar. Era uma tarefa mecânica o suficiente para realizar enquanto conversava.

Délcio torceu o nariz, hesitou por um momento e disse:

— Você não acha perigoso, não?

— Perigoso? — a delegada desdenhou. — Acho que Maia consegue se proteger.

Délcio passou a mão no rosto e coçou o olho.

— Ana, essa garota não é qualquer uma. É treinada. Já matou mais de uma vez e a Maia resolveu deixar ela puta.

— Mais de uma vez?

Délcio esticou o corpo e abriu o inquérito que havia apoiado sobre a mesa. Era do homicídio na boate do Centro.

— Maia pensou em Tália pro assassinato do Victor por causa desse caso meu. Uma mulher que esfaqueou um cara no banheiro da festa — ele explicou.

Ana Luiza puxou a pasta para si.

— Baita sangue frio e a arma usada tinha cara de militar, ou, quem sabe, do tipo usado por alguém que trabalha com segurança privada; um desses canivetes que não se compram em qualquer esquina, bem fáceis de esconder debaixo da roupa. Tanto que ela entrou na boate com ele — Délcio continuou.

— Você e a Maia acham que isso também foi a Tália Alves? — a delegada perguntou.

Délcio abanou as mãos em negativa.

— Maia, não. Essa assassina só fez ela pensar na possibilidade de ter sido uma mulher que matou o Victor. Não tínhamos pensado nisso.

— A gente nunca pensa nisso nesse tipo de caso... — Ana repuxou o lábio em uma careta, criticando a si mesma por também não ter considerado a possibilidade.

— Bom, eu fiquei encucado depois — Délcio continuou, sem dar muita importância ao comentário da delegada. — Não sabia direito com o que, então pedi as fotos da festa e fiquei procurando.

Ele pausou para abrir um arquivo em seu celular. Depois de muito tempo colado à sua tela de computador, tirando e botando zoom nas imagens, procurando por um entre todos os rostos, ele havia encontrado. Na margem de uma foto, com os cabelos já soltos, vestindo top e saia pretos, uma mão tentando encobrir o rosto — Tália.

— Desfez o penteado e acho que tirou boa parte da maquiagem, mas a roupa não tinha como mudar — Délcio comentou, mostrando o celular para Ana Luiza. — Também não conseguiu esconder o rosto. Dá pra ver perfeitamente que é ela.

A delegada pareceu dar um pouco mais de crédito à ideia.

— Sabemos que ela gosta de usar purpurina também — ela murmurou.

— Sim, então — Délcio continuou, animado; esticou a mão para o inquérito e levou até à folha que queria —, peguei uma foto dela das redes sociais, sem a maquiagem com *glitter*, pra não forçar a barra, e botei com outras mulheres parecidas.

O investigador pausou, desta vez para ter maior efeito. Ana Luiza apenas esperou, com um sorrisinho no rosto.

— Minhas três testemunhas identificaram Tália como a mulher da festa — Délcio concluiu, triunfante — e tem uma digital na faca que não é da vítima.

— Ou seja, esse homicídio é fácil de colocar na conta da Tália, se foi ela mesmo — a delegada falou, fechando o inquérito e empurrando-o sobre a mesa, na direção de Délcio. Sua expressão dizia "vamos, ao trabalho".

O investigador, porém, não se levantou.

— Ou seja, esse foi o segundo homicídio que ela cometeu e por *besteira* — disse. — A garota pegou gosto pela coisa, Ana. Ela é perigosa.

*

Enquanto caminhava os poucos metros restantes que a separavam de seu prédio, os fones de ouvido tocando A Day to Remember em alto volume, Maia só conseguia pensar em se largar no sofá, ligar a televisão no canal em que estivesse passando alguma comédia romântica boba e deixar-se levar. Estava com fome também. Um prato enorme de macarrão seria perfeito. Só faltava a energia para fazê-lo.

Chegou ao prédio e entrou no elevador com um suspiro, o estômago implorando que ao menos botasse água para ferver antes de se jogar no sofá. Caminhou pelo corredor de seu andar. Estranhou o silêncio denso. Não tinha percebido que era tão tarde. Achou que escutaria a televisão de um vizinho, a conversa de outros, mas foi recebida pelo total e completo nada.

Abriu a porta do apartamento com um sentimento de alívio. Só ali conseguia realmente desligar, parar de pensar no trabalho, desistir de tentar entender os crimes que investigava. Pelo menos por algumas horas.

Sentiu o corpo relaxar, mas durou só uma fração de segundo. Assim que deu um passo para dentro, notou que havia algo errado e seus músculos se retesaram. Conhecia aqueles metros quadrados tão bem quanto era possível conhecer qualquer coisa e o cheiro não estava certo. Era isso. Precisou de mais alguns segundos para entender o que exatamente a incomodava. Era o cheiro. Por cima de todos os odores normais de seu apartamento, do produto de limpeza, da tinta do quadro logo junto à porta, da madeira, tinha outra coisa. Algo cítrico. Perfume?

Outro passo em direção ao interior da sala e a porta atrás de si emitiu um rangido sutil, quase imperceptível, que soou como um estrondo para Maia.

Antes que pudesse se virar, um braço envolveu seu pescoço. A mão foi direto ao coldre em busca da arma, mas quem a atacava segurou seu braço junto ao abdômen. Um chute na parte de trás do joelho fez com que Maia perdesse o equilíbrio e seu corpo desmoronou.

Ela se esforçou para alcançar a pistola com a outra mão, só que o aperto em seu pescoço era firme e sua força começava a se esvair.

Tentou puxar ar para os pulmões e não conseguiu, a garganta esmagada, os olhos lacrimejando.

Lutou com os pés, tentando apoiá-los no chão, no sofá logo ali, em qualquer coisa. Puxou o braço que a apertava. Suas mãos pareciam feitas de tecido.

— O ruim de ser uma investigadora na Delegacia de Homicídios da Capital — sussurrou uma voz, no pé de seu ouvido — é que você fica muito fácil de encontrar.

Maia não teve dúvidas de quem era. Mesmo no tom baixo, reconheceu a voz de Tália.

Já não tinha forças para lutar. Seus pés pararam de chutar, as mãos soltaram o braço de Tália, emitiu um som angustiado, ainda tentando encontrar ar. A visão escureceu.

— Investigando tanta gente perigosa, você devia prestar mais atenção em quem te segue até em casa — Tália falou.

E tudo ficou escuro.

A segurança de alguns prédios no Rio de Janeiro parece piada. Adentrar edifícios onde não sou conhecida e deveria ser barrada tem sido tão fácil e isso porque o Victor morava em um dos pontos mais chiques da cidade. Cuidado zero na portaria, ainda assim.

No majestoso saguão que dava para a praia não havia nenhuma porta fechada entre mim e o elevador. Se meu pai fosse chamado como consultor, ficaria chocado com a ineficiência, mas ninguém quer pagar um condomínio caríssimo para sustentar um equipamento realmente bom e acaba que os porteiros são os responsáveis pela maior parte da segurança. Eles é que observam as câmeras, quando elas existem e funcionam. Eles é que permitem a entrada ou não de estranhos no edifício, e porteiros cansam. Precisam ir ao banheiro ou, às vezes, estão se lixando.

Quando uma jovem branca e atraente entra no prédio e caminha com toda a confiança do mundo, dirigindo-se ao elevador, ela não é barrada. Se aguarda o momento certo e passa pelas grades junto de outro morador, ninguém questiona. Fico imaginando, no prédio do Victor, algum porteiro tentando cumprir sua função e fazendo perguntas para as visitas, que depois reclamarão do tratamento para os amigos, que darão esporros no porteiro. Para quê arriscar impedir a entrada da jovem e receber reprimendas? Uma mulher branca, afinal de contas, não é uma ameaça.

Existem, porém, muitas coisas que uma jovem desconhecida pode fazer ao entrar em um prédio que não o seu. Eu poderia bater na porta do apartamento do amante e contar para a esposa dele sobre um caso; ou, quem sabe, visitar um parente para importuná-lo outra vez, pedindo dinheiro. Um visitante desavisado pode ser só um inconveniente em nossas vidas e já seria o suficiente para ficar puto com o porteiro que o deixou subir. Só que também pode ser muito pior.

> *Mesmo uma jovem mulher poderia invadir um aparta-mento silencioso, que julgasse estar vazio, e furtar algumas joias; ou levar uma arma dentro da bolsa e matar um bando de gente, qualquer coisa.*
>
> *Quanto às câmeras, pelo amor! A imagem é de uma qualidade tão desgraçada que uma peruca e um pouco de maquiagem já deixam quase impossível identificar alguém.*
>
> *Meu pai reclama incessantemente desses sistemas de segurança. Por vezes, eu agradeço. Afinal de contas, está facilitando bastante a minha vida e eu, mais uma vez, con-segui entrar em um edifício onde eu não moro, tendo a in-tenção de fazer algo nada agradável para a moradora do apartamento que fui visitar.*

Babalu levou a máquina de cartão para receber o pagamento de uma das últimas mesas ocupadas. Ainda faltava para o fim de seu turno, mas era dia de semana e o movimento estava lento.

Levou os olhos à rua, buscando por Maia. Ela seria uma boa compa-nhia. Será que lhe faria uma visita naquela noite?

Sentou-se em uma das cadeiras mais ao fundo e se pôs a esperar. Seus colegas assistiam a televisão e discutiam algum acontecimento recente que o noticiário relatava. Desinteressado, Babalu tirou o celular do bolso, con-feriu que o relógio de plástico da parede, com a propaganda de cerveja, es-tava certo e foi se distrair com um joguinho bobo. Vez ou outra levantava o olhar para a rua; fosse por um barulho que chamasse sua atenção, pela esperança de ver Maia chegando e ser convidado para uma cerveja ou só por reflexo mesmo.

Em um desses momentos, viu a gata.

— Selina? — murmurou para si mesmo.

A gata de Maia era fácil de reconhecer — uma vira-lata parecida com uma siamesa, cujo pelo tinha uma mancha escura grande em um dos lados do corpo. Se não era Selina, uma gata igualzinha caminhava na calçada, do outro lado, cheirando o chão e observando os poucos passantes.

Babalu atravessou a rua. Quando a gata o viu, foi de imediato em sua direção e roçou o focinho na barra de sua calça. Ele a pegou no colo. Era Selina, sem dúvidas.

— Como você veio parar aqui?

Gritou para os colegas no boteco, mostrando o animal e explicando que a devolveria à dona. Voltaria já.

Enquanto caminhava, distraiu-se fazendo carinho no animal tentando evitar suas mordidas. Cumprimentou o porteiro do prédio de Maia, que o conhecia bem e não se deu o trabalho de perguntar para onde ia ou interfonar. Teve vontade de questionar se o homem não tinha visto Selina saindo, mas ela era pequena e rápida; podia mesmo ter passado despercebida.

Continuou o trajeto ainda brincando com Selina, tentando pegar suas patas, mal percebendo o ambiente à sua volta. Foi quando levantou o olhar em busca da campainha que percebeu a porta entreaberta. Do outro lado, via-se apenas escuridão.

— Foi assim que você fugiu, né? — Babalu perguntou para Selina, quase em um sussurro.

Um frio percorreu sua espinha ao refletir sobre o quanto a situação era estranha. Maia jamais deixaria a porta aberta daquele jeito. Se não pelos milhares de outros motivos, ao menos para evitar a fuga da gata; e as luzes, todas apagadas?

Babalu empurrou a porta, sendo cuidadoso para não produzir qualquer ruído. O apartamento parecia vazio. Nenhuma fonte de luz acesa, ausentes todos os sons de presença humana. *Será que a Maia chegou, saiu rápido e largou a porta assim?*

Esticou a mão na direção do interruptor, mas algo em seu íntimo o impediu de acender as luzes; um nó no estômago que dizia ser má ideia. Ficou parado, encarando o apartamento como se houvesse ali um enigma ainda a ser resolvido, alguma parte do quebra-cabeça a ser notada. Desconcentrou-se quando Selina mordeu seu dedão com uma força desnecessária, porém seus olhos enfim foram ao chão e pôde ver — o celular e a pistola de Maia, caídos, parcialmente escondidos entre o sofá e a poltrona; jogados ali.

Abaixou para pegar o celular, esticou uma mão trêmula e logo a recolheu, mudando outra vez de ideia. "Merda, merda", a mente de Babalu repetia incessante, com a certeza crescente de que algo ruim havia acontecido.

Respirou fundo. Tentando acalmar Selina, torcendo para que ela não emitisse nenhum som, entrou no apartamento.

Um passo após o outro, cuidadoso, atento, percebeu um fio de luz amarelada saindo do banheiro no quarto de Maia. Estaria a amiga lá dentro? Desmaiada? Ferida?

Continuou sem chamá-la. Mesmo que estivesse ali e sofrendo, não explicava a porta aberta.

Aproximou-se mais um pouco, imaginando que horrores poderia encontrar e porque insistia em seguir. *Ligar para a polícia, Babalu, é uma ideia melhor, não?* Posicionou o corpo de forma a enxergar o interior do banheiro, mas a fresta era diminuta. Só conseguiu ver um fio da parede de azulejos, no entanto escutou um som vindo dali. Objetos sendo manipulados. Respiração e, então, uma voz.

— Nossa, você tem menos produtos de beleza que o meu pai — alguém, que não era Maia, falou. Não houve resposta. Sequer um sinal de resposta ou da presença de sua amiga.

Babalu saiu do apartamento e continuou com passos lentos e silenciosos até o elevador. Quando chegou ao térreo, correu em direção à estação de metrô.

CAPÍTULO 12

O dia tinha começado bem. Prometera a si mesma uma ida à praia e assim o fez. Não tirou a camisa larga que vestia por cima do biquíni nem mergulhou no mar, mas foi capaz de se sentar na areia, ficar por lá, entre as poucas pessoas que frequentavam a praia durante um dia de semana, e aproveitar. Era bom, um avanço, permanecer um longo tempo em um lugar público sem ser dominada pelo nervosismo. Nicole estava satisfeita.

O problema era a companhia. Arrependia-se de ter aceitado ir com Beatriz, mesmo sendo difícil encontrar outra pessoa que pudesse ir à praia durante a tarde, em plena quarta-feira. Talvez sua mãe. É, teria sido melhor ir com a mãe; ou sozinha mesmo. Sua aflição com espaços públicos era chamar atenção, ser vista. Estar só ou acompanhada fazia diferença, mas não muita. Nicole decidiu dispensar a amiga no caminho de volta para casa.

Sabia que não deveria se irritar. Beatriz sentia culpa pelo modo como as coisas tinham acontecido na maldita noite e tudo o que fazia era se desculpar, de novo e de novo. Para Nicole, era intolerável.

"Eu tinha que ter percebido. Dava pra ver que seu comportamento não tava normal, eu devia ter reparado", Beatriz choramingava toda vez que se encontravam. Nicole sequer concordava, afinal tinha propositalmente escondido o relacionamento abusivo e tentara ao máximo disfarçar os sinais. Não a culpava. No dia da agressão, inclusive, ela já estava bêbada e divertia-se com os amigos quando tudo aconteceu. Seria injusto cobrar que tivesse notado qualquer coisa; que a tivesse visto ao lado de Victor, um colega de ambas da época de escola, e desconfiasse o que se passava entre eles, o que escondiam e o que estava prestes a explodir. Nunca cobraria que a amiga tivesse identificado o que estava acontecendo.

Bia se cobrava, contudo, e todos os seus encontros se resumiam a pedidos e mais pedidos de desculpas, que nada faziam por Nicole, a não ser lembrá-la da agressão e despertar-lhe uma pontada de dor, sem qualquer explicação física, na costela. Ficavam em silêncio por poucos minutos e Bia logo surgia com o assunto, ignorando as súplicas de Nicole para que deixasse aquilo lado, suas promessas de que não havia rancor, que sequer havia o que perdoar.

Era insuportável.

Queria a amiga de volta, a alegre, fofa e inteligente Bia, cheia de suas sacadas engraçadinhas e histórias mirabolantes sobre os últimos acontecimentos; uma artista despreocupada, designer apaixonada pelo próprio trabalho. Queria essa Bia de volta. Ele tinha tirado essa Bia dela. Outra coisa para a enorme lista de bens preciosos que ele havia arrancado de Nicole — o sono tranquilo, a sensação de liberdade, o controle do próprio corpo, o direito de si mesma.

Nicole murmurava, xingando baixinho, quando chegou à casa do pai. Continuava morando lá pela maior parte do tempo, a pedidos insistentes de Ulisses. Os punhos cerrados, quase se machucando ao pressionar as próprias unhas contra a pele, largou a bolsa na mesa da cozinha e deixou o corpo cair sobre uma cadeira, com força, como se pudesse liberar um pouco do ódio.

Havia um jornal em cima da mesa, aberto em uma página específica, revelando uma matéria que chamou sua atenção. Imaginou que o pai o tivesse deixado lá para que visse. Ulisses fazia coisas do gênero.

Nicole pegou o jornal sem esperar nada demais; talvez alguma coluna bem escrita ou uma tirinha engraçada. A primeira reação ao ler a manchete foi de choque, seguido de irritação. Como assim descobria aquilo pelo jornal?

"Jovem empresário, Victor Monard de Magalhães, é encontrado assassinado", a notícia dizia. "Crime brutal, o empresário foi torturado antes de ser morto. De acordo com a Polícia Civil, o corpo foi queimado na tentativa de encobrir evidências."

Foi estranha a mistura de sensações que tomou seu corpo; o ódio, a determinação de vingança, a dúvida e o questionamento. Tamanha violência… Esse era seu único problema. Não era das pessoas mais sensíveis do mundo, até gostava de alguns filmes meio exagerados nesse aspecto — sangue jorrando no melhor estilo tarantinesco. Aquilo, porém, era real, próximo. Uma pessoa de verdade, sequestrada, torturada, queimada. Uma pessoa que, em algum momento, ela já tinha amado.

Sentiu-se vazia por dentro. *Tudo isso era necessário?*

Enquanto a náusea se aproximava com o imaginar de todas as facadas, golpes e queimaduras, sua mente insistiu em lembrar o rosto dele. O rosto era pior do que qualquer violência. O sorriso grotesco. O olhar brilhante de um desejo corrompido, sujo. Nicole conteve o vômito. Sim, ele merecia toda aquela merda. Merecia pior.

Segurou o jornal com força, chegando a amassar as bordas do papel. Tinha o olhar perdido no nada. Uma lágrima descia pela bochecha, o princípio de um sorriso se formava.

O filho da puta estava morto.

Quando eu tinha quinze anos, um moleque mais velho da minha escola forçou um beijo em mim.

Foi em uma festa de aniversário, de uma menina da minha série, e acho que ele sequer tinha sido convidado. Na época, fiquei me perguntando se ele não percebeu que tinha algo errado, porque eu não devolvi o beijo. Fiquei lá, forçando minha boca a se manter fechada, enquanto ele me prensava contra a parede e insistia em enfiar a língua na minha cara.

Lembrando disso agora, é óbvio que ele percebeu que eu não queria. Pelo visto, não se importou. Só desistiu de me beijar quando tive a ideia de deixar o corpo mole, tirar o apoio dos pés e me fazer de peso morto. Ele não quis ter que me carregar pra continuar forçando a barra.

Foi o pior que aconteceu comigo. O pior caso de assédio em que eu fui a vítima. Longe do pesadelo sofrido por muitas mulheres, continuou sendo uma merda.

Ainda assim, eu não odeio homens. Pode parecer difícil de acreditar, mas, é, sou amaldiçoada com a incapacidade de detestar os homens por completo. Do jeito que as pessoas são, sempre espero que um imbecil preconceituoso tente dizer que sou mais uma de suas míticas lésbicas que absolutamente detestam machos e que fazem bruxaria com sangue de menstruação para pedir ao Diabo a morte do sexo masculino.

Não odeio a generalidade dos homens e, tenho que admitir, ainda me sinto atraída por parte deles. Chame de falha de caráter, se quiser — eu chamo. Se eu pudesse ignorar a atração física que sinto por homens, talvez o fizesse. Só que nem todos são ruins. De vez em quando aparece um cara decente e eu me deixo levar. Foda é quando o cara legal te faz esquecer do restante. Dos homens tipo Victor.

Ah, o ódio que eu reservo aos babacas como Victor. É imensurável. Sequer consigo chamá-lo de homem. É uma ofensa para aqueles que prestam. Victor era um verme.

Eu não gosto de vermes.

Quando vermes invadem minha vida, eu os extermino.

Rogério Pereira tinha imaginado um dia tranquilo de trabalho. Fora escalado para o policiamento em um posto próximo a uma estação de metrô na Zona Sul e, em dias como aquele, pouca coisa acontecia. No máximo, um furto ou roubo de celular ou de uma bolsa. O que não esperava, com certeza absoluta, era o homem que veio correndo em sua direção, em desespero, carregando um gato no colo.

Estava distraído escutando seu colega, Jairo, fazendo alguma reclamação sobre a geladeira, que não parava de pifar, quando percebeu o homem vindo, esbaforido e com um olhar assustado, abraçando o animal.

— Eu... Por favor... Ajuda! — ele conseguiu dizer, ofegante.

— Eita, calma, colega. Que houve? — Rogério perguntou.

O homem respirou fundo duas vezes e disse:

— O apartamento da minha amiga... Tem alguém lá dentro, que não é ela!

Entre algumas respirações ofegantes, o sujeito, que dizia se chamar Babalu, "Não, pera, Vinícius", contou parte de sua história confusa e embaralhada, mas com suficiente sentido para fazê-los compreender que algo estranho havia, sim, acontecido. Era melhor checar.

Com um aviso aos colegas pelo rádio, Rogério e Jairo deixaram o posto e foram até o apartamento indicado.

Ao contrário do que Vinícius tinha dito, a porta estava fechada e, do interior, escutava-se uma música alta tocando. Os policiais se entreolharam, imaginando que o homem com o gato devia ser doido, e tocaram a campainha. Precisaram tocar uma segunda vez até serem atendidos por uma mulher jovem, de cabelos e olhos escuros. Ela tinha uma expressão de surpresa no rosto ao vê-los, nada além disso.

— Aconteceu alguma coisa? — ela perguntou, o cenho franzido.

Rogério, a princípio, não soube como responder, então apenas pediu para ela confirmar:

— Senhorita Maia Torres?

A mulher assentiu.

— Um amigo seu teve a impressão de que seu apartamento tinha sido invadido e nos chamou.

— Um amigo? — Maia cruzou os braços.

— Um senhor Vinícius. Ele diz que está com sua gata no bar aqui em frente.

— Ah, mentira! — ela disse, aliviada. — Que bom! Eu me distraí com a porta quando cheguei e ela fugiu. Já ia sair pra procurar.

Jairo se remexeu. Não saberia dizer ao certo o que o havia incomodado no tom de voz da mulher. Seria algum leve ar de falsidade? Ou estaria imaginando, exagerando? Influenciado pelo pavor do homem com o gato, falou, pela primeira vez:

— Esse senhor disse que veio até o apartamento e não te viu. Estava tudo escuro. Ele só escutou uma voz no banheiro.

Ela fez uma careta, parecendo um tanto incomodada com aquela informação, talvez enfim compreendendo a gravidade de sua falta de atenção em fechar a porta.

— É, eu tava tomando banho e larguei a porta aberta. — Baixou o rosto, consciente de ter cometido um erro. — Cansaço do trabalho.

— Com todas as luzes desligadas? — Jairo questionou.

Ela deu de ombros.

— O banheiro tava aceso.

Os policiais se entreolharam, incertos.

Rogério observou o pouco que podia do interior do apartamento. Nada parecia errado. Os móveis estavam nos lugares esperados; almofadas em cima do sofá, livros nas prateleiras, sem objetos espalhado pelo chão; nada que indicasse um lar invadido.

— Bom, seu amigo está no bar com o gato. Podemos avisar que ele suba?

A mulher sorriu em resposta e fez que não com a cabeça.

— Ah, deixa que eu vou lá! Preciso descer pra comer alguma coisa, de qualquer forma. Já vou! — e fechou a porta.

O homem com o gato continuou insatisfeito. Sentado em uma cadeira do lado de fora do boteco em que dizia trabalhar, ele acariciava o animal e encarou os dois policiais com irritação.

— Como era a mulher que atendeu a porta? — perguntou.

Jairo, que já sentia o alarme interno apitar, deu os detalhes:

— Branca, altura mediana, cabelo comprido, escuro, olho preto — o tom de voz oficial.

Babalu bufou, tirou o celular do bolso e procurou alguns segundos, depois mostrou a tela para os policiais.

— Essa é a Maia — ele disse.

Na foto, Rogério e Jairo viram o rosto da verdadeira Maia Torres pela primeira vez.

— Ela é investigadora da polícia, trabalha com homicídio e mora sozinha. Se tem alguém na casa dela, Maia pode estar em perigo — Babalu insistiu.

Foi possível ver a mudança na postura dos dois policiais; se antes estavam incertos, naquele momento deixaram qualquer dúvida de lado. Hesitação e mera curiosidade foram substituídas por compenetração.

— Delegacia de Homicídios da Capital? — Rogério perguntou.

Babalu fez que sim com a cabeça.

Rogério pegou o próprio celular e discou um número, olhando para o colega com ar preocupado. Jairo passou uma mensagem pelo rádio.

— Sabe o nome de alguém com quem ela trabalha? — Jairo pediu.

Babalu deu o nome da delegada Ana Luiza.

*

Concentrou-se em puxar o ar, preencher os pulmões e reajustar o corpo. Sua garganta ardia e uma pressão estranha incomodava seu pescoço. Uma lembrança de dor. A cada inspiração, podia ouvir um ruído sofrido que soava tão alienígena, mas vinha dela mesma.

A cabeça latejando, Maia tentou abrir os olhos. A luz era forte demais, embaçava a visão e tudo o que conseguiu identificar foi o piso de azulejos largos cor de creme. Sua cozinha?

Escutou a música alta sem reconhecer o que tocava. Eram apenas palavras e sons misturados. Gritados. Confusos.

— Acordando? — uma voz, vinda de cima.

Era uma mulher, mas quem? Sua mãe?

Não, sua mãe ainda estava no Peru. Além disso, soava mais jovem.

Isis?

Como tinha entrado no apartamento? Quem mais poderia ser? *Ah, merda.* Não eram muitas as opções.

Forçou outra vez suas pálpebras a se abrirem. Lutou contra a forte luminosidade e viu Tália, sentada em um banco de sua mesa de cozinha. Em seu apartamento.

Merda.

Maia tentou se mexer e descobriu que seus braços estavam amarrados juntos nas costas, atados a alguma coisa. Puxou e as mãos se afastaram alguns centímetros da superfície com que estavam em contato, mas logo foram retidas. Tentando entender sua cozinha daquele ângulo, percebeu estar amarrada nas maçanetas do armário embaixo da pia. Era uma posição desconfortável, o nó em uma altura que a obrigava a inclinar o tronco para a frente.

— Maia? — Tália a chamou, cantando seu nome.

Recuperava os sentidos aos poucos. Deu maior atenção aos sons e escutou apenas o barulho constante de sua geladeira e a música.

Está tocando Rita Lee? Vem do meu celular?

Respirou fundo algumas vezes, o desconforto na garganta prometendo desaparecer. A boa notícia era que seu plano tinha funcionado, embora de forma um tanto mais extrema do que havia antecipado.

Não estou morta ainda, pensou. *Você quer o quê, conversar? Ok, vamos conversar.*

— Tália, que porra é essa? — questionou, esforçando-se para manter a voz controlada como se aquilo não passasse de um desentendimento simples. Haviam combinado de assistir a um filme e Tália tinha alugado outro. Preparavam-se para ir à praia e Tália aparecera de botas e casaco. Nada muito pior do que isso. Uma discussão entre amigas. É isso?

— Eu que pergunto, Maia, que porra é essa? O que cê achou que tava fazendo? — Tália devolveu, gesticulando a todo o momento. Não tinha nada em suas mãos, nem faca, nem arma de fogo. *E minha pistola?* O coldre estava vazio, sem o peso tão familiar.

— Você fez de propósito, não foi? Sabia que meu pai não tinha nada com isso — Tália praticamente rosnou, erguendo-se. Encarava Maia com os olhos semicerrados, acusadores. Aqueles olhos escuros e profundos, onde almas eram capazes de se afogar.

Maia permaneceu em silêncio. Se Tália desejava conversar, que parasse com as perguntas retóricas.

Passeou o olhar por todos os cantos da cozinha, sondando o espaço; se havia algo novo, como uma sacola cheia de equipamentos e lâminas ou se algo parecia fora do lugar. Meio que procurava Arthur, só que… ele não apareceu. Em verdade, não suportaria vê-lo. Não daquele jeito. Qual seria a expressão de seu marido, observando-a ainda grogue, atada aos armários de sua própria cozinha, desarmada, vulnerável?

Doloroso demais… Se, porém, ele não surgisse naquele momento, de todos, para que, então? Talvez fosse melhor ficar com a memória de seu sorriso.

Tália bufou, balançando a cabeça em negativa, em decepção, e foi até a geladeira. Buscou uma garrafa de cerveja sem dedicar muita atenção ao que fazia. Foi à gaveta correta para encontrar um abridor. Maia estremeceu. *Quanto tempo você já passou nessa cozinha, Tália? Eu não apaguei por tempo suficiente para você aprender onde guardo todos os meus utensílios.*

Ela se recostou na parede oposta à Maia e tomou alguns longos goles da bebida. Cruzou os braços e encarou o chão com o cenho franzido, tentando descobrir respostas nos ladrilhos.

— Como você soube? — Tália perguntou, ainda sem encarar a investigadora. A voz saiu baixa. Uma nota de tristeza? Amargor.

— O quê?

Maia mexeu o pescoço, tentando encontrar uma melhor posição. Era difícil enxergar o rosto de Tália. Precisava se retorcer muito.

— Que fui eu. Como você soube? — Tália insistiu, séria.

Não havia uma resposta correta, direta; nada que pudesse satisfazer a dúvida, o "onde errei?" e "o que poderia mudar?". Instinto não era uma justificativa boa o suficiente. Maia sequer saberia explicar para si mesma de onde vinha tanta certeza da culpa de Tália. Poderia afirmar que ela tinha olhos de assassina? Simples assim?

Sem nada melhor para dizer, escolheu por:

— Purpurina.

Tália desencostou o corpo da parede e fez uma careta.

— Purpurina?

Maia ergueu as sobrancelhas, como se dizendo "é, isso mesmo, purpurina" e deu de ombros — do jeito que dava, amarrada como estava.

— No dia em que você foi na delegacia — explicou — tava com um restinho de *glitter* roxo no rosto.

Tália aproximou-se de Maia, que estremeceu, mas seu interesse estava lá fora, pela janela. Ela apoiou o corpo no balcão e ficou observando por um momento, depois se afastou e perguntou:

— E...? — Sentou-se no chão, a menos de um metro de Maia, e continuou a tomar sua cerveja.

Não havia nenhuma ameaça em seu tom de voz; o questionamento, uma mera curiosidade. Conversavam como duas conhecidas, como se tivessem passado dias juntas, em contraposição à única hora em que haviam ocupado um mesmo cômodo. *Mas eu te conheço a fundo, não é mesmo? Te estudei por dias e dias, por mais que não soubesse quem era.*

O mais incômodo era a sensação conflitante de se sentir confortável naquela conversa. Não fosse a terrível propensão de Tália à violência extrema e desnecessária, sentiria certa afeição pela mulher que a mantinha prisioneira em sua própria cozinha. Existiria, já, uma simpatia?

Talvez. O desprezo que tinha por Victor era tanto que não conseguia evitar gostar um pouco de Tália. *Se o Victor fosse uma pessoa decente, minha vida seria mais fácil.*

Observando a assassina, e considerando o que devia ou não contar, respondeu:

— Teve outro homicídio. Meu colega foi investigar. A assassina foi descrita como usando maquiagem com purpurina azul no rosto.

Tália tomou o resto da cerveja e se levantou para buscar outra. Por um breve momento, Maia teve a sensação de que sua captora lhe ofereceria uma bebida.

— Então, por causa da minha maquiagem, você decidiu que eu tinha matado o Victor? Sendo que essa era a suspeita de outro homicídio nada a ver? — Tália balançou a cabeça, um gesto que mostrava incredulidade. — Ainda não saquei a ligação.

Maia distraiu-se, tentando esticar o corpo, aliviar o desconforto físico daquela posição. Sem olhar para Tália, explicou:

— Tem um vídeo de você encontrando o Victor no prédio em que ele trabalhava. — Remexendo-se, procurava um jeito de se sentar em que as costas parassem de doer ou os braços se recuperassem da dormência. — Ulisses me informou que foram juntos tomar um café e eu sabia que ele tinha sido drogado no café.

Tália estranhou, e com razão.

— Você me reconheceu no vídeo?

A peruca, a distância e a nitidez das câmeras; com uma maquiagem simples, seria impossível reconhecê-la com a certeza necessária para um inquérito policial. Sabia disso, era claro que sabia, se não nunca teria arriscado encontrar Victor no saguão do prédio em que trabalhava. Esperar cinco metros adiante, na rua, teria tido o mesmo resultado.

— Não... — Maia teve que admitir e suspirou — mas era bem provável de ser você.

— Por quê?

Por quê? Por quê? Precisa mesmo de um por quê?

A resposta seria tão aleatória quanto a importância do *glitter* roxo. A pergunta era a mesma. Aquele ridículo plano de cutucar os nervos de uma assassina até que ela fizesse algo comprometedor vinha justamente de sua incapacidade de responder. O que justificava sua certeza? A proximidade de Tália com Nicole? O ódio que ela sentia de Victor e se recusava a esconder? O sorriso irritante que herdara do pai? Um ar de confronto, audácia, perigo? Tália lhe contava tudo apenas com os olhos.

Outra vez, Maia deu de ombros.

— Não sei.

Não consegui seguir o plano.

O tal amigo com a gata anunciou o começo de meus problemas. Fui até a janela logo antes de Maia acordar e pude vê-lo lá embaixo, junto dos policiais que haviam batido à porta. Que idiotice a minha, deixar a gata escapar.

Estava com minha mesma sacola. Tinha meus equipamentos. O martelo, o pé de cabra, as facas. Só faltava o tempo.

Os policiais não deixavam o boteco, não saíam de perto do amigo de Maia. No mínimo, algum deles voltaria ao apartamento. No pior dos casos, chegariam reforços. Alguém da Delegacia de Homicídios. Eu precisava ser rápida, cumprir o plano só pela metade e sair dali, mas me distraí.

Fui para o apartamento tendo toda a intenção de matá-la. Fiquei furiosa com o teatrinho da prisão de meu pai. Estava possessa de ódio quando cheguei e a enforquei até que desmaiasse. Sabia muito bem qual era a motivação por trás daquilo e, ainda assim, fui até lá.

Resolvi agir exatamente como o esperado por Maia, mas seria esperta, rápida e não haveria tempo de ela fazer nada. Tomei o cuidado de garantir que não estava sendo observada por sua equipe. Esperei ter certeza de que estaria sozinha e vulnerável. Matá-la seria simples.

Então fiquei passeando pelos seus cômodos durante o curto tempo em que ela ficou inconsciente. Todos os cacarecos, desenhos, gravuras, fotos e pequenos objetos que me diziam ainda com mais detalhes quem ela era. A estante com livros, tantos dos meus preferidos. As fotos com o marido.

Esqueci a raiva. Era muito diferente do Victor ou do imbecil da boate. Se fosse sincera comigo mesma, poderia entender a atitude de Maia. Caso os papéis fossem invertidos, talvez eu tivesse feito o mesmo. Eu era a responsável por um crime que ela tinha o dever de investigar, nada mais. Compará-la com Victor, tratá-la da mesma forma, tornou--se um tanto absurdo.

> *Ali, naquela cozinha, sentada no chão ao lado de Maia, tomando cerveja, tive constantemente que me lembrar de que ela era a inimiga. Respondia às minhas perguntas com tanta simplicidade. Sinceridade. Não demonstrava medo nenhum.*
>
> *Minha preocupação com a polícia se esvaiu aos poucos. Esqueci que meu tempo era curto, ou achei que talvez não fosse tão curto assim.*
>
> *Deixei-me levar.*

Incapaz de se mover, Babalu permanecia na mesma cadeira, os olhos fixos no prédio de sua amiga, na janela da cozinha. A luz acesa. Chegou a ver uma silhueta ali, por um momento não tão breve. Seu âmago lhe deu a certeza de que não era Maia. Estava errada, aquela imagem emoldurada pela janela. Corrompida.

Tentou dizer para si mesmo que havia exagerado em sua interpretação dos fatos. Era capaz de estar enganado, de ter sido dramático. Talvez fosse tudo um mal-entendido. Talvez Maia estivesse em seu apartamento na companhia de uma amiga, que, para simplificar as coisas, disse aos policiais ser ela. Quem sabe a verdadeira Maia não estava no banho naquela hora? Coisa assim.

Só que, fosse esse o caso, por que ainda não viera buscar a gata? Selina já estava inquieta, cansada de ficar no colo. Um colega sugeriu que a deixassem trancada no banheiro. Desagradável para o animal, mas talvez ao menos ela não fugisse de novo. Babalu aceitou.

Por que a figura na janela os observava lá de cima? *E o celular e arma, derrubados no chão?* Imaginava o pior. Sua mente teimava em visualizar a amiga amordaçada, ferida, uma arma apontada para sua cabeça. Tortura, facadas, golpes. Um corpo sendo queimado vivo. Babalu sentiu o ácido estomacal subir e queimar sua garganta.

— Eles tão chegando — Rogério avisou, após escutar alguma mensagem no rádio.

— Temos mesmo que esperar? — Babalu perguntou outra vez, sem encarar o policial. Sentia seus olhos marejarem. Aguardar era angustiante.

Rogério suspirou e disse:

— É procedimento, colega. A gente acredita que sua amiga tá lá e em perigo, sim, mas não tem nenhum flagrante de crime. Não podemos sair entrando.

— Vocês viram a mulher! Ela tá lá!

— Vimos uma mulher que disse ser a Maia. Mesmo ela mentindo, não prova nada; mas, calma, a Dra. Ana Luiza tá chegando com a divisão antissequestro. — Rogério tentava disfarçar o próprio nervosismo.

A presença de uma mulher estranha no apartamento de fato não provava coisa alguma, embora tanto ele quanto Jairo acreditassem no perigo. Uma mistura da atitude um tanto esquisita da suspeita com o desespero de Vinícius — a quem já se referiam como Babalu, por influência dos outros garçons do boteco — deu-lhes confiança de que a situação era tão crítica quanto o homem do gato dizia ser.

Jairo, de braços cruzados, remexeu-se.

— Estão perto mesmo? — perguntou ao colega.

Haviam discordado sobre como proceder quanto à ilegalidade de entrar no apartamento, devido à incerteza de estar ocorrendo um crime. Babalu tinha uma chave, que lhe fora dada para casos de emergência. Alguém que tinha a autorização da moradora fizera o pedido para que entrassem. Jairo acreditava que ninguém os acusaria de abuso de autoridade, ainda mais com a moradora sendo também policial. O argumento de Rogério, que o convencera a esperar, tinha sido a pergunta: "Você está confiante mesmo, de lidar com essa situação sem reforços? Acha que dá conta?". Jairo havia hesitado e cedido.

Então aguardavam. Babalu, balançando as pernas com cada vez maior velocidade. Jairo, suando frio. Rogério, esforçando-se para fingir que estava tudo bem, tudo certo, que seguir o procedimento era sempre o melhor jeito de agir e, assim, a situação seria resolvida.

Era o menor risco a correr? Era, era sim.

Não demorou muito, contorceram-se um pouco mais na ansiedade, até que, enfim, três viaturas surgiram e estacionaram próximas ao boteco; uma ambulância vinha logo atrás.

Babalu viu Otávio saindo de um dos carros junto de uma mulher elegante, que imaginou ser a delegada Ana Luiza, e outro homem, mais velho, que imaginou ser Délcio, de quem Maia volta e meia falava.

— Babalu, você tá bem? Que que tá acontecendo? — Otávio veio correndo em sua direção, pôs uma mão em seu ombro e apertou de leve. A angústia em seu rosto refletia a de Babalu.

— Tem alguém na casa da Maia — Babalu explicou. Mesmo consciente de que Otávio já sabia dessa parte, era a única resposta que tinha. — Eu escutei voz de mulher.

— Tália Alves — Ana Luiza declarou.

Todos olharam para a delegada com perguntas silenciosas. "O que fazer agora?" "Como agir?" "Vamos entrar?" "Quem é Tália Alves?" Ana Luiza cobria a boca com uma das mãos e olhava para o chão, pensativa.

Babalu, em um esforço para organizar os pensamentos, perguntou:

— Como é essa Tália? De aparência?

Em resposta, Délcio ergueu uma mão, pedindo que esperassem. Buscou o celular com a outra e mostrou a foto da identidade de Tália.

Babalu estremeceu. Apesar de não a ter visto, achou que o rosto combinava com a voz no apartamento e a silhueta na janela.

Jairo e Rogério se aproximaram, buscando enxergar melhor.

— É essa mulher que tá no apartamento — Jairo confirmou enquanto seu colega concordava com a cabeça. — Ela que abriu a porta. Disse ser Maia e garantiu que estava tudo bem.

— Bom, essa não é a Maia — Délcio resmungou, guardando o celular.

O policial militar já sabia disso, mas não quis discutir. Perda de tempo.

— E agora? — Babalu ansiava saber. Olhou para cima, para os rostos ao seu redor, preocupados, incertos, temerosos.

Ana Luiza se virou para o prédio de Maia, procurando o andar e o apartamento específicos. Viu a luz da cozinha acesa.

CAPÍTULO 13

Nicole observou o pai com um sorriso tímido. Começava a se acostumar com a rotina na casa dele. Jantavam juntos, depois ficavam pela sala, muitas vezes o pai, ao telefone, discutindo algo importante de sua empresa, enquanto ela se distraía com a televisão ou lia alguma coisa.

Aquela noite não era diferente. Esperava por Ulisses enquanto assistia a um filme de ação genérico, no qual não prestava muita atenção. O pai falava com alguém pelo celular, debatendo o orçamento de algum evento que planejava para o próximo mês.

Passaram-se alguns minutos, até que Ulisses terminou a ligação, sentou-se ao lado da filha e perguntou:

— O que vamos assistir hoje?

Aquele era seu único momento de real distração durante o dia, o curto período em que se deixava levar por algo tão desnecessário quanto um programa aleatório de TV sem sequer olhar o celular e responder os questionamentos sempre urgentes no WhatsApp.

Nicole não respondeu. Estava sentada de pernas cruzadas no sofá, abraçada a uma almofada, o olhar distraído.

— Nic? — Ulisses chamou.

Ela escutou, no entanto não ergueu o rosto. Mexendo nas unhas, enfim perguntou:

— Pai, essa história toda... não vai chegar até você, vai?

Ulisses virou o corpo para encará-la melhor.

— Que história?

Nicole encolheu-se no sofá. Sua voz saiu pequena:

— Essa história toda, não me leve a mal, eu... Eu realmente agradeço pelo que vocês fizeram. Quer dizer, é horrível dizer isso e me parece errado, mas eu me senti bem. — Ergueu os olhos lacrimejantes. — Fiquei melhor, de verdade... e agradeço muito, mas não quero que nada chegue a vocês; não quando fizeram só por minha causa.

Ulisses sorriu e se aproximou da filha para abraçá-la.

— Eu fiz por mim mesmo também — garantiu.

Não tinha sido Ulisses, exatamente, quem fizera qualquer coisa, mas não importava. Ele achou melhor que sua filha não soubesse quem era a real responsável.

— E não se preocupe. Nada vai chegar até mim — prometeu.

Não chegaria mesmo. Naquela, era inocente. Sua única culpa era ter conhecimento do que ia acontecer e não ter impedido.

Nicole se entregou ao abraço, sentindo-se criança, ansiando pela proteção do pai. Chorou. Lágrimas haviam se tornado comuns no último mês, mas ainda não haviam secado.

Por mais que ainda não compreendesse seus reais sentimentos, estava certa de sua gratidão ao pai, por ele ter tomado alguma atitude — mesmo extrema como aquela. Sabia que não era certo. Nenhum sistema judiciário no mundo consideraria justo o fim que seu pai dera a *ele*. Nicole, contudo, não tinha certeza se o correto importava naquele momento.

A raiva era melhor do que a culpa, a sensação de falta total e completa de controle, de não pertencer a si mesma. O ódio lhe parecia mais saudável, uma resposta verossímil, o sentimento adequado em se tratando de Victor. Com tanto ódio, a morte, a ausência, a certeza de que nunca o veria de novo fazia-lhe bem. O problema era um novo tipo de culpa — a antiga, de se acreditar responsável pelas agressões, como se suas atitudes justificassem abuso, esse sentimento desgraçado tinha ido embora.

Tália havia insistido tanto que, enfim, fizera a ideia entrar em sua cabeça. Era pura e simplesmente a vítima. O culpado era ele, só ele. "Essa daí tá pedindo pra apanhar", não existe, no entanto... ainda se sentia responsável por uma morte. Uma morte horrível.

Que ele merecia.

Mas…

— Era o melhor para todos, Nic — Ulisses falou, liberando-a do abraço. Manteve uma mão no rosto da filha, observando-a com olhar doce, e completou: — Acredite.

Nicole limpou o rosto das lágrimas, respirou fundo e assentiu. Tentaria acreditar.

*

Tália, depois de passear pela cozinha mexendo em objetos aleatórios, parou na janela. Cantarolava com a música, a lista de canções da Rita Lee que seguia tocando.

Que bela escolha, Maia pensou, imaginando, de todos os artistas do mundo, selecionar Rita Lee como pano de fundo para uma situação daquelas. *Eu gostava dessa música, acho estar*á estragada agora. Seria possível escutá-la sem se lembrar do contexto? Sem ser transportada de volta àquele momento agoniante?

Antes de me preocupar com isso, tenho que me soltar daqui.

— Eu caí no seu joguinho mesmo, né? — Tália soou tranquila, talvez um tanto resignada.

Maia resolveu não responder. Assistiu aos movimentos de sua captora enquanto ela, ainda olhando pela janela, abriu uma das gavetas e tirou de lá uma faca das grandes e bem afiada.

— Você não tinha nenhuma evidência concreta contra mim — Tália continuou, brincando com a lâmina.

— Ainda não tenho. Não quanto ao homicídio — Maia respondeu. Percebeu uma leve falha na voz e torceu para que Tália não tivesse notado. Havia uma súplica por trás daquele comentário. Não queria que fosse tão desesperada.

Tália meneou a cabeça e voltou a se sentar no chão em frente à Maia.

— Eu meio que confessei pra você — disse.

— "Meio que" não funciona com o júri.

Não era bem verdade. Um testemunho de policial tendia a surtir bastante efeito, mesmo que de uma confissão indireta. Talvez menos, em se tratando de uma investigadora mulher acusando outra, mas, ainda assim...

Maia sentiu o suor frio descendo pelo pescoço, espinha. Ela estava muito perto, e com a faca.

— Tá, mas e o resto? — Tália gesticulou. — Eu fui cuidadosa com Victor, sei que não deixei nada passar. Já na boate, nem tanto.

Maia piscou duas vezes.

Quê?

— Na boate?

O crime investigado pelo Délcio?

Maia tinha sentido uma conexão entre os casos. Algo abstrato e incorpóreo os unia, para além das motivações iguais, que se diferenciavam apenas na escala do abuso vingado. Algum trejeito de crime, uma marca, um perfume. Ainda assim, não tinha realmente considerado a possibilidade de Tália ser a culpada pelos dois homicídios. Era um tanto exagerado, não?

Tália respondeu com um sorriso — aquele desgraçado, felino e predatório sorriso. Os olhos, uma profundeza na qual uma mente sã poderia se perder, brilhavam. Um oceano de loucura e violência.

— Ele tava prensando uma mina contra a parede, forçando ela — disse, dando de ombros. — Você queria que eu fizesse o quê?

— Que tal só tirar ele de perto? — Maia sugeriu, surpresa por ter recuperado o controle do tom de voz. Chegou a soar sarcástica.

— Ah, mas qual a graça disso? — Tália reclamou, erguendo as mãos e a faca.

Maia franziu o cenho. Algo se disfarçava atrás daquele questionamento jogado no ar. Não era de toda aquela simplicidade. Tália não havia esfaqueado o homem por diversão, não aguardava uma desculpa qualquer para liberar um monstro assassino patético que vivia preso dentro de si; não era só sobre tirar prazer daquela violência. Ao quase se igualar no sarcasmo de

Maia, demonstrava reconhecimento do exagero, da extrapolação. Não era sede de sangue. Era ódio e rancor, desejo de vingança. Tão fortes que se recusaram a acabar em Victor.

Talvez fossem além dele. Uma revolta que, uma vez iniciada, não teria mais fim; e Maia estava amarrada, presa, desarmada diante da revolta em ebulição.

*Mas eu n*ão tenho nada a ver com seu alvo, não é mesmo? Toda essa raiva, no fundo, não tem nada a ver comigo e você sabe disso.

Tentou mexer as mãos mais uma vez, com movimentos lentos que torceu para serem imperceptíveis. Esforçou-se para compreender como era feito aquele nó. Parecia um tecido, uma camiseta rasgada, coisa assim, que amarrava seus pulsos. Teve uma ideia, cortesia de uma série de televisão. *Já que estamos mergulhadas no drama, agiremos de acordo.*

Tália ainda encarava a investigadora, mas, de súbito, sua visão mirou o nada; desfocou-se, perdida dentro de si.

— Pra que ir atrás do meu pai, Maia?

Ela continuava brincando com a faca. Encostou a ponta em seu dedo indicador esquerdo como se testasse a lâmina, como se analisasse quanta força era necessária para romper a pele.

Um filete de sangue escorreu lentamente.

— Você sabe por quê. Eu não preciso explicar.

— Ele foi preso, cara, preso! Você tem noção da merda que é isso? — Tália voltou o olhar furioso para Maia.

Maia conhecia os horrores da cadeia, era óbvio que conhecia. Por isso mesmo, não tinha levado Moisés para o presídio. Em outra parte, quase com certeza ilegal, do plano, tinha-o deixado em uma das poucas celas da Divisão de Homicídios. Teoricamente, não poderia manter ninguém ali por muito tempo, mas insistira na exceção. Colocar um homem que já fora policial militar em uma cela lotada de criminosos, sabendo que ele não deveria estar lá, seria um pouco demais.

Calma, Tália, sua raiva não é comigo. Quanto àquilo, porém, era sim, sem escapatórias. Refletiu no que surtiria mais efeito, revelar a real localização de Moisés ou mantê-la irritada e, com sorte, distraída.

— Parabéns investigadora, você conseguiu o que queria — Tália falou, erguendo-se.

Uma sombra cobriu seu rosto e Maia soube o que viria em seguida.

Sentiu um vazio no estômago. Seu corpo, um peso tremendo que a mantinha colada ao chão, imóvel.

Vamos, Maia, você consegue, sem medo! Só faça o que precisa! É só puxar.

Estremeceu com um frio que não existia. Sua visão enevoou-se. A música, que a atingia em um volume cada vez mais alto, atordoou seus sentidos.

— Tália, você não preci... — começou a dizer, a voz embolada.

— Ah, preciso — Tália interrompeu.

Ela sorriu, pôs-se a cantarolar e enfiou a faca no braço de Maia.

> *Foi quando o meu pai me disse filhaaaa...*
> *Você é a ovelha negra da famíliaaaa...*

Em poucos minutos, o pequeno grupo estava equipado.

Délcio e Ana Luiza vestiram coletes à prova de bala, checaram suas pistolas e atravessaram a rua junto a três policiais da unidade antissequestro, carregando armas ainda maiores e mais potentes.

A mente da delegada flutuava entre achar todo aquele procedimento um exagero ou insuficiente. Era apenas uma mulher que mantinha Maia em cárcere, mas essa mulher havia feito horrores com Victor Magalhães e havia cometido um assassinato no meio de centenas de pessoas e escapado.

Ela sabia que eles estavam ali. Observava-os da janela. Aguardava, preparada.

Ana Luiza forçou-se a respirar de forma profunda, pausada, buscando manter a calma. Guiando os policiais, entrou no prédio.

Foi recebida por um porteiro amedrontado, que já havia notado toda a movimentação.

— Tu-tudo certo, dona?

A delegada explicou a situação em poucas palavras. Viu o homem, tremendo, assentir, tomar o assento em sua mesa e começar a interfonar para os moradores. Precisavam, no mínimo, evacuar o andar em que ficava o apartamento de Maia. Não havia como prever o que podia acontecer.

Incentivados pelo medo, não demorou até que todos os vizinhos de Maia deixassem seus lares. Amontoaram-se no saguão de entrada. Ana Luiza ordenou que um dos policiais permanecesse lá, de guarda.

Junto de Délcio e dos outros, ela tomou o elevador. Lá em cima, o corredor que levava até o apartamento de Maia era longo e estreito. Uma vez lá, abstiveram-se de pronunciar qualquer palavra. Evitaram produzir qualquer som. De dois em dois, o grupo caminhou até a porta com passos lentos e silenciosos, as armas em punho.

Ana Luiza seguia adiante. Nas mãos, a chave que Babalu lhe tinha entregado, sem o chaveiro metálico, porque tilintava.

Sendo o mais silenciosa possível, a delegada abriu a porta.

*

Seu braço ardia. A pele rompida repuxava em todas as direções, a dor abrupta e forte. Sangue manchava a manga de sua camiseta, espalhava-se por todo o tecido em uma velocidade preocupante. Maia gritou, xingando.

— Agora vai reclamar? Você sabe o que fez. Meu pai! Você foi atrás da minha família! — Tália brandiu a faca no ar, depois apontou-a para Maia. — Isso foi baixo.

— Moisés também não é a pessoa mais inocente do mundo — Maia comentou, entre grunhidos, a voz arranhando.

Tália a encarou com olhos fulminantes, agachou-se e apoiou a ponta da faca em sua coxa, sobre a calça jeans.

Você acha que te traí, não é? Como se eu tivesse quebrado algum acordo.

Eram unidas no desgosto por Victor. Ambas lutavam para proteger os outros, proteger as mulheres, mas de formas muito diferentes.

É isso, Tália? *Você queria a minha parceria e eu te decepcionei?*

Maia tentou recordar tudo o que havia lhe dito na DH, no dia em que Tália foi prestar depoimento. Havia deixado escapar um comentário ácido sobre Victor. Será que lhe dera a impressão de não se importar em encontrar o culpado?

A culpada. *Achou que eu não iria atrás de você?*

— Meu pai não teve nada a ver com isso — Tália disse, os dentes trincados, incapaz de controlar o ódio.

— Exceto te ensinar como matar, né? — Maia riu.

Com o que soou como um rosnado, Tália forçou a lâmina na coxa de Maia. Atravessou tecido, pele e perfurou devagar a carne.

Maia prensou os lábios, evitando um grito que se transformou em gemido. Talvez devesse gritar. Talvez algum vizinho escutasse, mesmo com a música alta, que seguia tocando.

Só que ninguém faria nada, fora, quem sabe, telefonar para a polícia; e, se alguém viesse, demoraria demais para chegar.

Vai, Maia, vamos logo. Coragem! Vai ver uma dor anula a outra...

— Meu pai me ensinou muitas coisas. — Tália sorriu, levando a faca até o rosto de Maia, deslizando a lâmina pela bochecha e abrindo um corte fino. Maia lutou contra si mesma, mas não virou o rosto. — Algumas foram habilidades extremamente úteis, como, por exemplo, fazer vários cortes, causar dor intensa, mas sem correr o risco de matar. Era ótimo para quando ele precisava interrogar alguém.

Interrogar? Do que mais você precisa saber?

Não tirava os olhos de Tália.

Olha para mim, para meu rosto, aqui.

Concentrou-se no pano que amarrava seus punhos. Ajeitou a posição das mãos como pôde e envolveu com a mão direita o polegar esquerdo.

Ok, espere o momento certo…

Tália ergueu o corpo.

— Eu posso fazer isso aqui durar uma eternidade, mas não tem motivo pra isso.

Chutou Maia no abdômen.

Desta vez, a investigadora gritou. Com certo exagero, gritou, invocando coragem. Puxou seu polegar esquerdo com força, sentiu o estalo, o osso deslocando, soltando-se. A dor foi pequena em comparação com a ardência no braço, na coxa, e seu pulso deslizou sobre o nó, agora insuficiente para mantê-lo preso.

A mão esquerda soltou-se. O tecido que prendia a direita não desatou, mas escorregou da maçaneta, liberando o braço sem corte. Maia pulou contra Tália.

Tália mal teve tempo de reagir e seu corpo tombou, a faca voando para longe.

Maia usou o próprio peso para mantê-la presa ao chão. Segurou os pulsos da assassina e tentou imobilizá-la, mas o corte profundo em seu braço esquerdo drenava sua força. Não havia muito o que conseguisse fazer.

Tália puxou uma das mãos e apertou o exato local do seu ferimento, fazendo-a estremecer com a dor. Aproveitou o momento e empurrou Maia para longe, levantando-se logo em seguida.

Maia foi mais lenta. Ainda tentava se manter nos joelhos quando Tália lhe deu um chute no estômago. Tombou novamente.

Pra quê tudo isso, Tália? Victor já tá morto. Acabou. Toda essa raiva, toda a violência, tudo em vingança e revolta pelas dores de Nicole. Nicole, que ainda vivia, ainda estava lá para Tália abraçar, rir junto, ter junto.

Maia não via sentido naquilo.

Via?

Aproveitar seus entes queridos não era aquilo.

Era?

Lutar pelo *bem* da forma distorcida de Tália, de alguém que poderia apreciar a paz que lhe era dada. *Por que continua caçando, em vez de passar tempo com Nicole?*

Maia respirou fundo, sua garganta rasgando, ardendo. Amor tão intenso a ponto de levar à morte. Amor destinado aos vivos.

Pelo visto, ambas não sabemos lidar com o mal causado àqueles próximos. Faz a gente agir de um jeito estranho. Não sabemos lidar com a dor. Você parte para a violência. Eu me recolho em meu casulo e converso com um marido imaginário. De que servia o apego desesperado a alguém que já havia partido? Tanto enfoque emocional em quem não estava mais lá. Só um espectro imaginado, que, aos poucos, falava menos e menos com o jeitinho de Arthur. Talvez, nesse ponto, as irracionalidades de Tália fizessem mais sentido que as suas.

Deixei de viver sem Arthur, agora luto para continuar aqui.

Aqui.

Arfando, a visão turva, Maia percebeu Tália se afastando. Escutou o som da lâmina contra o piso enquanto ela a recuperava a faca.

— Agora você tá me irritando — Tália disse.

Impediu mais um esforço de Maia para se erguer, pisando em seu tronco e forçando-a para o chão.

Maia gemeu em resposta. Sentia o corpo inteiro se contrair e desejar uma trégua, desejar que parasse. Virou-se de lado, apoiada no cotovelo, e ergueu os olhos para Tália. *Não vou deixar ser tão fácil.*

Tália sorria, uma amedrontadora exibição das presas. Agachou-se junto à Maia com um joelho no estômago da investigadora, uma mão ao redor de seu pescoço e a outra logo embaixo, encostando a faca em sua garganta.

Maia agarrou os pulsos de Tália, concentrando todas as energias em afastá-los. Não teve muito sucesso. Chutou com os pés, mexeu as pernas, procurando algum apoio, tentando empurrar o próprio corpo para longe. Viu-se, porém, presa naquele aperto, cada segundo que passava deixando--a ainda menos capaz de reagir.

Tentou respirar, mas todo o ar lhe escapava. Sentiu a lâmina romper, devagar, a pele de seu pescoço.

— Você não é exatamente meu tipo, querida — Tália disse —, mas ainda foi divertido.

Maia encontrou o olhar da assassina. Viu ódio, fúria, determinação. Mergulhou naquele preto. Fez um último esforço, o último fôlego de ar escapou de sua boca com um grunhido que equivalia a um grito de guerra.

Empurrou Tália, tentou pôr em seus braços qualquer resquício de força de vontade que ainda lhe restava, mas Tália não se afastou nem um centímetro. Seu pescoço ardeu.

Ouviu o estampido, um zumbido agudo e ensurdecedor. Sentiu o peso de Tália caindo sobre si.

Eu contei que já morri uma vez.

Assim aconteceu, os policiais entraram no apartamento e eu estava tão concentrada em cortar a garganta de Maia que não percebi. A delegada foi rápida em atirar, acertou meu ombro direito.

Nunca tinha levado um tiro antes.

Não doeu de início. Eu senti calor, até que começou a queimar; então senti o que é ser perfurada por uma bala.

Comecei a sangrar muito e muito, mas insisti. Ainda tentei recuperar o aperto firme no cabo da faca, causar algum dano.

Aí senti as mãos que me agarraram e me puxaram para longe. Sequer percebi quem era. Minha visão tunelada focava apenas em Maia. Tentei alcançá-la, chutá-la mais uma vez. Queria acertar um bico em seu nariz.

Meu sangue teimava em escapar do meu corpo, sentia-me cada vez mais fraca.

Tem uma gravura de um quadro na cozinha da Maia. Chama-se O Ateliê Vermelho, acho que do Matisse. Retrata um ateliê com paredes e móveis vermelho-sangue. Minha existência virou aquela pintura. O vermelho escorreu de lá e foi manchando balcão, armário, chão, eu. Fui coberta por inteiro. Fui afundando naquela tinta rubra.

Os paramédicos foram rápidos em me atender. Mesmo assim, disseram que meu coração chegou a parar de bater por dois minutos.

Dois minutos de vazio, vermelho-escuro. Frio.

Foi só isso, contudo. Nada além.

Fiquei decepcionada que esta morte não veio acompanhada de nenhuma revelação. Não mudou nada em mim. Eu só morri, voltei e pronto. Como é que alguém morre e tem um relato tão sem graça assim?

E eu nem consegui matá-la.

Tanto esforço, uma morte e para nada.

Tudo bem, já não estou certa de que era isso que eu queria.

CAPÍTULO 14

— A outra ambulância já está chegando. — Otávio tentava disfarçar a preocupação.

Maia apenas olhou para ele em resposta, concentrada em respirar, ignorar a ardência que sentia por toda parte. Continuava deitada no chão de sua cozinha, ainda suja de todo o sangue, tanto seu quanto de Tália. Otávio havia amarrado um pedaço de seu lençol, agora rasgado em muitas partes, em seu braço esquerdo e na coxa, cobrindo os cortes. Naquele momento, pressionava um resto do tecido contra seu pescoço. O corte ali tinha sido superficial, mesmo assim preocupante.

A primeira ambulância levou Tália, que havia derramado uma poça considerável de sangue em cima de Maia e no chão da cozinha, mas ainda vivia.

— Algum outro ferimento? — Otávio perguntou.

Ela continuou sem dizer nada. Fez um movimento leve da cabeça em negativa, apesar de ter, sim, outros ferimentos. Os prováveis hematomas no estômago e o dedo deslocado doíam menos que o esforço de falar.

Ana Luiza e Délcio estavam de pé, próximos. Havia mais gente também, fora os paramédicos que entravam e saíam. Maia não reconheceu quem. Eram borrões escuros, que imaginou que se tratassem de policiais uniformizados.

— Bom, isso foi uma estupidez tremenda — a delegada falou. Maia não conseguia enxergar seu rosto com nitidez, embora imaginasse a careta de desgosto. Ana Luiza suavizou a voz, antes de continuar: —, mas agora você tem quatro policiais que testemunharam Tália Alves te atacando.

— Eu tenho boas notícias também. — Délcio se agachou. — Com as digitais, bem capaz de conseguirmos provar que foi ela quem matou minha vítima, da boate. Cê acredita? Pelo visto, foi tudo ela.

Maia conseguiu sorrir, fez que sim em um movimento curto da cabeça.

— Ela te contou?

Maia continuou sorrindo. Ana Luiza franziu o cenho para isso. Délcio achou graça.

Dois paramédicos surgiam, trazendo uma maca. Antes de ser levada, Maia recebeu olhares encorajadores de seus colegas, apertos em sua mão e braço ainda bons, garantias de que os ferimentos logo estariam curados, um pouco de reprovação da delegada, por tudo ter chegado àquele ponto, mas só.

Surgiu, então, outro rosto familiar — Babalu. Sua expressão, uma mistura de preocupação e alívio.

— Soube que... Meu salvador — ela murmurou para o amigo, a voz fraca, rouca.

Ele sorriu e buscou sua mão.

— Selina que veio me avisar. Ou quase — Babalu falou e, vendo a pergunta se formar nos olhos de Maia, completou: — Ela ficou no boteco. Marquinhos disse que toma conta dela.

Maia sorriu e assentiu, em agradecimento. Fechou os olhos e murmurou algo ininteligível. Continuou sendo levada. Chegou à ambulância, um paramédico desatou os curativos improvisados e pôs-se a tratar seus ferimentos.

— Eu vou junto. — A voz de Otávio era incisiva. Movimentos ao seu lado, um corpo se sentando.

Foi dada a partida na ambulância, saíram pelas ruas. Sentindo a presença de Otávio ao seu lado, Maia respirou fundo, aliviada.

— Devo dizer que estou muito feliz de não estar fazendo a perícia do seu cadáver neste exato momento — ele murmurou e riu baixinho. Apertou a mão de Maia.

Ela abriu um sorriso. Rir doía.

*

Délcio deixou o celular de lado após escutar uma mensagem de áudio de Maia, na qual ela jurava estar bem e que seus ferimentos já tinham sido devidamente costurados e tratados. Prometeu visitá-la assim que estivesse confortável para receber companhia.

Sentou-se no sofá da sala, junto à esposa e ao filho, que deitava-se com a cabeça apoiada no colo da mãe. A televisão estava ligada no noticiário, mas eles conversavam sem dar muita atenção. Délcio sorriu, contente com seu pequeno espaço de mundo, seu refúgio de todo o perigo e loucura, com as pessoas que mais amava na Terra.

Deixou-se distrair pela conversa. Falavam de amenidades, algum trabalho escolar que Tóta precisava terminar, uma reclamação leve quanto à ineficiência do grupo com quem tinha que fazer tal projeto.

— ...e você, amor? Como foi o dia? — Mariane perguntou, puxando o rosto de Délcio para perto e dando um beijo em sua bochecha.

Délcio sorriu. Demorou alguns segundos para responder.

— Já tive piores.

> *Depois de todo o esforço, o mínimo que eu esperava era que a minha fosse uma boa história.*
>
> *O primeiro ato foi planejado com primor, executado perfeitamente e cada aspecto correu de acordo com o plano.*
>
> *O segundo foi mais improvisado. Agi por impulso, mas acho que continuei oferecendo um bom show.*
>
> *O terceiro já não foi tanto do meu agrado. Muita influência externa, a criação ficou prejudicada.*
>
> *O final, bem, esse com certeza não foi como eu esperava.*

Victor Monard de Magalhães foi enterrado no dia vinte de novembro de 2019.

Fora seus pais e alguns poucos familiares, ninguém mais compareceu. Lágrimas foram derramadas. Poucas, não a quantidade esperada para o funeral de um jovem de trinta e dois anos, morto em um ato de violência extrema.

Emoções controladas. Não houve protestos quanto à injustiça deste mundo. Não houve um padre dizendo que "Deus escreve certo por linhas tortas", em uma tentativa de consolar os familiares.

Poucos dias antes, os jornais haviam divulgado a detenção de uma suspeita de seu assassinato, incluindo o motivo que supostamente a levara a cometer o homicídio. Foram relatados detalhes do inquérito policial que reconheceu Victor como o autor de uma agressão que deixou sua namorada com uma costela quebrada e diversos outros ferimentos. Foi mencionado um vídeo, que circulava nas redes sociais, no qual Victor tentava levar a mesma jovem para sua casa, ela estando inconsciente devido à administração de drogas na taça do vinho que ambos tinham dividido durante o jantar.

Ninguém quis velá-lo.

Foi a mãe quem mais chorou por sua causa. Perguntassem-lhe a razão, se pela perda do filho ou pelo que Victor fizera, ela teria dificuldades de responder.

Que queime no inferno.

Tinha que ser um sonho, porque estavam na praia juntos. Pés enfiados na areia quente, olhos fixos no cristalino da água, ondas lentas desenrolando-se, próximas. Será assim para sempre. É assim que nos guardo. Assim que foi.

Maia sorriu, levantando o rosto para o Sol.

"Será assim para sempre, mas só em memória". Arthur, sua voz doce, doce.

Uma nuvem no céu.

— Eu gosto de te ver. — Ela ainda queria se apegar.

"Eu sei, mas não está funcionando. Não mais."

A água alcançou o pé de Maia; um toque gentil, mas gélido, gélido.

"Foi maravilhoso, Maia. Foi perfeito e imperfeito, e você sempre me terá assim, mas acabou. Não tem como recuperar; e você precisa viver."

Arthur buscou seus olhos. Tanto era dito naquele espaço pequeno que dividia os dois, palavras e mais palavras compreendidas e não faladas, voando e rodopiando junto com os respingos do mar.

— Eu estou vivendo. Só que...

"Já disse. Amar outra pessoa não fere nem tira o que você sentiu por mim; o que eu senti por você. Você continuou, só isso. É assim que deve ser. Eu que não devia estar aqui."

Maia chorou. Seus lábios tremiam, porém havia alívio, uma ânsia pelo que viria a seguir, tudo misturado no salgado das lágrimas.

O Sol, a água, Arthur sorrindo. O sonho... O sonho se dissipava.

Não queria deixá-lo. Manteve os olhos fechados. Tentou ver o mar e enxergou apenas sombra.

Sentiu uma mão envolver a sua, um leve aperto, carinhoso. Não abriu os olhos, ainda não. Enquanto ele ainda estivesse ali, só mais um pouco, iria se deixar apreciar o conforto de sua própria cama, os lençóis macios contra a pele. Era dia, os raios de sol que entravam pela janela aquecendo seu rosto.

Sentiu um beijo em sua testa, o mesmo que sentira tantas e tantas vezes. *Arthur*. Ao seu lado.

Maia sorriu, o coração apertando de saudade.

"É hora de acordar, meu amor", escutou Arthur dizer. A voz melodiosa preenchendo todo seu corpo, deslizando, fazendo os músculos relaxarem e a dor ser esquecida. "É hora de partir", Arthur continuou e Maia soube que sim. Era mesmo. E era triste, mas tudo ficaria bem.

Ele apertou sua mão uma última vez.

Maia abriu os olhos e viu Isis. Deitava-se na cama ao seu lado, por cima do lençol, vestida com roupas que mais pareciam para o trabalho do que para uma visita à amiga; desconfortáveis para ficar ali, deitada. Isis tinha os olhos fechados, respirava profundamente. O Sol iluminava seu rosto tranquilo, sereno. Era ela quem segurava a sua mão.

— Isis? — Maia murmurou, um pouco confusa.

Isis alongou o corpo, espreguiçando-se. Abriu os olhos devagar; olhos castanho-claros que brilhavam tanto, que sorriam e cantavam, que mereciam ser eternizados por todos os artistas nos mais belos desenhos.

— Hum... Oi, Maia — ela disse, coçando o rosto com a mão livre. — O Babalu abriu a porta pra mim. Espero que não tenha problema.

Maia sorriu. Babalu estava lhe ajudando, praticamente cuidando dela enquanto ainda tinha dificuldade com algumas tarefas básicas.

— Nenhum — falou.

— Ele tinha que trabalhar. Vim te fazer companhia no lugar dele — Isis explicou, aninhando o rosto do travesseiro e fechando os olhos de novo.

Problema nenhum.

Selina pulou na cama e se aninhou contra a perna de Maia, que esticou um braço para fazer carinho na gata.

Sentiu, outra vez, Isis apertando sua mão. Respirou fundo, sentindo um perfume floral que não fazia parte dos cheiros comuns de sua casa, mas era muito bem-vindo. Voltou a dormir, sorrindo.

EPÍLOGO

Quando acordei, estava em uma UTI, algemada a uma cama hospitalar, sentido dores pelo corpo todo. Um policial militar estava sentado em uma cadeira de metal, bloqueando a entrada do meu cubículo.

Depois de muita insistência, acabaram permitindo que meu pai me visitasse. Ele foi solto depois de todos os acontecimentos no apartamento de Maia. Não havia provas suficientes para denunciá-lo pelos crimes antigos, nenhuma evidência física, e a promotoria acabou tendo de liberá-lo.

Até agora não sei direito como ele está se sentindo em relação a tudo isso. Acho que a segunda denúncia por homicídio o assustou um pouco. Ele não sabia dessa, mas por que faria diferença?

Ok, eu não conhecia o cara nem a menina que ele estava assediando, porém isso não muda nada. Não de verdade. Talvez ele esteja só triste porque eu fui presa, ou desapontado porque me deixei prender, não sei.

Vi Nicole também, depois, no tribunal. Foi a única coisa interessante de todo o processo. Não tivemos muito tempo para conversar, ao menos não em palavras. No entanto, ela me disse muito com um olhar.

Foi no corredor do Fórum, quando já estavam me levando embora. Nicole olhou para mim e eu entendi. Soube tudo o que ela estava tentando me dizer. Uma mistura de gratidão com perda, choque. Tinha incerteza e dúvida, e muitos sentimentos conflitantes. O importante é que não tinha raiva. Ela não me odeia, de nenhuma forma. Era como se me agradecesse por ter retirado Victor de sua vida, sem saber se aprovava a forma como o fiz ou se só não queria mesmo que tivesse sido eu, para que eu não tivesse que deixá-la, também.

É o que mais me dói, deixá-la. O meu pai, eu ainda vejo, de vez em quando. Nicole, não. Nem que ela queira, meu pai e Ulisses jamais permitirão que venha até o presídio. Porque é horrível aqui.

Muita gente acredita que existe uma cadeia diferenciada e decente para pessoas que possuem graduação. Não sei o sentido disso, principalmente em casos de crimes hediondos. De qualquer forma, não é assim que funciona. Fiquei em um lugar um pouco melhor antes do julgamento, mas, agora que fui condenada, estou em uma prisão comum para mulheres e isso significa o esgoto do mundo.

A cela onde durmo, em um colchão manchado, largado no chão, é cheia demais. Tem mofo nas paredes e péssima ventilação. O ar sufoca. A água que nos dão para beber está longe de ser translúcida. A comida é uma porcaria, volta e meia vem estragada. Só me alimento direito quando meu pai vem visitar, o que ele faz duas vezes por mês, trazendo comida, produtos de higiene, remédios e livros, tudo o que não consigo por aqui, nessa merda de lugar.

Pelo menos as outras mulheres gostam de mim. Ganhei certa posição na hierarquia louca que existe aqui dentro, depois que ficaram sabendo quais foram os meus crimes. Elas me respeitam porque eu matei dois agressores, dois homens que representam toda a merda que aconteceu nas vidas de boa parte delas. A maioria concorda que eles mereceram, a disputa só é maior quanto ao cara da boate. Algumas acham que exagerei nessa daí.

Não me importo. É até engraçado. Faz com que tenham um pouco de medo de mim e medo é o único tipo de respeito que se tem por aqui.

Ah, também teve o episódio no transporte, chegando ao presídio. No prédio, todas as funcionárias e guardas são mulheres, mas o transporte é feito por homens. Dizem que é horrível e eu não duvido, com o que vi. Quando estava saindo do furgão, assisti ao policial que nos trazia apalpando a bunda da mulher na minha frente enquanto fingia ajudá-la a descer do veículo. Eu vi no rosto dela, o ódio, a vergonha e o medo de reagir. Isso me incomodou e, bem, eu já estava presa mesmo. Na minha vez de descer, cheguei perto do cara e dei uma cabeçada no nariz dele. Ouvi dizer que quebrou. Dessa vez, consegui.

Mesmo estando em uma posição meio privilegiada, estar presa ainda é um show de horrores. Meu pai diz que vai dar um jeito de me tirar daqui. Seria impossível fazer isso por meios legais. Fui condenada por duas mortes e uma tentativa de homicídio, ainda com umas qualificações que sequer entendi do que se tratavam. Trinta anos, o tempo máximo de cadeia no Brasil — o júri não gostou muito de uma mulher assassina de homens babacas.

Enfim, meu pai diz que vai dar um jeito. Não sei qual o plano, mas confio nele. Os anos trabalhando com Ulisses geraram muitos contatos influentes, tanto na sociedade quanto entre os criminosos. Acho que ele é bem capaz de conseguir. Espero que seja logo.

Meu único arrependimento foi toda a história com Maia. Foi burrice minha cair na armadilha dela — e eu vi que era uma espécie de jogada para me incomodar, o que deixa tudo pior. Nunca deveria ter me aproximado dela.

Ainda assim, simpatizo com ela. Não guardo rancor. Ela estava fazendo seu trabalho, afinal. Decidi que gosto dela, independentemente de tudo. Queria tê-la conhecido de outra forma. Imagino que meu pai me arranjará uma nova identidade. Seria possível, então, fazer amizade com a investigadora que me prendeu? Ela me reconheceria fácil? O rosto de uma pessoa que te deixa cicatrizes deve ser difícil de esquecer, mas, sei lá, pelo visto eu sou boa com maquiagem.

Quem sabe?

Infelizmente, ainda estou na porcaria da prisão, dividindo uma cela com mais dez mulheres e usando absorvente como moeda de troca. Excelente modo de viver, não é mesmo? O agradecimento que recebo por ter livrado o mundo de duas pragas.

Não será assim por muito tempo.

Eu vou sair daqui, sei que vou.

Dar outro final para minha história.

Eu mereço, não acha?

AGRADECIMENTOS

Como sempre, quero agradecer aos meus pais, Maria Amélia e Luiz Henrique, minha criatividade voa por causa deles. Além do apoio imenso, eles também são excelentes leitores beta — muito mais críticos do que você imagina.

Pedro Lyrio é a cobaia para todas as minhas ideias mirabolantes, obrigada pela paciência, sugestões e parceria. E a Juliana Sampaio, depois da leitura dela que 'Queime' realmente tomou forma. Anna e João, vocês acreditam em mim de um jeito que eu nem sei, só obrigada.

Eu queria muito que essa história fosse editada pela Cláudia Lemes, foi incrível a experiência de trabalhar o texto com ela e eu tenho muito orgulho do resultado. Agradeço demais que 'Queime' tenha sido acolhido pela Rocket, pelo trabalho do Mikka Capella e do Pedro Cruvinel.

E claro, preciso agradecer a todos que apoiaram a campanha de financiamento coletivo, que divulgaram, fizeram a meta bater tão rápido. Eu não cabia em mim de felicidade quando alcançamos os 100%, quando passamos disso. Ainda é difícil acreditar no sucesso que foi, vi que estou rodeada de pessoas maravilhosas, de muito carinho. Espero que 'Queime' os emocione tanto quanto já me emocionou.